JN131166
3
ゴブリンスレイヤー外伝
GOBLIN SLAYER! SIDE STORY: YEAR ONE
The Dice is Cast.
:イヤーワン

ロード
王だと？・小鬼のか？
いないわけではありませんよ
とすれば、群れはかなりの規模ですね

鋼鉄の風が吹き抜けた。
それが棘鎖《スパイクドチェイン》と呼ばれる
古き武器だと知ったのは、
随分と後の事だ。

はア……ッ！

ほら、早く食べよ？
冷めちゃうよ？

Contents

GOBLIN SLAYER! SIDE STORY: YEAR ONE

The Dice is Cast.

GOBLIN SLAYER! YEAR ONE

ゴブリンスレイヤー外伝
：イヤーワン3

蝸牛くも

カバー・口絵　本文イラスト
足立慎吾

序章

「或《お》る朝の出来事」

目覚めは、ぐらりぐらりと揺れるような感覚によってもたらされた。

見慣れた自室の天井を見上げて、ぼんやりと、此処《ここ》が何処《どこ》だったかを考える。

家に帰りたい。――家だ。ここが自分のお家。五年前からずっと。今はここが。

窓から差し込む朝日は明け方の薄く青いもので、部屋の中は寒く、肌が微《かす》かに粟立《あわだ》つ。

ぶるりと身を震わせながら、えいやと頑張って寝台から這《は》い出て、彼女は大きく伸びをした。

「ん、しょ……と」

着替えて、襟元《えりもと》から髪を払うようにして出す。また少し、伸びてきた。

――前よりは、短いけども。

水桶《みずおけ》に映して右、左と振り返りつつ、毛先をつまんで見る。どうだろう。……どうなんだろ。

今なら――頑張って何歩も踏み出した甲斐《かい》あって――聞こうと思えば聞ける、とは思う。

だけど、日々の変化といったってそれくらいだ。

あとは外に出て、いつもと同じ作業の繰り返し。

牛小屋の掃除や、乳搾《ちちしぼ》り。家に戻って朝食作り。街へ品物を卸して、帰って、牛を放つ。

伯父《おじ》と二人がかりでも大変で、今まで随分《ずいぶん》と甘えていたんだなと反省することしきりだ。

――反省できるって事は、少しでも何か変わった……のかなぁ。

いまいち、自信は無い。少しでも怠《なま》けたら、また元に戻ってしまいそうだ。

だから彼女は水桶に浮かぶ顔を叩《たた》くように手を入れて水を掬《すく》い、自分の顔へと浴びせた。

突き刺さるような冷たさは、きゅっと喉《のど》を締め付けるようで息が苦しい。

二度、三度と浴びてから――服を着る前にやれば良かったと、また一つ反省。

別に誰が聞いているわけでもないけれど、そっと足音を忍ばせて扉を開け、外へ。

そう、本当に、聞く者なんていないのだ。

今日、彼はいない。

それだってもう、いつもの繰り返しの中だ。

何日も出かけて、何日も帰ってこなくて、家にいても一日かそこらだけ。

それはきっと、悪いことではないのだろう。

だって変わるという事は、良いことだけではないのだ。

変わらない毎日なんていうのは、自分が何をしてもしなくても、あっさりなくなってしまう。

だから毎日、毎日、伯父さんと働いて、ご飯を作って、彼を待つのは、きっと良いことだ。

そのはず、なのに――……。

――これで良いのかな、と思う事がある。

どうしてだろう？　彼女には首を捻《ひね》っても、よくわからない。

わがままになってしまったのだろうか。もっと、もっと、なんて。

それはきっと良くない考えだ。

牛小屋に入って口元を首巻きで覆い、掃除用具を手に取って糞を掃除しながらでは、尚《なお》の事。

彼女はふるふると首を横に振って、目先の作業に意識を落とし込む。今はそれが一番良い。

ふう、ふう、と息をし、袖《そで》で額を拭《ぬぐ》いながらの一労働。朝から汗びっしょりになってしまう。

だから、牛たちがせわしなくもうもうと鳴くのに気づくのが、少し遅れてしまった。

「んー……？　どうしたのかな？」

牛というのは臆病な生き物だし、繊細だし、それでいて力が強い。

下手《へた》に興奮させてしまうとひとたまりも無いが、彼らのご機嫌が此方《こちら》の収入にもかかわる。

それに何より、怖がったままの子を放っておくのは――なんとなく嫌だった。

彼女はなるべく穏やかな声をかけて、驚かせないようゆっくりとした動きで牛の体に触れる。

誰が近づいてきていて、それは自分で、驚かせたりする意思が無いことを伝えるのが重要だ。

――牛は、人の事をよく覚える、って……伯父さん、言ってたけど。

自分のことも覚えてくれているのだろうか。あまり自信は無かった。

と、まただ。

ぐらりと地面が揺れて、彼女は「ひゃっ」と声を上げてよろめいた。

慌てて頭をかばって蹲《うずくま》る。牛舎が崩れるのではないかと、そう思ったからだ。

下から何度も突き上げられるような感覚に、腰が浮かび、ぎゅうっと目をつむる。

――怖い――――……。

そう、怖かった。当然だ。自分がこうなのだから、牛たちだって当然だろう。

伯父はどうしているだろうか。彼はどうだろうか。傍《そば》にはいない。伯父も他の作業中だろう。

ぐらぐらと揺さぶられる中、彼女は覚束《おぼつか》ない手付きで柵《さく》を支えに立ち、牛に手を伸ばす。

今は何か、誰か、生きているなにかの温かさが欲しかった。

「大丈夫、大丈夫……だいじょうぶ――……」

牛の体から伝わるじんわりとした熱をよすがに、言い聞かせるように繰り返す。

幸い、揺れはすぐに――彼女が思うよりはきっと短い時間で――収まった。

危惧《きぐ》していた建物が崩れるような事にはならなくて、ほっとその胸を撫《な》で下ろす。

牛の身体をもう一度撫でてから、そろそろと外に出る。

――家は、大丈夫。……えと、他は――……。

「あ……」

彼が組んだ石垣が、幾つか、ちらほらと崩れていた。それだけ、ではあったけれど。

――それだけ、なのかな。

それだけで済めば良いのだけれど。

いつものように過ごしていても、こういう事があって、その度に不安になる。焦ってしまう。

――何か、もっとやらなくちゃいけないんじゃあないの……？

そんな、得体《えたい》のしれない焦燥感。いつだって背後から忍び寄って、頭の中に入ってくる。

「おーい、娘っ子やい。大丈夫かのう？」

不意に野太い声が聞こえて、少女はいつの間にか俯《うつむ》いていた顔をぱっと上げた。

見れば牧場脇の街道、柵からちょこりと頭だけが覗《のぞ》いている。髭面《ひげづら》の鉱人《ドワーフ》だ。

とととっと慌てて近づくと、柵の向こうに隠れた身体も見えてくる。

使い込まれた鎧具足《よろいぐそく》、背中に背負っているのは、手鉤《てかぎ》か何か、だろうか？

でも胸元には認識票が見えない。少しの距離を置いて、少女は立ち止まった。

「な、」声が上ずった。唾《つば》を飲む。「にか、御用でしょう、かー？」

「おう。糧秣《りょうまつ》を少し買い足したいんだが、この足で街まで戻るのは面倒だでな」

鉱人の戦士は、ひょいと金貨を少女の方へ放った。

それを落としそうになりながら、慌ててなんとか掴《つか》み取る。

彼女が下手《へた》なのではない。鉱人の方が下手なのだ。彼とは大違いだった。

「こいつで買えるだけちょいと都合してもらえんか。日持ちすんなら何でも良い」

「あ、は、はい！　わかり、ました！」

しゃちほこばってそう応え、少女はくるりと踵《きびす》を返して走り出した。

遠く、視界の向こうには、やはり地震に心配して飛び出してきた伯父の姿が――……。

「あ――……」

さ、と隠れた。汗で額や頬《ほお》、首筋に張り付いた、ちょっと長い髪のせい。

視界を覆う髪を走りながら払う。前はともかく、顔の周りが鬱陶《うっとう》しかった。

少女は走る速度を緩めながら、ポケットを探って、なんとか紐《ひも》めいたものを見つけ出す。

そして、もたもたと不慣れ極まりない手付きで、髪を括《くく》りにかかった。

地震も、牛の様子も、髪の毛も、彼がいない事も。

これもまた、何も変わらない日の――ちょっとした変化の一つ。

ただ、それだけだった。

第1章 『査察はある朝、突然に』

Goblin Slayer
YEAR ONE
The Dice is Cast.

完璧な朝だった。
空は青く晴れていて、ところどころ浮かぶ白い雲を透かす日差しで自然と目が覚めた。
都《みやこ》に響く寺院の鐘の音から判断して、普段より一つ二つ早い。得をした。
昼食用にと焼いた玉子は、焦《こ》げもせず、平鍋に張り付きもせず綺麗《きれい》に焼けた。
これはここ二週間ぶりの快挙ではあるまいか。実に気分が良い。
鼻歌を混じえて身支度《みじたく》を整え、髪を梳《す》き、化粧を薄く。今日は一度でしっかり決まる。
いつもと同じようにしているのに、なぜか酷く思える時もあるのだ。嬉《うれ》しい。
冷えた朝の空気は爽《さわ》やか。職場への道も、普段より少し早いせいかどうか、妙に静か。
《宿命》か《偶然》か、骰子《サイコロ》の目が良いと、たまにあるものだ。
雑踏の空白。人の波が絶えた、凪《な》いだ瞬間。背の高い建物の狭間《はざま》を、独り占めにする。
一瞬休日だったかと疑ってしまうが、それでも職場に誰もいないなんて事はあるまい。
扉を開けて、おはようございますと丁寧《ていねい》に頭を下げる。皆からの返事。
出勤状況を示す名札を壁にかけると、自然にぴんと背筋が伸びた。

朝ちゃんと目が覚めたからだろうか。きちっと精神が張った感覚は心地良い。

そうして仕事に向かう準備は万全。まさに完璧な朝だった。

「冒険者ギルドの審査に誤りを見つけたんですよ！」

「ギルドの運営方針に対するご意見ですね。承ります」

……ここまでは。

目の前、帳場を隔《へだ》てたところに立つ若者――冒険者、ではない。

顔一面にこれ全て使命感の塊といった様子で、服は仕立てが良い。貴族ほどではない。

いわゆる好事家《ディレッタント》。若いところを見ると、まだ成り立てだろう。

「過去に金等級に認められたこの冒険者なんですがね」

「はい」

「記録を見ましたが、こんな怪物を一人で倒せるはずはないし、こんな冒険はありえませんよ」

「はい」

「地下に眠る、誰も知らない広大な古代王国の遺跡。それを一夜で滅ぼした怪物。大ボラです」

「はい」

「もちろん全部が嘘《うそ》とは言わないけど、どこまで本当だか。それと彼が戦ったという邪教団」

「はい」

「一領地を密《ひそ》かに支配して虐殺《ぎゃくさつ》を行っていたというが、これも誇張に違いない」

「はい」

「意味もなくこんな大勢の人を殺すなんて、常識的に考えて、普通はやりません」

「はい」

「恐らく、勝った側が都合良く捏造《ねつぞう》したのでしょう！」

「はい」

「あのう、依頼をしたいんですがのう……」

「はい」

頷《うなず》いた後、目の前に立つ若者の不機嫌そうな顔を横目に、その後ろに立つ老人へ声をかける。

どこかの商家の下男だろうか。労働に晒《さら》された両手を、しっかりと握り締めて、深刻な表情。

ちらりと左右の受付を確認。一番空《す》いているのは――……。

「申し訳ありませんが、五番の窓口へお願いできますでしょうか？」

「へえ、わかりました。そいで、五番てのは……」

「あちらの方ですね」

右手を伸ばして指し示し、ぺこぺこと頭を下げて立ち去る老人を見送って、一息。

「失礼致しました。それで――……？」

「だから即刻この誤りを正してもらいたいのです」

「私の一存ではお答えしかねます。それにお話だけでは何とも……」

「とはいえ、これくらいの事は記録を読めば一目瞭然《いちもくりょうぜん》でしょう？」

「私の一存ではお答えしかねます」

目の前の若き好事家の訴《うった》えを、一字一句《いちじいっく》間違いなく、尖筆《せんぴつ》を使って書面へ筆記していく。

彼は満足そうに笑みを浮かべているが、それはこの好事家の勘違いというものだろう。

記録すべきか。上へ提出すべきか。それは自分の一存とは全く関係ないところだ。

ただ職務として、淡々と行う。彼を満足させるためではない。それが仕事だからだ。

「なあおい、この依頼請けたいんだけどよぉ」

列の後ろから怒鳴ってくる冒険者の応対をするのも、仕事だからだ。

息を吸って、吐くのを悟られぬよう一瞬で。目の間で不愉快な顔をしている好事家を無視。

「大変申し訳ありません。よろしければ他の窓口へお願いできますでしょうか？」

「こっちゃあ急いでんだぜ！　せっかく依頼をやってやろうってのによ……！」

「大変申し訳ありません」

「すみませーん！」と、また新たな声。「白磁《はくじ》の戦士一人でやれる依頼ってありませんかー？」

発言者は行列に阻《はば》まれて確認できない。掲示板の方だろう。自分に問うているのだろうか。

「すみませーん！　あのー、白磁の戦士一人で――……」

「大変申し訳ありません。そこに無ければありませんね」

まだ仲介の手続きが済んでいないものを除けばだが、それを説明する必要はないだろう。

そして視線を前に戻す。失礼にならないよう、控えめに咳払《せきばら》い。

「失礼致しました。それで――……?」

「きみ、私の話を聞いていたかな……!?」

「おう、いい加減にしやがれ! 俺《おれ》はいつまで待てば良いんだ!?」

目の前では苛立《いらだ》たしげにこちらを睨《にら》む好事家と、背後からその肩を摑《つか》む冒険者。

顔をしかめないようにするのも慣れたものだが、溜息《ためいき》が漏れるのばかりはやむを得まい。

念のための用心として、帳場の下で袖口に隠して手を握る。鈍く冷たい感触と音。

自分はともかく。同僚と――……。

「あの、他のご利用者のご迷惑となりますから……」

――これだけは避けねばなるまい。仕事だからだ。

やんわりと声をかけるが、経験則として、それで落ち着くような手合は極めて稀《まれ》だ。

案の定、冒険者は「おい、いい加減にしろよ!」と好事家へ摑みかかる。

「ちょっと! あなた私に暴力を振るうんですか!? これだから冒険者は……!」

「こっちは仕事で来てんだ! その邪魔をしてるのはそっちの方だろ!!」

「すみませーん、見たけど無いんですけどー……!」

冒険者が騒ぐのに、好事家も好事家で応じてしまうから収拾がつかない。さらにまた来た。

「大変申し訳ありません。そこに無ければありませんね」

同じ言葉を繰り返しながら、自分が動くべきか、人を呼ぶべきか、迷う一瞬。

「犬め」

短い、けれど決定的な圧力を秘めた声が唸《うな》るように響いた。

「吼《ほ》えたいならば路地裏でやれ。うるさくてかなわん」

そこに、男が立っていた。

巌《いわお》から削《けず》り出した、無骨で、ごろりとした、人型をした筋肉のような男だった。

好事家も、黒曜《こくよう》の冒険者も、それに対して何か物言おうとしたのかもしれない。

しかし逞《たくま》しさの権化《ごんげ》は一切の反論を許さず、その大木の如《ごと》き両腕で二人の首を引っ掴んだ。

そのまま有無を言わさず引きずって、掲示板の前にぼんやり立つ新人冒険者を押しのけ進む。

そしてゴミでも放り捨てるように、彼らをひとまとめに戸口から外へ放り出してしまった。

「これで片付いたな」

振り返り、獰猛《どうもう》に牙を剝《む》く。男のその表情が笑顔だと気づくのに。一瞬かかった。

男は別に誰を気遣ったわけでもなく、目の前で騒々しく騒ぐ犬を蹴り出しただけなのだろう。

他ならぬ自分のためだけに——そういうものだ。

「仕事をもらおう」と、男は圧をかけながら張り紙を突き出した。「こいつに決めた」

「はい。ええと——……」

およそ文明的な立ち居振る舞いではないが、文明というのは時に想像力を欠如させる。

他者を怒らせればどうなるか、考えが及ばなくなってしまう。

それを理解している分、ともすれば礼節の面では、よほど蛮人の方が文化的ではあるまいか。

――などと益体《やくたい》もない事を考えながら、手先は仕事に集中し、依頼の処理を済ませていく。

こちらが適切に対応すれば、相手も素直に応じて、のしのしと冒険に向かってくれる。

世の中、かくあるべしというものだ。

「大人気じゃない」

「人気なものですか」

そうして空いた一拍を見計らって雑談を持ちかける同僚へ、溜息と共に一言。

「『誰かが自分に構う』ことに優越感を覚えるのですから、別に私でなくても良いでしょう?」

「それはまー、そうなんだろうけどね」

くすくすと笑った同僚が、隣席から押しやるようにして羊皮紙の束をこちらへ寄せてくる。

一瞬睨みつけるが、柳に風だ。まったくともう一度息を吐いてから、目を書類、口を彼女へ。

「この書類は?」

「等級の審査」答えはあっさりとしたものだった。「後はこっちで確認するだけだけどね」

なるほどと文面を追っていけば――辺境らしい、冒険者の記録用紙ばかりだ。

よほどの不備でもない限り、此処《ここ》まで来て審査を跳ねるという事は無い。

功績も、人となりも、直接見て会って話して冒険の結果を確かめた職員の目は確かだろう。

自然、頬《ほお》が緩む。これは仕事だ。だが、冒険の記録を誰より多く確認できるのは役得だ。

怪物退治、遺跡探検、秘宝探索、などなどなど。都市の冒険《シティアドベンチャー》は殆どない。

「よし、と」

確認を終えて次へ。確認を終えて次へ。忘れないうちに窓口に札を下げて、受付を遮断する。

書類仕事をしていたって構わず声をかける利用者はいるが、事前案内は常に護身になるのだ。

確認して、羊皮紙をめくる。大岩喰蟲討伐で名を挙げた一党《パーティ》が、まだ活躍しているらしい。

――今年の西方辺境、新人の出来栄えは豊作といっても良いかもしれませんね。

良いことだ。戦って、成長して、次へ。それでこそ冒険者というものだろう。

次の冒険者もそうだ。最初はゴブリンの巣穴に挑む。それで良いのだ。

そして小鬼退治。続けてゴブリン退治。あとはゴブリンの討伐。小鬼の撃退――……。

「…………うん?」

手が止まった。何か見間違えたかと思い、もう一度書類を上から下まで確認する。

――問題は無い。

問題は無いことが問題だった。ゴブリン、ゴブリン、ゴブリン、ゴブリン、ゴブリン。

誰が担当したのかと思えば、見覚えのある署名。何年か前に研修を終えた、かつての後輩だ。

彼女は思わず顔をしかめた。

別に都からわざわざ西方辺境まで出張して、確認せねばならない事を憂いたのではない。

せっかく作った弁当を家に忘れてきた事を思い出したのだ。

それに、どちらかといえば晴れより雨の方が好きだった。

§

「GOROOGBB!!」

「GOOBBG!　GGBG!!」

ゴブリンどもがげたげたと下卑《げび》た嗤《わら》い声を上げている。

鉄鍋をかぶり、鍋蓋《なべぶた》を持ち、棒切れを握ってよたよたと歩く一匹を、他の小鬼が指差して。

馬鹿馬鹿しいほどに大仰で滑稽《こっけい》な仕草で、湿地に生える草をぶんぶんと払っている。

寂《さび》れた小屋の前に突っ立った小鬼どもは、そんな事をして暇を潰《つぶ》しているらしかった。

その様を、彼は泥の中へ埋もれるようにしてじっと見つめていた。

昇り始めたばかりの日差しはまだ冷たく、酷く粘ついた泥を温めるにはまだ足りない。

――確か、泥炭だったか。

定型的《テンプレート》な依頼だった。

村の近くに小鬼が出てくるようになった。追い払ったが、やはりおっかない。退治してくれ。

探ってみれば、連中が住み着いたのは、村からほど近い湿地の、放置された作業小屋だった。

泥炭を掘るのに使うのだと、村長は言っていた。

もともとそう高く売れるものでも、燃料としても優れてもいない。

作物が不作だったり、薪《まき》が足りなかったり、そんな時には重宝するという、その程度。

――いっそ火でもつけてやろうか。

周囲一帯の草を刈って、それから火打石でも叩《たた》けば、火攻めもできよう。

いずれ試してみるべき価値ある考えだった。今この場ではともかく。

泥炭がこの状態でどれほどの勢いで燃えるのか。彼は知らない。風向きも、不確かだ。

恐らく小鬼を殺しきれまい。それでは、ダメだ。

ゴブリンはあいも変わらず、珍妙な格好をして悪ふざけに興じている。

小屋の中に何匹いるか知らないが、戸口に立った連中は、夜警であろう。

これでまともに警備ができるとも思えぬ。もっとも、真面目なゴブリンなぞいやしない。

当人は真面目だと思っているにしても――真面目かどうかを決めるのは、常に他人だ。

――すると、シャーマンだの、田舎者《ホブ》だのはいない、か？

そう判断するのは早計か、否《いな》か。彼にはまだ基準が足りていない。

「ＧＯＯＲＧＧＢ！」

「ＧＢＢＲＧ！　ＧＯＯＢＧＧＲＢ！」

滑稽な装備でのしのし歩き回る小鬼の様は、小馬鹿にした己《おのれ》の下手《へた》な模倣か。

ゴブリンどもはそれを指差して、げたげたと嘲《あざけ》っている。声がよく聞こえた。

声――そう、声だ。鳴き声ではない。

小鬼どもには冗談という文化がある。

かつて、彼はそれを学んだ。奴《やつ》らは諧謔《かいぎゃく》を理解する。驚くほど低俗だが。

恐らくは、自分が村を訪れたところを見られたのだろう。

――着いたのは、だいぶんと夜も更けた頃だったからな……。

失敗だった。だが、後のことだ。生きていれば次がある。死ねばここで終わる。

――後悔する意味が無い。

ゴブリンの巣穴を見つけてしまった時の不快感と、奴らがこちらを見ていた事への嫌悪感。

はっきりと言葉にするなら、それは殺意だった
怒りや憎しみといった類ではなく、殺してしまうべきだという程度の、穏やかな感情。

冷たくもなく、ふつふつと煮えたぎる、けれど無関心に限りなく近いものだ。

かつて家の床下に縮こまっていた時と同じ失敗はすまい。やるべき事をやる。それだけだ。

ゴブリンは、自分たちにそんな感情が向けられているとは思いもよらないのだろう。

連中にとって、四方世界の中心はいつだって自分なのだ。

蔑《さげす》まれているとは思っているのか――あるいは、それすら気がついていないのかもしれない。

少なくとも連中は自分が賢く、的確で、鋭く、誰よりも上手《うわて》だと思っているはずだ。

まさか足跡を残し、それを辿《たど》られ、何もかも暴かれたとは考えもしまい。

――いや。

あるいは、そう思い込んで油断しているのは此方《こちら》なのではないか？

ふと、深淵《しんえん》を覗《のぞ》く者は云々《うんぬん》と、古めかしい言葉が脳裏を過《よぎ》った。

師の言葉か、姉の言葉か、あるいは世話になった魔術師か、もしくは書物の言葉だったか。

――馬鹿馬鹿しい話だ。

他人の言葉は常に価値あるものだ。しかし、今この時ばかりは違う。

覗く者は此方で、覗かれたのは奴らだ。

立場の上下は明確だった。

殺されるのはゴブリンで――殺すのは、ゴブリンスレイヤーだ。

「――――ッ!!」

飛び出す。伏せていた状態から泥を撒《ま》き散らしながら、地を這《は》うように駆ける。

数は合わせて四。仮装、棍棒《こんぼう》、剣、剣。いける、と見た。

投擲《とうてき》による奇襲には、匍匐《ほふく》はいささか姿勢が悪かった。今更間に合わぬ。已《や》む無し。

――練習が必要だ。

「GBBO!?　――GOOROGB!!」

「GROORGB!!」

ゴブリンどもが気づく。だが、構うことはない。

一瞬の躊躇《ちゅうちょ》なく、腰溜めに構えた小剣を半ば体当たりするように仮装した小鬼へ叩き込んだ。

「GOROGB⁉」

「ひと――……ッ」

いや、まだだ。殺しきれていない。小鬼の心臓を抉《えぐ》るには、まだ手慣れたとはいえない。

「GRGBB⁉　GOBBBGGRB！？！？」

文字通り突き飛ばされた小鬼は、胸元を押さえ、悲鳴を上げながら泥の中で藻掻《もが》いていた。

次なる標的へ投擲せんと振りかぶっていた小剣を逆手に握り、倒れた小鬼の喉《のど》へ振り下ろす。

「GGB⁉」

「一つ……ッ！」

「GOOGB‼」

「GOB！　GGOGB！」

無論、死骸《しがい》に覆い被さるような自分を他の小鬼どもが手をこまねいて眺めるわけもない。

手に手に棍棒だ、剣だを握って打ち下ろしてくるのを、振り向きざま左の円盾で払い除《の》ける。

鈍い衝撃。円盾を括《くく》った左腕に痺《しび》れが走るが、構わず右手を突いて立ち上がった。

「――……ッ」

呼吸を整える。泥に足を取られぬよう気を配る。小屋の扉を視界に。不意打ちは御免だ。

考えるべき事は多い。処理能力には限界がある。だが、やるべきことは常に一つだ。

「二つッ！」

今度こそ迷わず、彼は小剣を一挙動で真正面のゴブリン目掛けて突き出した。

棍棒を叩き込まんと飛び出してきたその小鬼は、その勢いこそが致命的であった。

喉に刃を生やした小鬼は血泡を吹きながら声もなく息絶え、此方へと崩れかかってくる。

ゴブリンスレイヤーはその骸《むくろ》ごと放り捨てるように剣を手放し、棍棒を掴み取った。

「GOORGB!!」

「……ッ！」

だが、まだ動きが遅い。

好機と見て背後から打ち込まれる錆《さ》びた剣を、彼は辛《かろ》うじて棍棒で受け止めた。

「GGBBBB……！」

「……ええい……ッ！」

膂力《りょりょく》比べならば明らかに此方が上手だが、やはり体勢が悪い。片手持ちのせいか？

がっきと音を立てて刃が棍棒に食い込むのを、強引に手首を返して弾く――いや。

「GOROGB!?」

「三つ……！」

いっそ小枝を折るよりも呆気《あっけ》なく、その剣は刀身の半ばからへし折れた。

失われた武器をきょとんと眺めるその頭を、ゴブリンスレイヤーは容赦なく打ち砕く。

大きく陥没した頭蓋《ずがい》から脳漿《のうしょう》を撒き散らす小鬼を、彼は無慈悲に蹴倒した。

血に混じって、粘る泥が大きく跳ね上がる。

「残り、一……！」

鉄兜《てつかぶと》の狭い庇《ひさし》の奥から、視線を左右に動かして湿原を索敵する。

どんよりと濁った空から差し込む日差しが、場違いなように白い線と見えた。

瞬間、その視界がばしゃりと灰色に塗り潰された。

「む……⁉」

「GOOROGBB‼」

小鬼が泥を叩きつけたのだとわかるのに一瞬が必要だった。

振り払い、兜から泥水を滴らせながら見やれば、最後の一匹はすでに駆け出していた。

脱兎《だっと》というヤツだ。武器すら放り捨てて、仲間の死骸も打ち捨てて、湿原の彼方へ。

——それなら、まあ良い。

彼は手にした棍棒を振りかぶると、ひゅっと風切音も鋭くそれを投じた。

くるんくるんと二度三度空中で回転した棍棒は、ゴブリンの頭上へと到達する。

「GOROGB⁉」

濁った悲鳴と、鈍い音。遅れて水音を伴って、その体が崩れ落ちた。

ゴブリンスレイヤーは、息を吐いた。

湿原に生い茂る草を踏み荒らし、ずかずかと無造作な足取りで小鬼の元へと向かう。

そこでは頭に棍棒を埋《うず》めた小鬼が、踏み潰された虫のように手足を痙攣《けいれん》させ、倒れていた。

——短剣だのの類でなかったのは、運が良い。

断じて小鬼が臆病だったおかげとは思わぬ。この生き物に感謝すべき点は無い。

彼は腰帯に挟んでいた短剣を抜いて、慈悲深いほど無感情な動きで喉を貫き、とどめとした。

「四つ」

立ち上がり、ぐるりと鉄兜を巡らせ、小屋の方を確認する。動きはない。

——ふむ。

彼は小鬼の死骸を踏みつけ、粘ついた糸を引きながら棍棒を抜き取った。

剣の類が腰にないとどうにも落ち着かないが、鈍器は使い勝手が良い。

なにより、適当に扱って構わないのが良い。

そうして来た道をたどるようにずかずかと戻り、小屋の戸を力強く蹴り破る。

ばんと音を立てて倒れ込んだ奥へすかさず踏み込み——……。

「……無し、か」

荒らされ果てた小屋の有様と、そこに小鬼の姿が無い事を確かめて、頷いた。

露天掘用の円匙《シャベル》だなんだが放り出されているあたり、小鬼どもの気に召さなかったのか。

とすれば、やはり運が良かった。錆びた剣と棍棒よりは威力もある。少なくとも頑丈だ。

念の為にと、シーツが引き剝《は》がされた寝台の下、床板の下なども確かめて回る。

どうやら――――本当に四匹だけだったようだ。

「渡り、か」

きっと、どこかの巣穴が潰されて、この辺りまで落ち延びてきたのだろう。

よくある――どこまでも定型的《テンプレート》な事だった。

この程度ならば村人でも殺せただろう。自分を雇うまでもなかったに違いない。

――いや。

彼は吐き捨てるように舌打ちをして、首を横に振った。

あの娘が牧場主と共に、三叉《みつまた》を持っておっかなびっくり小鬼に対峙《たいじ》する様。

それを思えば、考えるまでもくだらぬ妄言《もうげん》だ。

「……」

念の為だ。

彼は小屋の外に出ると、自分が打ち倒した小鬼の死体を一つずつ、小屋へ運んだ。

辺りの泥をひっくり返して血を埋めて回る。作業には小屋の円匙を拝借した。

そして戦闘の痕跡をすっかり隠すと、彼は再び草をかき分け、泥の中に身を伏せた。

これで終わりと判断するのは早計だ。生き残りを出すつもりもない。

「…………」

この場で、夜が訪れるまでは監視すべきだ。何があろうとも。

「────……？」

ふと、ぐらりと体が大きく揺れた気がした。

最初は体が揺れ、目眩《めまい》の類を疑ったが、どうもそうではないらしい。

地面が、揺れている。

二秒か、三秒か。船の上にいるような感覚が続き、それは唐突に収まった。

ぎゃあぎゃあと甲高《かんだか》い喚《わめ》き声を上げ、夜鷹《ウィップアーウィル》の群れが湿地の端から飛び立つ。

薄く灰色に濁った空に点々と黒い影が流れるのを彼はちらと見やり、小屋へ意識を戻した。

ゴブリン以上に優先すべき事柄など、あろうはずもなかった。

§

「ん……？　今ちょっと揺れなかったか？」

「わたしは頭がぐらぐら煮えてる感じですよ……」

若い戦士の目の前で、括られてなお長く伸びる銀髪が栗鼠《りす》の尾のようにゆらゆらと揺れた。

冒険者ギルドの待合室は、別に遊び場でもなければ勉学の場でもない──……のだが。

犬頭の〝先生〟の指示で、彼の私物らしい小さな黒板に白墨で文字を書き付けていると――。

――知識神の寺院の手習いってのは、こんななのかな……。

などと、思えてくる。生まれてから一度も、そんな場所に足を向けた事は無いのだが。

ちらりと先生の様子を窺《うかが》えば、彼はにこにこと眼鏡《めがね》の奥で目を細め、楽しげに眺めている。

こんな簡単な文字の書き取りくらいで雑談に興じていても、怒る気配はまったくない。

もっとも、だからといって放り投げるのを許してくれそうな気配も、まったくないのだが。

「勉強したいってお願いした方から言うのも何なんですけども」

はふ、と。胸と膝で黒板を挟んで突っ伏した銀髪の娘が、へにゃりと情けない顔を上げる。

「こういう事より、こー、気を練ってーとかの修行のが向いてますねー、私」

「なんだよキって」と若い戦士は不思議そうな顔をした。「魔力みたいなもんか？」

「わかりません！」と、いやにきっぱりと彼女は応じた。「マホーのがわかんないですもの」

「まあ、俺もよくわかってないんだが」

「こう、息を吸って、お腹の底の方に溜めて、こう体中にぶわーって」

「ぶわあ」

鸚鵡《おうむ》返しに問うと「はい、ぶわー！　です」と自信満々に少女は頷いて、両手を広げた。

「そうするとお日様みたいに手がぴかーってなって」

「光るのか？」と聞いたが、まあ多分そうなんだろう。「光るんだろうな」

「それで鳩尾《みぞおち》に一発入れて顎《あご》に拳《こぶし》、肘《ひじ》、最後に飛び膝蹴《ひざげ》りを決めて相手をふっとばすんです」

いきなり具体的になった。

こうこうとりゃあと腕と脚をぶんぶん振って見せてくれるが、どうにも殺意が高い技らしい。

というよりそのすらりと伸びた健脚を、恥ずかしげなく大きく開いたり伸ばすのは目の毒だ。

若い戦士が顔をひきつらせる傍《そば》で、先生は「ははは」と牙を剝いて愉快げに笑った。

「存外、人の体は重いもの。本当に拳で吹き飛ばせるなら、人の頭なんて弾けてしまいますよ」

「む。ウソじゃあないですよ？　お師様はできたんですもん」

「いえ、いえ。嘘とは言っておりませんよ」

むぅ。唇を尖《とが》らせ頰を膨らませる少女へ、犬人の魔術師ははたはたと肉球の手を振った。

「自分の知らぬ事柄を嘘偽りと決めつけていては、学徒なぞ恥ずかしくて名乗れませぬ」

「えへへへ……」

一転、少女は顔をほころばせ、照れくさそうに赤らめた頰を指で掻《か》いた。

単純というと言葉は悪いが、純粋無垢《むく》というか、素直なところは彼女の長所だろう。

くるくると変わる彼女の表情を若い戦士がぼんやり眺めていると、先生が黒板を叩いた。

「さあさ、口を動かすのは良いですが、手が止まっていますよ。書き取りを続けて」

「はぁい」

今の雑談で気も紛れたのか、銀髪の武闘家は素直に白墨を握って黒板へ立ち向かう。

それを見れば、自分もサボってはいられまい。

若い戦士も——完全に切り替えられたわけではないが——白墨を握り直した。

先生の用意した手本を見ながら、かつかつと、文字を黒板に書き取っていく。

他の事柄はともかくも、こればかりは書いて読んでを繰り返さないと覚えられないものだ。

「読解力というものにも個人差がありますからね。こればかりは、鍛錬と同じ、積み重ねです」

犬人の魔術師は、まさしく教師らしい口調で言ってから、鼻先に乗った眼鏡を押し上げた。

「そして揺れたかどうかで言えば、確かに揺れたと思いますよ」

「ここ最近、多いよな」

別に数えたわけではないが、ちょこちょこと起こっている——ようにも思う。

「やっぱり、この世の終わりの始まりとかか?」

他に地面がぐらぐら揺れ動く理由など、田舎者の頭では思い浮かばない。

ひょこひょこ上下する銀髪の尾を横目に問うと、先生は腕を組んで思案げに天井を見上げた。

「さて……地底に眠る魚か竜の身動《みじろ》ぎ。火山に通じる地脈の乱れ。神が盤をひっくり返したか」

「どれもこれもヤバそうな事にしか聞こえないんだが」

「古《いにしえ》の魔術師は井戸に小石を投げ込むが如く、赤い魔力で生んだ地割れに敵を落としたそうで」

銀髪の娘に負けず劣らずおっかない事をしれっと言って、犬頭の魔術師は鼻を鳴らした。

「もっとも、地震の源を確かめた者はおらず、原因が一つとも限りませんからね」

断言はしかねる――と言われれば「そんなものか」と言わざるを得ない。

彼よりもよほど賢く、学のある者にわからないのだ。自分が論じても意味があるまい。

「そうとも。あまり慌てふためくものではないぞ、定命《モータル》の者よ」

そこへ、高慢だとか上から目線だとかを絵に描いた――音にしたような声がかかる。

「まだ貴様らが知るべき事柄ではない。それだけの事さ」

「お前ほんっと、はぐらかすの上手いよな?」

「そう思うのは、お前がまだまだ未熟なだけだ」

見れば得意満面、腕を組んだ森人《エルフ》の僧侶と、呆れ顔をした鉱人《ドワーフ》の斥候《せっこう》の姿がある。

二人が抱える荷物の山へ、若い戦士は白墨を動かす手を止めずに顔を上げた。

「おう、悪かったな。買い物頼んじまって」

「別に構わないよ。こいつがなんか無駄遣いしないかって、ついてくのは手間だけど」

「誰に物を言っているのだ貴様」

「お前だお前」

体躯《たいく》のわりに筋肉の詰まった鉱人の娘の肘を脇腹に受け、森人が声もなく悶絶《もんぜつ》する。

ほどほどにしとけよと声をかけ「扱いがぞんざいでは⁉」という抗議も受け流す。

――なんだかんだいって、慣れてきたよな。

前の、あるいは最初の一党《パーティ》と比べれば、ずいぶんと賑《にぎ》やか――あるいは騒々《そうぞう》しいけれど。

やいのやいのと言い合い、笑い合い、たしなめられながらの行動は、飽きる事だけはない。

「では気分転換に、今の買い物でいくら使っていくら残ったか、計算してみましょうか」

「うげ」

「ひぃ」

――いや、どうかな。

ほいほいと気軽に課題を投げつけてくる先生を前に、若い戦士は僅《わず》かにちょっと後悔を抱く。

勉強だけはどうにもやっぱり、苦手だ。

「おう、なんだなんだ、賑やかだな」

ずしゃり、と響く足音。ぬっと落ちてくる大きな影と低い声。

見上げれば巨漢の重戦士の姿に、若い戦士は何とも気恥ずかしく、ぶっきらぼうに応えた。

「ああ、まあ、手習いだよ」

彼にはなんだかんだと世話をかけさせたが、へりくだるのも何か違う気がするのだ。

かといってまったく気にもせず振る舞えるほど、彼は恥知らずでもなかった。

「読み書きとかそういうの、覚えておいた方が良いと思ってさ」

「なるほどな」と頷いた重戦士が、眉間に皺《しわ》を寄せた。「ツチでも、やった方が良いかね」

「小さい子、いるんだっけか」

「二人と言うべきか、小さいガキ二人に大きいの一人と言うべきか」

まあ、あいつは読み書き計算学問全部できるのがタチ悪いんだが、と溜息。

それが誰のことを言っているのか何となく察しがついた若い戦士は、苦笑いを返す。

「お知り合いです？」

きょとりと小首を傾《かし》げてきた銀髪の娘へ、若い戦士は頷いて重戦士を紹介にかかった。

「まあ、大岩喰怪蟲《ロックイーター》の時に、ちょっとね」

「おおー……！　オルゴイコルコイ!!」

と、感心している彼女が何に感心しているのかは、若い戦士にもよくわからなかったが。

待合室で手習いをするという事は、こうして知り合いに見られるという事でもある。

それとなく先生には避けたい旨を伝えたが「勉強は恥ずかしい事ではありませんよ」と。

――まあ、それは間違っちゃいないのだろうけれど。

「……ん？」

そう思いながら黒板に目を落とそうとした若い戦士は、ふと妙なことに気がついた。

「大丈夫か？　顔色、なんか悪いぞ」

「なに、忙しいだけさ」

重戦士は厳のような顔を僅かに緩め、何でもないというように首を左右に振った。

「一党《パーティ》の頭目をやってると、何かとな」

「ああ……」

――わからないでもない話だった。

若い戦士は、決して今の一党《パーティ》で自分が頭目であると思った事は無い。

むしろまとめ役という意味では、犬人の魔術師である先生の方がそうだろうと思う。

だが実戦において――前線で指示を出す役は誰かといえば、たぶん自分なのだろうとも思う。

そこに立場の上下は無く、対等な仲間の中での役割として、ではあるのだが。

――苦労はするよな。

そう思う。

呪文の残り、装備の状態、味方の位置や、敵の位置、行動、その他もろもろ、全ての管理だ。

むしろこうして買い物やら、行軍予定の調整などを、先生がやってくれている分――……。

――だいぶ楽をさせてもらっている。

のである。

冒険者の一党《パーティ》というのは、かの死の迷宮で六人、そうでなくとも十人未満が定番だという。

それ以上になれば、とてもとても、個人で管理しきれる限度を超えてしまうだろう。

あの大岩喰怪蟲の時のように、多くの一党《パーティ》が集《つど》う事自体が稀であるとはいえ……。

――あのお貴族様は、やっぱすごかったんだな。

全体を統括していた上位の冒険者の苦労を思えば、感謝するより他あるまい。

「まあ、無理はしないようにな」

若い戦士は少し考えて、アドバイスらしいアドバイスもできないので、そう言う事にした。

「別に仲間の面倒全部一人で見なきゃいけないわけじゃないしさ」

その言葉に「ほう」と愉快げに、厭味《いやみ》ったらしく、森人の僧侶が声を漏らした。

「おい、何かまるで我々が迷惑をかけているみたいな言い草じゃあないか」

「一緒にするなよ」と鉱人が目を尖らせた。「あたしじゃなくて、あんたが迷惑かけてるんだ」

「そう思うのが鉱人の浅はかさ、いやさ、視点の低さというものかな？」

「無駄に上から目線なのが腹立つよなぁ……！」

ぎゃいぎゃいと騒ぎ出した二人を、先生が「こらこら」と窘《たしな》めにかかる。

良いから早く買ってきた品を並べてお釣りを出しなさい、というわけだ。

賑やかなのは良い事だが、騒々しいまでいくと少し困る。

そんな若い戦士の表情を読み取ったわけでもないだろうが、武闘家の銀髪が僅かに揺れた。

「……迷惑、かけてたりします？」

自信なさげに小さな声で。此方の様子を窺うような、心配そうな上目遣い。

「かかってるかもしれないぜ？」

そんな事はないと言うのも、お互い様だと言うのも照れくさい。

なので意地悪く返すと「ええーっ！」という声が上がって、若い戦士は笑った。

笑ったが、ぷんぷんと抗議に振り回される握り拳は可愛《かわい》らしくもおっかない。

ごめんごめんと即座に敗北を認めながら、重戦士へと目を向けた。

「ま、まあ、持ちつ持たれつで良いんじゃないか？」

「持ちつ持たれつ、ねえ……。つっても責任は俺にあるわけだからなぁ……」

しかし、彼の表情は難しいまま。一党《パーティ》の事情もまた別なら、悩みも頭目それぞれという事か。

と、不意に重戦士の視線が流れた。訝《いぶか》しむように目を細める。

ちらほらと周囲に点在していた冒険者たちも、似たように顔をしかめ、舌打ちをする。

「うん？」

その行く先を此方も目で追って見れば、ギルドの外に黒塗りの馬車が止まった所だった。

停車時に聞こえたのは馬の蹄音のみで、鉱人の娘が「へえ」と感心した声を上げる。

「只人《ヒューム》造りだけど良い仕事じゃないの」

そう言われても、只人の戦士には違いなどわかろうはずもない。

ただ、お貴族様からの依頼でもあれば良いなあ――などと、益体もない事を考えるばかりだ。

「ま、俺たちじゃ請けられないだろうよ」

「違いないな」

重戦士の軽口にはそう返すしかないのだけれども。

と、冒険者ギルドの扉が開いた。

颯爽《さっそう》と現れたのは、短く切った黒髪の女――いや。そう見えたのは、顔の左側だけだ。

頭が動いてちらと覗いた右側は、長く伸びた前髪によって隠されるように覆われている。表情は凛《りん》として涼やかで、けれど張り詰めてもおらず余裕がある。

集まった冒険者たちの視線を受けて尚《なお》、自分が此処にいるのが当然と、そんな風に思えた。

すらっとした肢体《したい》を覆うのは、ぴたりとした仕立ての良い冒険者ギルド職員の制服。

それも男性用だが、しかし体の柔らかな稜線《りょうせん》を見れば、その性別は一目瞭然。

なるほど、男装の麗人とは、ああいうものか――……。

ろくに見たこともない、けれど辻《つじ》に掲げられた芝居の宣伝文句が脳裏を過った。

しかし、いや、無論のこと若い戦士とて詳しいわけではないのだが――……。

――別に、男装ってわけじゃあないんだろうな。

性別云々ではなく、単に自分にとって似合うから、相応《ふさわ》しいから選んだのだ、と。

そんな印象が、長い足を魅力的に見せる颯爽とした歩き方から窺えた。

彼女はまっすぐに受付へ向かい、職員と会話を経て、帳場の奥へと姿を消す。

「素敵、ですよねえ……」

隣で銀髪の娘が両頬を押さえながらうっとりと、ふんわりした感想を口にした。

「だな」

女の細い背を目で追った若い戦士は、しかし当たり障りのない相槌《あいづち》を打った。

見惚《みと》れていたわけでもなし。それに仮にそう受け取られたって、別に何の問題も無い。

が、彼女にそう思われてしまうのは、なんとなく避けたかった。

「お貴族様という意味では正解でしたねえ」

犬頭の先生が、眼鏡の奥で目を細めた。

「ギルド――職業組合は商人職人の寄り合いですが、冒険者ギルドはお上のものですから」

「ああ」と言われて、若い戦士も思い当たる。「職員の人ってお役人様だもんな」

「国を動かすには責任が必要で、賢くなければ国を動かせず、賢くなるにはお金が必要」

つまりはお貴族様でなければ――と、そんなものか。

村にいた頃は貴族なんて冒険者にやっつけられるか、娘が竜に攫《さら》われるだけ――……。

――いや。

村の水車小屋やら風車やらパン窯《がま》やらを管理するのは、確か領主様だったはずだ。

領主様が幾つ村を管理しているかは知らなかったが、一つ二つという事はあるまい。

一党《パーティ》の買い物の計算だけで苦しんでいる自分には、想像もつかぬ労苦があるのだろう。

それを思えば――……。

「貴族のお姫様を助けて結ばれてめでたしめでたし、なんてあるけど。冒険者には無理だな」

「かもな」

重戦士が冗句を受けて笑った。どういう意味の笑みかは、若い戦士にはわからなかった。

「さあ、さあ」

おっと。先生が音もなく両手の肉球を打ち合わせたので、若い戦士は慌てて手を動かした。

「そんなお貴族様から依頼を請けたいのならお勉強。そして買い物のお釣りを頂かなくては」

「ふふ、今はまだ語るべき時では――――」

「時だよ⁉」

しれっとした森人に、鉱人の娘が食って掛かり、またしても周囲が騒々しくなった。

その賑やかさに重戦士はひらりと手を振って、足取りも重く歩み去る。

若い戦士は体調や冒険の事、諸々《もろもろ》を込めて気をつけろよと言ったが、届いたかはわからない。

隣では、銀髪の娘が睨むように黒板へ顔を落とし、白墨を手に文字列へ立ち向かっていた。

――まあ一党《パーティ》の頭目は大変だし、それを管理する冒険者ギルドだって色々あるんだろうな。

自分にも関係のあることだろうけれど、きっと関わることは無いだろう。

そう思っているうち、あの職員のことは、文字列の海に沈んで消えてしまうのだった。

§

「はい、お疲れ様でしたーっ」

「ありがとうございました！」

しゃちほこばって頭を下げ、大事そうに報酬を握り締めて去っていく冒険者。

それをにこにこ手を振って見送って、至高神《しこうしん》の聖印、天秤剣《てんびんけん》を胸に下げた職員は息を吐く。

――新人冒険者も皆ああして素直だと楽なんだよねー。

それに応援したくもなる。応援したからといって長生きするわけでは決して無いけれど。

「それじゃあ受付さん、行ってきまっす!!」

「はい、どうぞお気をつけて。がんばってくださいね？」

隣では友人が、槍《やり》を担《かつ》いだ冒険者の応対をしている。

にこにこと張り付けた笑顔を前に、槍使いの冒険者は意気揚々と出立《しゅったつ》する。

走り出し、振り返って手を振り、どこか拗《す》ねたような魔女と歩み去る背を追って――……。

――ふむん？

まだ友人はにこにことしながら手元の書類を確認し、何事かを書き付けて仕事を続けている。

今彼女の前には他の冒険者もいないし、応対用の表情を取り繕《つくろ》う必要はない。

となれば――……。

「楽しそうだねえ」

「そうですか？」

えっ、なんて顔をして不思議そう。自覚が無いのか、それとも取り繕っているだけなのか。

ついこないだまで――今も時々――わたわた慌てて走り回っていた友人に、余裕がある。

さて、そうなれば、理由と真実を追い求めるのが人のさがというもの。

曰《いわ》く——ゴブリン退治。

ひょいと伸ばした手で友人から書類をかっさらい、見てみれば何のことはない、依頼書だ。

不意打ち《アンブッシュ》。何も隠密《おんみつ》は斥候の専売特許というわけではない。鎧《よろい》を着てなきゃこんなもの。

「あっ、こら、人の書類を勝手に……！」

「ちょっと見せてもらうねー」


——なるほどねえ……。

「ほら、もう、返してください……！」

にょによと猫めいて頬をゆるめていたら、あっさりと取り戻されてしまう。

だがまあ必要な情報は十分に得た。依頼先の村と距離から考えれば——……。

「今日あたりかな？」

「何がですか、何が」

まったくもうと頬を膨らませるあたり、友人もまだまだ子供だ。それを楽しむ自分もだが。

なにせ自覚してるのかどうだかわからない現状、こちらからそれをつつくのも面白くはない。

すぐに何でもかんでも恋だ愛だと結びつけ、もてはやすのは簡単だけれども——……。

——人生はそこまで単純じゃなくて、ちょっと複雑だもんね。

だがまあ、それはそれだ。

何につけても娯楽というのは単純な方がよろしい。

悪逆非道の巨悪に実はやむにやまれぬ事情と悲しい過去が、なんてのは困るものだ。

――あ、でも美形の人とかならアリなのかも？

なんて、たまに眺める舞台を想像して考える。

憂いを秘めた悪の美男子とか、悲劇の女性と敵味方に別れての恋愛なんてどきどきものだ。

結末がわからない、というのが良い。

「ちょっと、人のことを娯楽にするの、やめてくれません？」

「あ、バレた？」

けらけらと笑うと、友人は「むう」とむくれて睨んでくるので、窘めるように指を振った。

「我々は人生という舞台を歩く影、役者に過ぎないと至高神様も仰《おっしゃ》って――……」

「いませんよね？」

「わはは、バレたか」

「バレたかじゃありませんよ、もう……」

「確かその人、昇級の審査通ったんだっけ？」

「最初のは」と友人は頷いた。「その後はまだ連絡がないんですけども」

「まー、面談とか必要になってくるかもだしねえ」

全部が全部という場合ではないけれど、時として都へ指示を仰ぐ事もなくはない。

そして指示を仰いだからといって、すぐに返事が来るわけもないのだ。

道々の往来や連絡がそんな簡単に済むのであれば、冒険者の仕事はもっと少ないだろう。

世に冒険の種は尽きまじ。何事もない世界は尊いが、波瀾万丈《はらんばんじょう》な世界は楽しいものだ。

——あくまで自分がひどい目にあわなければ、だけどねー。

まあ、何につけてもそんなものだ。これぐらいなら至高神様もお目こぼしくださるだろう。

自分も友人もまだまだ未熟で子供。完璧な者などこの世にいやしないという事だ。

短所があるけど良い奴だ、から、良い奴だけど短所がある、にならないように気をつけて。

——そうなったら友情の終わりだよねー。

「やっぱりゴブリン退治だけだと厳しいのでしょうか？」

「それだけやってれば良いってわけにはいかないんじゃないかなー」

難しいけどね。そう続けると、友人もまた「そうですよね」と頷いた。

一つの事だけ延々やるのも大事だけれど、なかなかどうして、その価値は認められづらい。

なにせほら。冒険者といえば経験を積み重ねて成長していくものだから。

延々小鬼をやっつけていたら、いつのまにか英雄の実力に……なんて事にはならないものだ。

「ま、判断するのは私たちじゃないんだし。今は目の前のお仕事お仕事」

「そうですね。……うん、お昼休憩までにやれるだけやってしまいませんと」

「それにやってれば彼が帰ってくるかもしれないし？」

「だからそういうのは良いですってば……！」

などと怒る友人を楽しみながら、彼女もまた自分の仕事へ戻ることにした。

何せやる事は山ほどある。国を動かすお役目の末端なのだ。さぼれば国が止まってしまう。

尖筆を走らせ、思考を巡らせ、利用者が訪れたら笑顔で応対。その繰り返しが世界を動かす。

と――……。

「おやん？」

不意に扉が開く音に反応できたのは、信仰心のたまものか。

「うぇっ」と漏らしかけた声を堪《こら》えて、あわてて居住まいを正して姿勢良く座り直す。

どうやら友人は信仰心に欠けるらしく、迫る足音にも気づかぬまま書類仕事を継続中。

ほどなくして作業に満足したのか、ふう、と息を吐いて顔を上げて――……。

「ふう、できました……！」

「そうですか。良かったですね」

「はい！　……はい？」

目前に立つ穏やかな表情の人物に気がついた途端、名状しがたい声を漏らして硬直した。

そこに佇《たたず》む黒髪の女性。冒険者ギルドの制服をまとった人物は、忘れもしない。

固まる友人の横で雷除《よ》けのまじないを心中で繰り返し、笑顔で嵐が過ぎるのを待つばかり。

「久しぶりですね。仕事が終わったのでしたら、少しお時間をいただいてもよろしいですか？」

「あ、あ、は、は、ひゃい……」

「結構！」

黒髪の職員はにっこりと目を細め、満足そうに頷いた。そして、鋭い視線がこちらを向いた。

「では、奥を借りてもよろしい？」

友人がすがりつくような目で自分を見てくる。

それに答えるべく、万感の思いを込めて頷いた。

「どうぞ、ごゆっくりー」

至高神様曰く、溺れる者二人が一枚の板を掴んだならば、だ。

――緊急避難においては友情よりも冷たい方程式が適用されるのだよ。

声無き悲鳴を上げる友人の訴えも、無言なのだから耳に届くわけがない。

「では行きましょう。業務とはいえ、あまり時間をかけてもいけません」

「はい……」

うなだれて、処刑人と連行される囚人のような二人組を見送って、一息。

――この剣を振り上げし時、我は科人《とがにん》に永久《とわ》の生を祈らん。神の名においてこれを鋳造す。

「汝等罪無し、と」

友人のために祈りを捧げたら、あとはこちらも仕事に戻るとしよう。

なにせ二人が奥の部屋から出てきた時に、さぼっていては自分の番が来てしまう。

――あの人の査察なんて、ホント受けたくないんだよ。

まあ、察するに友人が奥へ引っ立てられていった理由も想像がつくのだけれど。

――ほら、きた。

ぎいとギルドの扉が開き、つんと鼻に刺すような嫌な臭いが風に乗って舞い込んできた。

たむろす冒険者らが顔をしかめてそちらを向いて、自分としてもあまり良い気はしない。

なにせ――異様な風体の冒険者だった。

角の折れた鉄兜。薄汚れた革鎧。腕には小振りな円盾を括り、片手に棍棒をぶら下げて。

何より全身泥まみれなその冒険者は、まっしぐらに掲示板に向かい、依頼書を引き剝がす。

それを見た誰かが、ぼそりと呟《つぶや》いた。

「あいつ、またゴブリン退治を独占する気かよ」

他の新人に――いや、もう数ヶ月の冒険を経た今『他の』は余計だ――回すもんだろうに。

そんな毒吐きもまったく意に介さないその男は、もうすっかり呼び方が定着している。

滑稽で、からかいの混じった、馬鹿馬鹿しいようなその渾名《あだな》。

人呼んで――小鬼を殺す者《ゴブリンスレイヤー》。

§

「そう呼ばれる時点で何かおかしいと思わなかったのですか?」

「は、はひ……」

受付嬢は懐かしくなるほどに久方ぶりの叱責《しっせき》を受け、巣ごもりする栗鼠のように縮まった。

といっても冒険者ギルド、帳場の奥。上階にあるのとは別の、応対用の部屋だ。

栗鼠と違って逃げ込めるような場所は無く、ソファの上で体を小さくするばかり。

目の前には颯爽とした出《い》で立ちの、女性職員——先輩、いや。

「査察ですから、きちんと答えてくださいね」

査察官が、にこりと微笑《ほほえ》んで座っている。

受付嬢はごくりと唾を飲んでから、「はい」と聞こえるような音を、やっと喉から発した。

紅茶を淹《い》れますかと問うたら「結構です」とやんわり断られた為、卓上には何もない。

そのせいでどうにも間が繋《つな》がらず、受付嬢は、おずおずと上目遣いに問いかけた。

「あ、あの、急に来られたのは、やはり彼の昇級審査が理由……でしょうか?」

「他に何か理由があると思いますか?」

「い、いえ」

じっと探るような目で見つめられ、受付嬢は大慌てでぱたぱたと首を左右に振った。

蛇《へび》に睨まれているも同然なのだ。わざわざ藪《やぶ》をついて、二匹目を出す必要はない。

「その、あんまりにも突然いらっしゃったので……」

「事前連絡をしては査察の意味が無いでしょう」

はあ。溜息を吐《つ》かれて、受付嬢は目線を下に落とした。

「都にいた時から変わりませんね、貴女《あなた》は」

その言葉が、まるで成長していないと言われているようで、胸の奥に突き刺さる。

――貴女みたいにはいかないですよ。

と、受付嬢はもちろん口に出したりはしないけれど。

言うまでもなく――査察に訪れた彼女は、都で研修を受けていた頃の先輩だった。

学問を修めてきたとはいえ、貴族の子女に過ぎない箱入りの自分は随分と鍛えられたものだ。

正直に言えば、研修中、職員になるのをやめようか、と思った事もなくもない。

別に、仕事が非人道的なまでに過酷だったわけではない。

理不尽を強要されたりもしなかった。

何を、どうして、なぜやらねばならないのか。至極《しごく》真っ当だった。

指導をしてくれる先輩は公明正大で、きびきび、颯爽としていて――……。

――格好良いな。

と、思えたものだ。

彼女が指導《OJT》を担当してくれねば、自分はもっとだらしない職員になっていたろう。

あるいは、さっさと諦めて家に戻って、頑張っていれば上手くいったと妄想を弄《もてあそ》んだか。

いや、もちろん今の自分がきちっとできているかといえば、ご覧の有様だけれども。

先輩は決して罰当たりなことを口に出したりはしないものだ。

相手を罵《ののし》ったりすることもなくて、だからこそ――……。

――き、きつい……。

受付嬢は息苦しくなるのに顔を強張《こわば》らせながら、懸命に言い返した。

「で、ですが。人格とか、実績とか、その辺りは問題ないんですよ……！」

「はい。そこは私も問題にしていません」

「え」

受付嬢は、思わず目をぱちくりと瞬かせた。先輩は、薄い笑みを崩さないままだ。

「私は彼と対面していませんから評価できませんが」

と、一言前置きをして、彼女は手元の冒険記録用紙へ目を落とした。

「いささか私見が入っているのは否めませんが、あなたの人格評価自体に異論はありません」

そう、さらりと彼女は言うのだ。

受付嬢はもう一度瞬きをした。先ほどとは違う。理解できないのではなく、信じられなくて。

――認めてもらえている、ということです？

そうか。そうなのだろうか。いや、先ほどの発言も、先輩の言葉なら別に罵倒ではないはず。

ちょっとは評価してもらえているのだろうか。自分は、先輩に。

「ですが」

と、その舞い上がった気持ちを、まったく調子の変わらぬ静かな口調で叩き落された。

「問題は技能面です」

「と、言いますと――……?」

「ゴブリン退治しかしていないではありませんか、この人物は」

しかも単独行《ソロ》ばかり。

怯《おび》えながらおっかなびっくりの質問への答えは明確で、受付嬢としてはぐうの音も出ない。

冒険者の等級は、戦闘能力だけで決まるわけではない。当たり前の話だ。

斥候もいる。神官もいる。学者《セージ》もいれば、地図役や荷運びをする者もいる。

腕っぷしの良い荒くれ者が、ただそれだけで評価されるわけもない。

怪物退治に夢中になって、守らねばならぬ人や物を蔑《ないがし》ろにする手合などお呼びではないのだ。

十中八九、そういう手合は自分の判断は正当で、必要な犠牲《コラテラル・ダメージ》だと言うのだけれど。

ともあれ――……では、この場合はどうなのか。

なるほど、ゴブリン退治は遂行できる。そこに疑問の余地はないらしい。

冒険者ギルドとしても、そういった「人助け」になる依頼への評価は高い。

加えて、職員とのやり取りでも、問題になる要素はない。私見が入っているとはいえ。

話していれば、少なくともちゃんと応対する気がある事はわかるものだ。

では。

「それ以外ができるのかどうか。一党《パーティ》と行動を共にすることができるのかどうか、です」

「はい……」

つまりは、そういう事だった。

冒険者の等級は戦闘能力だけではないが、それが軽んじられているわけでもない。

四方世界に存在する脅威は、小鬼だけのはずもない。

小鬼以外とまともに戦えないでは、さて、昇級させて良いものかどうか。

ましてやゴブリンだけに専心して、他の冒険者と連携も取れぬような手合では――……。

「で、でもですね」

受付嬢は必死に頭の中で理論をまとめて、反論を繰り出した。

「先だっては、魔術師の護衛で探索に赴いた事もありますし……！」

「一党《パーティ》を組んだわけではありませんよね」

「はい……」

そんな拙《つたな》い反撃など、あっさりと弾かれてしまうのは当然なのだが。

「ですが、その、囚《とら》われた人を救助したり。たった一人、村を襲撃から守ったことも……」

それでも。だけど。他にも。こんなことも。

どれもこれもゴブリン退治ではあったけれど、彼のやってきた事は立派な善行だ。

他の人が安い報酬だからと避けた依頼を、彼は文句も言わずにやってくれた。全部、人助けではないか。

自分だって助けられた。村の人たちだって助けられた。あの魔術師もそうだろう。一人黙々と仕事をしてきたのだ。それが評価されないのはおかしいではないか。

彼は真面目だ。自分のやるべき事はちゃんとやっている。文句を言われる筋合いは無い。

主張を繰り返す度、受付嬢の胸のうちで、そんな気持ちが強くなる。

どうしてこんなに必死になって擁護しているんだろう――と、ふと思う。

依頼のやり取りの時、ただ会話するだけの間柄で、それ以上でも以下でもない。

ただただ、日々を積み重ねてきただけなのに。

「……ですから、そこが評価されているのは理解しますよ」

そんな疑問が浮かんだのは、先輩の職員、査察官が僅かに表情を緩めたためだった。

いや、彼女の微笑も、目線も、変わってはいない。ただ少し、和らいだ。そう見えた。

「す、すみません。一方的に……」

受付嬢は、自分が早口になっていたことに気がついて、顔を赤らめて俯《うつむ》いた。

頬が熱かった。紅茶でもあればそれで誤魔化したかったのだが、そうもいかなかった。

「勘違いしないで頂きたいのですが」

査察官は同じ声の――つまりは、平常通りの、けれど柔らかな雰囲気を滲《にじ》ませて言った。

「昇級を却下しに訪れたわけではありませんし、彼を否定しようというつもりもありません」

「では、審査のやり直し――……？」

「というよりは、試験と言ったところでしょうか」

成程。受付嬢は、細やかな安堵《あんど》を胸に頷いた。

果たして昇級が妥当なのかどうか。不安要素を洗い出し、確認するための試験。

本来は各地の冒険者ギルドで執り行うのだが、たまさか今回は此処が目についたのだろう。

抜き打ちの査察とは、そういうものだ。

そうと決まれば、少しばかり安堵する。自分の審査が誤っていたわけではない事に対して。

――の、はずです。

「あのう――……」

と、遠慮がちな声がかけられたのは、その時だった。

見れば先ほど自分を見捨てた友人が、にこにことした笑みを浮かべて扉傍に立っていた。

先輩に気づかれぬよう険を込めた視線を向けても、平然と受け流されてしまう。

まったく、もう。

「たぶん、お話されている冒険者。今、ちょうど冒険者ギルドへ戻って来ましたよ？」

――まったく、もう！

「おや……」と先輩は呟いた。「それは好機ですね」

受付嬢はせわしなく頭を働かせた。査察官がこれ以上何かを言うよりも早く、喋《しゃべ》らなければ。

「あの、彼は冒険から戻ったばかりなので、少し時間をおきませんか？」

「ふむ。もっともな意見ですね」

よし。頷く査察官を前にして、受付嬢は卓の下で、ひそかに拳を握り締めた。

少なくとも泥と小鬼の血に塗れた姿よりは、きっとマシな格好をしてくれるに違いない。

「でしたら、彼に一度家――」

――ではないのでしたっけ？

確か、牧場に下宿しているとか。あの赤毛の娘さんの所だろう。どういう関係なのかしら。

「――下宿先に戻って、身を清めてから、明日また来てもらうよう伝えて頂けますか？」

「明日ね」と友人は頷いた。「それだけで良い？」

「後は、昇級の話がありますから、と」

こう頼めば、きっと身だしなみだってきちんと整えてくれるに違いないはずだ。

そう重ねて伝えると、友人は「はぁい」と楽しんでいるような声で返事をして戻っていく。

猫の尾めいて揺れる髪を見送って、受付嬢は後で何か仕返しをしようと固く誓った。

友情を保つためだ。わだかまりを抱えたままではいられまい。

「では、時間も空いた事ですし。貴女の淹れたお茶を頂きましょう」

そんな受付嬢をゆったりと寛《くつろ》いだ風に眺めながら、査察官が呟いた。

「きちんと教えたとおりに淹れられるか、見てみたいですしね」

「はいっ」

さしあたっては。

友人秘蔵の茶菓子を、先輩に献上してやるとしましょうか――……。

§

戻れと言われたならば、戻らざるを得まい。

彼にとってはただそれだけの事で、ゴブリンスレイヤーは躊躇すること無くそう決断した。

一度引き剝がした依頼書を受付で返却するのも、特にばつが悪いとは思わなかった。

小鬼退治を終えてギルドに戻り、報告をし、依頼を受け、牧場に戻り、準備をし、出発。

そのサイクルの間に、一日の猶予時間ができた。ただそれだけの事だった。

ずかずかとギルドに入ってきて職員と会話を交わし、ずかずかとまたギルドを後にする。

足を留めたのは、顔見知りとなった若い戦士の冒険者が軽く挨拶《あいさつ》をしてきたのに頷く程度。

そうして扉を開けると、外は思いのほか眩《まぶ》しかった。

差し込む日光は白く、青く澄んだ空はひどく広い。遅れて、雑踏を行き交う人々の声。

「――ふむ」

ゴブリンスレイヤーは小さく声を漏らすと、それらに一瞥《いちべつ》をくれただけで歩き出した。

ここ最近になって、ようやく通い慣れたと言えるようになった道だ。

その道を、こんな時間に歩いた事はあっただろうか。

――あったに違いない。

特に印象にも残らず、覚える必要も無いから抜けているだけだ。

それを思えば、きっと意識して空の遠さや、月の輝きを眺める事は何度も無いのだろう。

――だからテメエは詩人になぞなれやしねえのだ。

師は、そう言って頭を小突いてきたものだ。

その言葉の意味は理解できても、言葉以上のことはわからないのだから、納得もできた。

空も月も星も街も、わざわざ足を止めて眺めて息を吐くことなど、あるまい。

それくらいならば小鬼が潜んでいないかを気にした方が良い。少なくとも自分にとっては。

彼は鉄兜の下で右、左と物陰を認める度に視線を動かし、止まる事無く歩き続けた。

移動速度を落とさぬように索敵を繰り返すのは、重要な訓練の一つだった。

樽《たる》、路地、荷箱の影、木々の裏、下水へ続く排水溝。どれもあり得る話だ。

突然街中に小鬼が現れてどうなるかなど、今更考えるまでもない。

それは門を出て、街道を歩くようになっても、牧場の敷地に足をいれても変わらない。

「む……」

ほら、見るが良い。拙いながらも自分で積んだ石垣が、このように崩れている。

――ゴブリンか？

まずそう考える。しゃがみ込み、状態を観察する。

風雨に晒されれば、いや、そうでなくとも自然の中にあれば崩れるものだ。

だからまず周囲の地面に足跡が無いかを調べる。雨は数日降っていない。

――足跡は無い。

なら、ひとまずは良い。足跡を隠す知恵を持つ小鬼は、そういない。

いないわけではないから、警戒は常に必要だ。

ごろりと転がっている石を拾い上げ、積み上げる。重ね具合を確かめ、しっかりと組む。

いずれもっと補強をし、石垣を長く延ばしていく必要もあろう。

だが、その準備ができてからやりはじめるのでは、あまりに遅すぎるというものだ。

「……おう、戻っていたのか」

「はい」

不意にかけられた声へ、ゴブリンスレイヤーは手を止め、顔を上げて応じた。

首から手ぬぐいをかけた牧場主が、やや疲れたような様子でそこに立っている。

恐らくは仕事の合間なのだろう。ゴブリンスレイヤーは何か言おうか考え、結局黙り込んだ。

ねぎらいの言葉をかけるのでは、まるで他人事のようではないか。

「精が出るのは良いが、帰ったらまずは顔を出して、挨拶をしなさい」

「はい。すみません」

だからかけられた言葉には、素直に頷いた。その通りだと思ったからだ。

故に続けて口から出たのは、決して言い訳ではなかった。そのつもりもなかった。

「ただ、気づいた時にやらねば、自分は抜けてしまうのです」

牧場主は何も言わずに息を吐いた後、短く「そうか」とだけ言った。

彼は手ぬぐいで額の汗を拭うと、眩しげに白い陽射しを見上げ、ゆるく首を横に振った。

「そろそろ昼食だ。来なさい。何をするにしても、飯を食べてからの方が良い」

「わかりました」

実にもっともな意見だった。最後にもう一度だけ、石垣を直し、頷く。

農具を携えて歩き出した牧場主の後を、ゴブリンスレイヤーは静かに追いかけた。

見やった母屋《おもや》の煙突からは、もくもくと、昼食の支度を窺わせる煙が立ち上っている。

ここからでは見えないが、きっと台所であの娘が料理をしているのだろう。そのはずだ。

あの娘は、何をこしらえているのだろうか。わからない。シチューならば良いと考える。

理由は、よくわからない。

ただ何となく、シチューが喰《く》いたいと、そう思ったのだ。

§

「おかえりなさい！」と声をかけるのにも、やっと慣れた。

伯父《おじ》の生活は規則正しいし、その足音だって毎日、どの時間に来るのかもわかっている。

だからそれが少し変わればわかるし――……何より、彼の足音は特徴的なのだ。

ずかずか。ずかずか。無遠慮で、荒っぽい。靴のせいかもしれない。冒険者の靴。

彼女は冒険者が赴く先なんて遺跡とか、洞窟とか、迷路くらいしか思い浮かばない。

思い浮かべた所で、想像の中のそれは、実際のものとはきっとまるで違うのだろうけれど。

だからその無骨な長靴で地面を蹴るような足音には、ぴんと来るのだ。

声をかけて、ぱたぱたと台所から食堂――つまりは戸口へと向かう。

「おう。今、戻ったぞ」

「……」と一拍置いてから。「戻った」という短い返事。

伯父が傍らに立つ彼――伯父よりも背が低い事に今さら気づく――に、胡乱《うろん》な目を向ける。

鉄兜の奥で押し黙った彼が困っているのだと、彼女は察しがついて、くすくすと笑った。

――困ると、黙るよね。

小さい頃から、そうだった。はずだ。もう記憶は曖昧《あいまい》で、掠《かす》れてしまっているけれど。

だから慣れていないのは、後ろで括った、長く伸びた髪だ。

馬の尾というにはまだ短いけれど、ぎゅっと上に絞ったせいか、頭の皮が張っている。

――三編みとかのが、楽だったかな？

とは思うのだけれど、流石にそれは子供っぽい。

どうせやるなら、そう、あのギルドの受付さんくらい伸ばした方が大人っぽくて――……。

「……」

牛飼娘は「すぐにお昼ごはんできるからね！」と言いつつ、ぱたぱたと台所へ駆け戻る。

首筋でぽんぽんと跳ねる毛先が、なんだか妙にくすぐったくて、頬が緩んだ。

背後からは重たい物が乗って、ぎしぎしと椅子《いす》が軋《きし》む音。

伯父さんの体重で、ということはなくて――彼の着ている鎧とか、兜のせいだろう。

――やっぱり、重たいんだろうな。

それに、あんまり言いたくはないけれど、ちょっと汚いかもしれない。

もちろん自分たちだって野良仕事とか家畜の相手をしていれば、汚れる。今さらだけれど。

「おまたせー！」

と、料理――シチューだ。試行錯誤して、最近は結構美味《おい》しくなった、と思う――を運ぶ。

卓についている彼は案の定、鎧兜のままで、隣に座った伯父はむっつりと、しかつめらしい。

「……食事の時ぐらいは、脱いだらどうなんだ」

「いえ」と、彼ははっきりと言い切った。「必要ですから」

「……そうか」

伯父の言葉に、諦めの色が混じり始めた事には、牛飼娘とて気がついている。

――ゴブリン退治、ばっかりだもんね。

朝起きて、ゴブリン退治に出かけて、帰ってきて、またゴブリン退治に出かけて。

彼の生活はその繰り返しで――合間、合間に、牧場の垣根や、石垣の修理が入る。

――あ、でも。

自分が手伝ってと頼んだ時は、手伝ってくれるようになった。

それは一歩前進で、だから彼女は伯父ほどには、今の現状を気にしてはいなかった。

一歩ずつ、進めば良いのだ。悩んで止まるよりはずっと良い。

「ほら、早く食べよ？　冷めちゃうよ？」

「あ、ああ。……そうだな。食べてしまおう」

だからそうして伯父に声をかけて、地母神様への祈りを捧げて、食事に手をつける。

彼は黙ったままだけれど、祈っている間に勝手に食べ始めたりはしないから、それで良い。

――それに、ちゃんと食べてくれるもの。

ついこないだまでの事を思えば、彼だって、ちょっとずつ進んできてくれている――はずだ。

牛飼娘は、ちらちらと彼を見た。彼は黙々と、兜の隙間に匙《さじ》を突っ込んで食事をしている。

なんとなく牛飼娘は、ちょいちょいと括った髪を手で触れてみたり、弄《いじ》ったりしてみる。

彼は――見ているのだろうか。鉄兜の下で、視線がどちらに向いているかわからない。

「明日」

「ふぇっ⁉」

だから不意に彼が声を発した時、牛飼娘は思わず匙を取り落としそうになった。

「明日、また、出かける」

「えっと……」

牛飼娘は必死に頭を回し、何とか言葉を絞り出した。

「また、ゴブリン退治……？」

――でもそれならわざわざ言ったりはしないよね。

「いや」

なので彼がゆっくりと鉄兜を左右に揺らしたのは、むしろ納得できる。

問題は、そこに続いた次の言葉だ。

「冒険者ギルドから、昇級の話があるらしい」

「なんだと⁉」

伯父ががたりと椅子を鳴らして立ち上がった。

おかげで牛飼娘は驚くこともできず、ぱちくりと瞬きをして、伯父と彼とを交互に見た。

卓に手をついて立った伯父は、座り直すこともせず、ぐいと彼の鉄兜へ顔を向けた。

「黒曜に昇級するのか？」

「いえ」と彼は言った。「黒曜には、もう昇級しています」

「……聞いていないぞ」

少し冷静になったのだろうか。

伯父は深々と息を吐くと、ゆっくりとした動作で椅子に座りなおし、がたりと前に引いた。

もっとも匙を手に取らずに卓上で指を組むあたり、極めて真剣な様子なのは間違いない。

彼は戸惑ったような様子で黙り込んだ後、静かな、訥々《とつとつ》とした口調で問うた。

「言ったほうが、良かったでしょうか？」

「当たり前だ」

むっつりと、不機嫌とも説教ともわからぬ口調で伯父は断じた。

「そういう事は、きちんと報告しなさい」

「……すみません」

そうして彼の鉄兜が素直にぺこりと揺れる段に至って、ようやく牛飼娘の思考が追いついた。

彼女はもう一度ぱちくりと瞬きをした後、「わ」と両手を打ち鳴らした。

「え、わ、わ、す、すごい！　良いことだね！」

牛飼娘は冒険者の等級についても、あまりよくは知らない。

知らないけど、白磁が一番下で、黒曜はそれより上で、一番上が白金なことは知っている。

その白金の勇者に一歩近づいた――いや、もう二歩目？――のだから。

「すごいことだよ……！」

そうだ、ごちそう。ごちそうを作ろう。今夜は間に合わない。でも明日。明日作ろう。

胸の奥がどきどき、わくわくとして、牛飼娘は居ても立ってもいられなくなってしまった。

まるで我が事のように思えて「わー……！」「わー……！」としか声が出てこない。

どうしよう。どこからやろう。思わず頬に手を当て、もじもじと身じろぎをする。

そんな彼女の姿を、彼は鉄兜越しに、戸惑ったような様子で見ていたらしい。

「まだ、決まったわけでは……」

「そ、そうだけども！　でも、昇級するって決まるかもしれないんだし……！」

何と言っても初めての事だ。

準備とかいるかもしれない。いるだろうか。自分が手伝えることは何だろう。何がある？

牛飼娘はうんうんと唸った後、意を決して、一歩前に踏み出すことにした。

「前回は、どうだったの？」

――まずは聞く。聞いてみる。

大事なことだった。足踏みするよりはずっと良いということを、彼女は確かに学んでいる。

彼はそれを受けて、少し鉄兜を俯かせた後に、短く答えた。

「単にギルドから、認められたという話をされた。そして、認識票を交換した」

「……それだけ？」

「ああ」

こっくりと頷くあたり、彼が何かを隠しているということはないようだった。

──ううん、そもそも隠したり、嘘ついたりは、しないと思うけど……。

そういうくだらない誤魔化しをするようなことは、きっと無い。

だから牛飼娘は、さらに踏み込んだ。

「今回は……？」

「身綺麗にしてこいと言われたが」

彼は淡々とそう言った後、自分の革鎧や、腕に括った盾を見て、うむ、と頷いた。

「問題はないように思う」

「ダメだよう、綺麗にしないと！」

今度は牛飼娘の方が、ばんと卓を叩いて立ち上がる番だった。

がちゃりと皿が揺れて音が鳴ったのにも気づかずに、彼女は幼馴染《おさななじみ》の彼に指を突き出した。

勢い任せの、勇気ある行動だった。

「ちゃんと兜とか、鎧とか、磨いて綺麗にしなきゃ……！　っていうか、するよ！」

「む……」

「シャツとか、そういうのも、全部！　洗濯したの、出すからね……！」

「……そうか」

彼は低く唸ると、そんなような言葉を口にした。

つまり、こちらの要求を受け入れた、ということだ。

――よし……！

牛飼娘はぎゅっと拳を握って、勝利を噛《か》みしめるように頷いた。

「何にせよ、だ」

そんな彼女と彼の様子を苦笑交じりに眺めていた伯父が、ようよう口を開き、息を吐く。

「食事を済ませてからにしなさい」

牛飼娘は消え入るような声で「はい」と言って、赤くなった顔を隠すように俯いた。

匙で掬《すく》ったシチューはすっかり冷めていたけれど、味なんて気にならなかった。

彼もそうだと良いのだけれど、牛飼娘にはわからない。

なんと言ったって、彼のシチュー皿は、あっという間に空になってしまうのだ。

§

――慣れないものだ。

ゴブリンスレイヤーはぼさぼさと伸びた頭を撫《な》でつつ、膝の上に開いた書物をめくった。

明るく、軽くなった視界だというのに、兜の庇が焼き付いているような気がしてならない。

納屋《なや》の薄暗さも、そこに灯《とも》る角灯《ランタン》の明るさも慣れたものだが、今夜は妙に眩しかった。

さらに言えば体も重みと厚みが無いせいで、どうにも動くと違和感がある。

普段の感覚で手を伸ばすと、かえって無駄に大きな動きになってしまうのだ。

彼はそんな細やかな違和感に難儀しながらも、ともあれ明日の準備に励んでいた。

準備――無論のこと、小鬼退治の準備である。

「ふむ………」

先だっての依頼、その報酬として受け取ったものを詰め込んだ納屋は、随分と手狭だ。

棚には幾冊かの書物が突っ込まれた他、がらくたとは思えぬ品々がずらりと並んでいる。

その多くは、ゴブリンスレイヤーにとて用途がよくわかっていないものも多い。

ただ、それを彼は特に苦とも思わなかった。

わかるものを使えば良いし、わからないなら、わかろうとすれば良いだけの事だ。

実際、こうして作業机に向かい、書物を開いていても、内容は彼には理解できない事が多い。

故にわかる部分を汲《く》み取っていく。

例えば――目鼻を刺激する薬物の類などだ。

もちろん、そう都合よく「涙や鼻水を催させる薬」などという直接的な項目は無い。

だが図鑑だとか目録だとかを広げ、草花や虫やらの効能を追いかけていけば、そこには在る。

ゴブリンスレイヤーの知らぬ、見たことも聞いたこともない名前のものばかりだが――……。

――これは、知っている。

毒虫の類や、毒草の幾つか、彼の見聞に確かにある品種を選び、それを頭に覚え込ませた。

立ち上がり、棚に向かって、小瓶に貼られたラベルの文字を読み、幾つかを抜き取る。

そうしてまた作業机に戻れば、手袋をして、その小瓶の中身をざらりと出す。

余人からすれば得体《えたい》の知れぬ木の根だとか、虫の死骸だとか、薬草の類だろう。

彼はそれを慎重な手付きで乳鉢に移し、ごりごりと乳棒で磨《す》り潰してゆく。

そして作業を始めてから舌打ちを一つして、手拭いをひっつかみ、口元を覆うように結んだ。

自分でも忌々《いまいま》しく思うほどに、手慣れていない。

思えば――――子供自分の頃、姉から教わったのは、もっぱら父の狩りの技ばかりだった。

薬草摘みをしていたという母の技術も、姉に請えば教えて貰えただろうか?

――いや。

姉は教えてくれようとしたのだが、自分が聞いていなかっただけだ。

そんな事は役に立たないと思っていたろうし、興味もなかったに違いない。

いつでも聞けるし教われるとも、思っていたのだろう。

つくづくと、愚かな事だった。

「後は……盾の縁を磨いておくか」

ふと作業の合間、息苦しくなって手を止めた時に、吐息と共にぽつりと言葉が落ちた。

幾度かの冒険において、手持ちの武装が失われた時に、物を言ったのが盾であった。

小振りな円盾。腕に括るあれの扱いにも慣れてきた事だし、予備武器《サイドアーム》としては都合が良い。

何よりゴブリンどもも、あれが武器になるなどとは思いもよらない事であろう。

——だが、明日だな。

今は、手元にない。

鎧兜共々《ともども》、幼馴染の娘に取り上げられてしまった。

こういう事を思えば、いずれは予備の防具も必要だろうかと考える。

あまり予算の余裕もなく、今までは特に必要性も覚えなかったが————……。

——自分は無傷で、装備が大破するという事はあろうしな。

それこそは具足の本分というものだが、再度の出撃までに時間が空くのは頂けない。

ただ一つの武具を頼みとするのは危険だし、それは防具も同じという事だろう。

いずれ調達すべきものの一つとして頭の中に刻み込み、彼はごりごりと手を動かした。

ほどなくして、乳鉢の中には赤黒い粉末が相応の量、積もっていた。

——こんなものだろうか？

彼は手袋越しの、彼にできうる限りの慎重な手付きで、その粉末を指先で摘《つま》んで擦《こす》ってみる。

どれくらいの目の粗さ、あるいは細かさならば散り易いのか。彼にはさっぱりわからない。

目が細かい方がきっと散らばるのだろうが、あまり細かすぎても良くないように思えた。

四方八方へ飛び散ってしまっては、意味がないように感じられたのだ。

「……試してみるより他にないか」

これを切り札として考えるのでなければ、実戦で使うのが一番良いだろう。

そうして出来上がった粉末を前に、さて、と。ゴブリンスレイヤーは腕を組んで唸った。

――問題は、これをどうやって持ち運ぶかだ。

最初は小瓶に詰めようかとも思っていたのだが、しかしそれでは咄嗟《とっさ》に使いづらい。

瓶を取り出し、栓《せん》を開け、ぶちまける。三挙動もかかる。

投擲して叩き割れば良かろうが、瓶は存外に固い。割れなければ、ただの投石と同じだ。

それにガチャガチャと幾つも瓶を雑嚢《ざつのう》に収めるのは、どうにも無駄が多いように思える。

だいいち、万一にでも水薬《ポーション》の類と間違えたら、眼も当てられないではないか。

――自分は失敗をするものだ。

そう断じて動いた方が、かえって間違いは減る。

「……つまり」

彼は作業机の前で、じりじりと燃える角灯の芯を睨みながら、頭の中で条件をまとめていく。

容易に使用する事ができ、投げるのに適していて、簡単に割れる容器。

瓶よりは小さく、また形状も異なり、間違えないもの。

そして口元を覆っていた手拭いを外し、蓋《ふた》代わりに乳鉢にかけてから、また歩き出した。

彼は立ち上がり、納屋の外に向かいかけて、立ち止まった。

もう二度と叱られる事はあるまい。

子供時分に悪戯《いたずら》で、卵を投げて遊んだ事もあった。姉には、こっぴどく叱られたものだ。

知識神の閃き《インスピレーション》とは、一見して無秩序な知識を紐付《ひもづ》けるようにして起こる。

「卵か」


「――――」


外に出た途端、籠《こ》もっていた熱と空気をかっさらうかのように、夜の風が吹いた。

ぼんやりと立ち止まって、空を見上げる。黒く、青く、暗い、夜の空だ。

空の低い所に雲が渦巻いていて、ゆらゆらと風の流れに乗って揺蕩《たゆた》っている。

幼い頃は、星と空と雲の層に目を凝らし、なんとも不思議だと思ったものだが。

今こうして見ると、それは単に星と空と雲の層に過ぎず、不思議なところは何もなかった。

「ふむ」

ゴブリンスレイヤーは小さく息を漏らしてから、母屋へ向かい、扉を開けた。

明かりの消えた屋内を、小鬼の洞窟に入る以上の用心深さで、音を立てずに進む。

目当ては台所で、捨てずに避《よ》けてある卵の殻だ。

肥料になるとかいう話で――彼は自分があまりそれ以上の知識を持っていないことに気づく。

――どれくらいならば、迷惑にならないだろう。

少し考えた後、二つ、三つほどを拝借し、やはり音もなくもと来た道を引き返す。

納屋に戻り、作業机に向かい、さて――と一息。

卵の殻の中に粉末を封じ、これを投擲する。上手くはいくだろう。効果はともかくとして。

粉の粗さやら、詰める量やらによってもまた変わる。試行錯誤は必須だ。

以前の失敗から雑嚢鞄の中は、小瓶の類が割れぬように綿を詰めているから運搬も良い。

問題は、どうやって殻を繋ぎ合わせるか――……。

「……莎草紙《パピルス》を貼れば良いか」

さほど耐久性はあるまいが、元より割れてもらわねば困るものだ。

次に作る時は穴をあけて中身を出して、そこに粉を注ぎ込むべきだろう。

工程を考え、今後の改善案を幾つか記憶した後、彼は作業を再開すべく手を伸ばし――……。

「…………」

――果たして、どれほどの効果があるのだろうか。

蓋がわりに被せていた手拭いには、微量ながらも粉末が付着している。

この催涙弾を切り札にするつもりはないが、効果もわからぬまま使う気にはなれなかった。

「……ふむ」

彼は一度深呼吸をした後、その手拭いを顔に押し当てた。

そして、その決断を酷く後悔する事になった。

§

――さて、どれほどのものでしょうか。

冒険者ギルド受付に立つ査察官は、自分の纏《まと》う緊張感を、つとに意識していないようだった。

普段なら雑然とした喧騒《けんそう》も、今朝ばかりは必要最低限の言葉と物音だけに支配されている。

ただそこに鋭い視線があるだけで、ギルド職員たちの背筋は伸び、言葉にも張りが出る。

そして冒険者というものは――少なくとも生き延びるものは――緊張感には敏感だ。

遺跡の入り口に立った時、宝箱の蓋に手をかけた時、何かを感じられるかどうか。

それが時として生死を分けるのだから、無理もない。

今の彼ら彼女らにとっては、ギルドの扉からは、迷宮の玄室さながらの剣呑《けんのん》さが漂っている。

もし軽率にその扉を潜《くぐ》ったとしても、中に入った途端にその空気に当てられてしまうだろう。

これら二つを尚も無視して軽口を叩こうものなら、周囲の視線が真っ直ぐに突き刺さる。

全てを踏まえた上で騒げるのは、よほどの大物か、大物気取りの大馬鹿の二択だろう。

そして大体の場合は、後者なのだ。

――すぐに死ぬか挫折すると思えば、可愛らしいものですが。

馬鹿みたいな事を言って、すぐに仲間に窘められる冒険者を横目に、査察官は嘆息する。

この西の辺境の冒険者ギルドには、雑多な装備に身を包んだ、多くの冒険者が集《つど》っている。

種族も違えば装備も違う。各々《おのおの》が得意とする職能も異なれば、思想も異なるだろう。

森人が鉱人と肩を並べ、蜥蜴人《リザードマン》が圃人《レーア》を師と仰ぎ、その狭間を只人が行き交う。

彼らの何割かは脱落し、あるいは死ぬだろう。等級を上げられる者は、どれほどいる事か。

良いことだと、査察官は思った。

とても、良いことだと。

無駄を許容できる組織は強く、無駄を切り捨てる組織は弱い、というのは当然の事だ。

とかく無駄だから切り捨てろと騒ぐ者に限って、自分が無駄と断じられる可能性を思わない。

そして——五年前の災厄からようよう立ち直ろうとしている今、この国は、弱い。

だが、見るが良い。目の前に広がるのは、混沌《こんとん》として、雑然とした、愚連隊の集まりだ。

海の物とも山の物ともつかぬならず者ばかり。だけれど、それこそが良いのだ。

鉱人の言葉にもあるではないか。最初から宝石だけを選ぼうという者は愚かの極《きわ》みだ、と。

大量に石があってこそ、その中から宝玉が見出《みいだ》せるのだ。

だいたいからして、かの六英雄《オールスターズ》などは、無名の冒険者だったではないか。

『黄金の騎士』亭に集った名だたる冒険者の中で、あの六人だけが《死》に辿り着いた。

それを最初から予想できた者など、誰一人——恐らくは当人たちすら——いなかったろう。

篩《ふるい》にこそかけねばならないが——切り捨てるのと選別は別だ——しかし、篩にはかけられる。

それだけの冒険者が、今の彼女の前にはいるのだ。

そして彼女の回りでは、職員たちがきびきびと動き回って、職務をこなしている。

誰も彼もが冒険という一つの目的に向かって、各々の歩調で、まっすぐに進もうとしている。

その、さながら完璧に調律された弦楽器のような状態をこそ、査察官は望んでいた。

とはいえ——……。

——あまり彼女たちの国を引っ掻き回すものでもありませんね。

上役が目を配るのは大事だが、部外者が介入するのは宜《よろ》しくない。自戒、自戒——……。

「あ、あのう……」

そうして黙ってギルドの風景を眺めていたのを、何か変に勘違いしたのだろう。

おずおずと、隣に佇んでいた受付嬢が、心配を辛うじて隠した表情で声を発した。

「どうか、しましたか……？」

「いえ」

査察官は、この愛らしい後輩の不安を拭うように、柔らかく頬を緩めた。

「《死》の迷宮から五年かけて、ここまで来たのだな、と」

「……そうですね。都も、吸血鬼が出たとかで、大変な騒ぎでしたし——……」

受付嬢はそれを、あの戦いで引き起こされた大混乱のことと思ったようだった。

幼い時分であったろうが、恐怖というのは年齢に関係なく、記憶に強く残るものだ。

ましてや貴族の令嬢であるなら、親や周囲が混乱する事情も、わかっていて不思議ではない。

間違ってもいなかったから、査察官は特段、その勘違いを否定する事もなかった。

『黄金の騎士』亭の空気を知る者も、五年の間でだいぶ少なくなってしまったものだ。

喧騒。戦果の報告。財貨のやり取り。次なる探索の作戦会議。今後の方針――……。

ほんの一瞬、片目を瞑《つぶ》っただけで蘇《よみがえ》る全てが、今は遥《はる》かに遠かった。

「それで」

思わず懐旧に浸りそうになってしまった自分を振り払うように、査察官は鋭く声を出した。

びくりと身を強張らせる後輩には悪いが、気を緩めてもらわれては困るので良いだろう。

「彼は来るのですね？」

「普段なら、もうそろそろ、と思うのですけれども……」

「ゴブリンスレイヤー、ですか」

――まったく、奇妙な冒険者もいたものだ。

嬉々《きき》として――ではないのか？――そんな通り名《ハンドル》を受け入れるなど、どうかしている。

自分で勇ましい二つ名をつけて名乗るのは二流、三流も良いところ。

故に江湖で名の通った無頼の徒、つまり冒険者は、人から通り名を与えられるものだ。

古くは忍びの者、馳夫《ストライダー》、赤毛の冒険者、かの自由騎士、至高神の猛女……。

しかし、だ。どう考えても、これは悪名の類ではあるまいか？

小鬼が邪悪で恐ろしい怪物である事は否定しないが、そもそも怪物とはそういうものだ。

邪悪で恐ろしくない怪物など、この四方世界には存在しない。

吸血鬼の餌や大目玉の玩具《おもちゃ》、脳喰らいに生きたまま脳を啜《すす》られる事を思えば、たかが小鬼。

小鬼を殺す者《ゴブリンスレイヤー》などというのは、およそ武名とはかけ離れている。

と――……物思いに耽《ふけ》っていた査察官の意識が、現実に引き戻された。

不意に、一瞬だけ、ギルド内の空気が止まったのだ。

ベル音を伴って開いた扉の向こう、暑気を孕《はら》んだ風と共に踏み入ってくる新たな訪問者。

職員たちはおろか、冒険者たちでさえ動きを止めて、ちらりとそちらへ視線を向ける。

ずかずかと冒険者ギルドへと踏み入ってきた、その出で立ちときたら。

角をへし折った鉄兜に、安物めいた革鎧。中途半端な長剣。腕に括った小振りな円盾。

――なるほど、みすぼらしい男ですね。

かろうじて鎧兜が磨かれているあたり、彷徨う鎧《リビングメイル》の類には見えないが――……。

戸口で何やら赤毛の娘と会話している様は、状況が異なれば誰何《すいか》の声をかけるべきであろう。

侵入者が何者か、確かめた冒険者たち、職員たちはまた日常の業務へと戻っていく。

路端《みちばた》の石として無視されるでもなく、さりとて目を向けずにはいられない異端者。

なんと言うべきか――そう、何か、奇妙な冒険者である事だけは、間違いなかった。

「あの、えっと。あれが、その、彼です」

「見ればわかりますよ」

ぼそぼそと遠慮がちに囁《ささや》く後輩の言葉に、査察官はきっぱりと言い切って応じた。

それは言葉通りの意味でしかなかったのだが、後輩は萎縮したように肩を小さくしてしまう。

——いけない、いけない。

わかってはいて、気をつけてはいるのだが、言葉の機微というのは難しいものだ。

これだから自分は、魔術師になぞなれない。

「………あ」

ぽつりと受付嬢が呟きを漏らした。ちらと横目で見ると、慌てて口元を押さえている。

無意識に言葉が溢《あふ》れたのは、件《くだん》の小鬼殺しがずかずかと此方に向けて歩いてきたからだろう。

いや、いっそ突き進んできたと言った方が良いかもしれない。

面頬《めんぼお》の奥、庇に隠れた瞳が爛々《らんらん》と燃えていてもおかしくはないような動きだ。

「呼ばれたから、来たが」

振るわれる言葉も、まるで鉈《なた》の一打ちが如し。ぶっきらぼうで、ひどく冷たい声音だった。

——剣呑ですね。

「あ、はい！　ええとですね、実はその、昇級についてのお話で——……」

「それも聞いている」

ちらと庇の奥で視線が揺れて、査察官を認めて、目前の受付嬢へと戻る。

――よく見ている。

査察官は眉一つ動かさぬままに、男の立ち居振る舞いを見《けん》に回った。

迷いない足取りも、言葉も、向こう見ずなならず者まがいの冒険者が持つ蛮勇とは違う。

（無論、新人冒険者には蛮勇を持つ権利がある。負けるなどとは欠片《かけら》も思わないものだ）

周囲を確認し、決断的に踏み込む。まさに、彼にとってここは玄室に他ならないのだろう。

――あるいは、ゴブリンの巣穴、か。

きっと今この瞬間に、誰かが打ちかかったとしても、この男は即座に対応するに違いない。

できるか、できないかは別だ。力量は話にならない。無様に転がされる可能性の方が高い。

だがそれでも、この若者はやろうとするのだ。査察官は口元を緩め、そっと手を握りしめた。

「それでですね。等級を上げるにあたって、審査をしなければならなくて――……」

「上がらずとも俺は構わないが」

「此方としてはそういうわけにはいかないので。ええと、それで……」

淡々とした男の口振りに、受付嬢はわたわたと必死に、懸命に説明をしようと言葉を重ねる。

それは独楽鼠《こまねずみ》めいて愛らしくもあるが、冒険者ギルドの職員としては減点だ。

「つまり、貴方には一つ試験を受けて頂きたいと思っているのです」

だから査察官は、そっと後輩のために助け舟を出すことにした。

「なるほど、つまり」

ゴブリンスレイヤーは低く唸った後に、むっつりとした様子で頷いた。

「ゴブリンか?」

査察官は、もう一度拳をきつく握りしめた。

§

ゴブリンスレイヤーは、ギルドの階上にこのような応接室がある事を初めて知った。

先達《せんだつ》の冒険者が持ち帰った怪物の角、武具などの戦利品《トロフィー》が陳列された、豪奢《ごうしゃ》な部屋。

冒険者ギルドを訪れるのは、冒険者と、村の長《おさ》などばかりではあるまい。

王侯貴族や商人なども来るのだから、彼らを迎え入れる部屋も必要なのだろう。

そうでなくとも、表立って話すべきでない事柄もあろうし——……。

「……ふむ」

考えてみれば当然なのだが、考えなければ意識に上らぬ事はまことに多い。

例えば、この絨毯《じゅうたん》などもそうだ。

靴が沈むような絨毯の上など、彼は今までに歩いたことがなかった。

これほどに毛足を長くする必要があるのだろうか。あるから、長いのだろうけれど。

その理由は、彼の十五年しかない人生と知識と経験では、さっぱりわからなかった。

ひとまず洞窟の地面よりは足場が確かだという点に、彼は大いに満足を得ていた。

ずかずかと奥へ踏み込み、入り口からも窓からも遠い席に腰を据えた。

受付嬢と、査察官――と彼女は自らの肩書を明かした――は、彼の方へじっと目線を向ける。

「………立ち会いなしで大丈夫？」

ひそひそと彼女らへ戸口で囁くのは、つい先程までこの部屋の準備をしていた職員の女性だ。

受付嬢は「大丈夫です」と頷き、査察官が「問題ありません」と平然と言う。

女性職員はちらちらとゴブリンスレイヤーと、同僚たちを見た後、一礼して部屋を辞す。

そうしてやっと、受付嬢と査察官が、そっと対面に腰を下ろした。

「……礼儀作法《エチケット》については減点ものですね」

微《かす》かな呟き。ゴブリンスレイヤーは気にも留めなかったが、受付嬢がぴくりと震えた。

それに査察官はちらりと目を向けた後、すぐにまたゴブリンスレイヤーへと視線を戻した。

「いえ、今は問題にする気はありません。白磁や黒曜には、それを要求しませんから」

それはそうだ。ゴブリンスレイヤーは頷いた。小鬼退治に礼儀作法は不要だろう。

「ただ、より高位の等級へと進むのであれば、気に留めておかねばなりません」

「あまり興味は無い」

「い、いいえ、重要な事なんですよ……っ」

受付嬢が慌てて口を開く。卓上に並ぶカップが、微かに音を立てて紅茶を揺らした。

「乱暴な方が冒険者だと思われては困りますし、村の人たちからの印象とかもありまして――」

滔々《とうとう》と説明される事柄の数々を、ゴブリンスレイヤーは黙って聞いた。

冒険を経て英雄と呼ばれるまでに至るには、衆目からの信頼こそが重要だという話だ。

白磁や黒曜などのごろつき未満ならともかく、中堅以上ともなれば、周囲の見方も変わる。

つまりあれこそが冒険者の手本である、と。そう思ってもらう必要があるのだそうだ。

名声。栄誉。冒険者としての武勲《いさおし》。それに思う所は、ないではなかったが。

――村人からの信用とか。

むしろ彼にとっては、そちらの方が重要な事柄であった。

思えば子供時分、村を冒険者が訪れた時、周囲の大人たちは警戒していたものだった。

姉から「冒険者さんの邪魔をしてはいけない」と言われたが、遠ざけたかったのだろう。

よそ者、ごろつき、無頼の徒。怪しげな魔術をあやつる手合。神官ならばともかくも、だ。

世間をほんの僅かなり見た自分でさえ、魔術とは恐ろしいまじないの類だと、未《いま》だに思う。

農村から出たこともない頃の自分を思えば、見聞きした世界のなんと狭い事だろう。

つくづく、自分は大した事も知らない只人である。

あの頃も、言いつけを破ってこっそり冒険者の様子を見に行ったりしたものだが――……。

――あれは、どんな冒険者だったろうか。

曖昧模糊《あいまいもこ》としたイメージは形にもならず、少なくとも今の己とはまるで違うはずだ。
冒険者とは、自分のようなものではあるまい。
「善処しよう」
結局、しばらく黙り込んで唸った後に、彼はそれだけを回答した。
受付嬢がほっとしたように息を吐くのがわかったが、その理由はよくわからない。
彼女の求めるような事柄は、できる気がしないのだ。
とはいえ、小鬼退治の情報を得る為に有用な部分は理解している。
なに、そう難しいことではない。
立派な冒険者らしい振る舞いなどは無理でも、村々のやり方は、よく知っている。
それを弁《わきま》えれば良いだけの事だった。
「前向きなのは良い事です」
そんな内心を見透かしたわけでもなかろうが、査察官が鋭い声音《こわね》で口を挟んだ。
彼女はその片目で、まるで突き刺すような視線を兜の奥へと向けてくる。
ゴブリンスレイヤーは、ほんの少し居心地悪いものを感じた。珍しい事だった。
師か、姉が、まるで何もかも見通したような素振りを見せた時の感覚だった。
事実、査察官は手元の書類を広げ、自然な手つきでぱらぱらとめくっている。
これみよがしなところも、芝居がかったところもない。

だが、その動作の示すところくらいは、ゴブリンスレイヤーも理解はできた。
「実際、報告を聞く限りにおいても、依頼先の村で問題は起きていないようですね」
――お前の事は何もかも知っているぞ、か。
恐らく、あの書類の束は冒険記録用紙であろう。
自分が今までに行ってきたゴブリン退治の内容が書かれているに違いあるまい。
特に問題はなかったはずだ。
助けられた虜囚もいれば、助けられなかった者もいる。負傷した事もある。
だがゴブリンは殺した。村には手出しをさせていない。
自分にしては、よくやった方ではないか――……。
――いや、その思考こそが慢心だ。
「重ねて言いますが、礼儀作法を問題にする気はありません」
今は。
言外にそう含ませながら、査察官は髪の隙間から、ついと彼の方へ上目を向けた。
それは洞窟の奥に潜む獣が、入り口の闇を透かして此方を見据えるようだった。
ゴブリンスレイヤーは考える。今この時、もし自分が飛び掛かったらどうなるか。
無論、そんな事をする気もないが、どうしてか、それが上手く行く気もなかった。
「問題なのは、あなたがゴブリン退治以外の冒険を行えるのかという点です」

「必要あるまい」

だからこそ、ゴブリンスレイヤーは素早く言った。

査察官の言動は、まるで、師の謎掛けと同じように早く、鋭く、精密に思えた。

一歩遅れれば、待っているのは打擲《ちょうちゃく》だ。

「俺はゴブリン退治をする。それ以外に興味はない」

「興味の有無に依《よ》らず、問題になっているという話です」

「それで昇級できんのなら、それで構わん」

「え、あ、あ、あ――……」

「そういうわけにもゆきません」

姿勢を正したままでなければ、あわわわと無意味に手を動かしかねない受付嬢。

その横で、査察官が初めて表情を動かし、ゆっくりと息を吐いた。

「あなたの経験点――失礼」

戦闘結果と報酬総額、ギルド内外の評価を総括した俗語を、彼女は咳払いで誤魔化した。

「査定において、あなたは昇級の域に達しています。昇級させねば、我々の怠慢《たいまん》になります」

「それはそちらの問題だろう」

ゴブリンスレイヤーは、特に他意なく言い返した。

「査定のやり方を変えるべきではないか」

「あなた一人のためだけに？　驚いた。まさかご自分が、白金等級だと思っていらっしゃる？」

「ふむ」

だからこそ査察官からの鋭い打ち返しに、ゴブリンスレイヤーは腕を組んで唸った。

生まれてこの方、自分がそのような一廉《ひとかど》の人物であるなどとは思った事もない。

そうなりたいと願った事はあっても、周囲の大人たちは笑って首を横に振ったものだ。

――くだらない事を考えるな、か。

まさしく、それこそが答えなのだろう。くだらない事だ。なれるわけもない。

だからこそ、彼は今現在、自分の置かれている状況に意識を向けた。

二人の視線の狭間で、受付嬢がおろおろと哀れなほどに狼狽《ろうばい》しているのがわかった。

彼女にとって、自分の昇級というのは然程《さほど》に重要な事なのであろうか。

少なくとも、彼女がこの場を設けるために少なからず手間暇をかけた事は察しがつく。

何しろ、あの査察官が持っている記録用紙は、すべて受付嬢が書き起こしてくれたのだから。

ゴブリンスレイヤーは、息を吐いた。

自分がおよそまともではない事はわかっていた。だが、恩知らずになる気はなかった。

「誤解しないで欲しいが、昇級に審査が必要というのであれば、受けるのにやぶさかではない」

彼は用心しいしい、慎重に言葉を選んで、噛んで含めるようにゆっくりと舌に乗せた。

「ただ、ゴブリン退治以外をやるつもりがないのも、事実だ」

「ほう」と査察官の目が、僅かに細まった。ゴブリンスレイヤーには、緩んだと見えた。

「昇級審査を受ける意思はある？」

「と、言ったつもりだが」

「先輩……？」

本当に大丈夫なんですか？

そう言いたげに受付嬢が向けた視線にも、査察官は平然とした様子を崩さない。

「何事にも例外はありますよ」

彼女はその美しい足の魅力を十分にわかっている仕草で、優雅に足を組み替えた。

「《死》の迷宮で名を馳《は》せた英雄たちは、みな、ダンジョン探索しかしていません」

「あ――……」

「であるならば、ゴブリン退治のみでも、それと実力を示せば昇級は可能です」

思わずぱちくりと瞬きをする受付嬢に、査察官の口元が緩やかに美しい弧を描く。

それはゴブリンスレイヤーに向けるのと同じように鋭く、けれどその何倍も温かい。

当然の事だ。彼女が自分に対して、親愛を向ける理由などは何一つとしてない。

「あなたの審査を行う理由は三つあります」

故に査察官はその顔に貼り付けたような笑みを浮かべて、彼に指を三本立てて見せた。

「ふむ」ゴブリンスレイヤーは鉄兜を揺らした。「聞こう」

「まず、ゴブリン退治以外ができるのか、そして一党《パーティ》との協調性が取れるのか」

うち前者については、別に小鬼退治をしてはいけないわけではない。

ようは対応力がある事さえ証明できれば、小鬼退治でも何ら問題はないのだという。

「つまり、ゴブリンか」

「そういう事になりますね」

査察官はそう言って、物覚えの良い生徒を前にした教師のように首肯する。

「二つ目の理由については、あなたが単独行《ソロ》の経験しかない事が原因です」

「……いや」

ゴブリンスレイヤーは少し考えてから、首を横に振った。

地方村。鉱人の戦士。禿頭《はげあたま》の僧侶。仔羊を抱いた半森人《ハーフエルフ》の娘。そして若い戦士。

「一度、他の一党《パーティ》と行動を共にした事はある」

「バッティングは一党《パーティ》を組んだことになりませんが。その後に腑分《ふわ》けをしたと苦情が――……」

書類に目を落とした査察官の言葉が、ぱたりと途絶えた。一拍の間。受付嬢が息を呑む。

「……腑分け？」

「必要な事だった」

受付嬢が息を吐いた。ため息のようだった。諦めにも似ていたようだった。

査察官は「それが原因ですね」と得心した様子で頷き、帳面に何事かを書きつける。

「であれば、同行する人員を選出します。今日の予定は？」

「この審査だか、面談だかが終わったなら、ゴブリン退治に向かうつもりだったが」

「結構！」

査察官はにっこりと笑顔を見せると、ぴしゃりと良い音を立てて書類を卓上に置いた。

その意図はさっぱりわからながったが、何やら彼女の中で結論は出たらしかった。

「陛下で依頼を受けたなら、そのまま少し待機していてください。すぐに向かいます」

「わかった」

ゴブリンスレイヤーは鉄兜を揺らして頷き、少し考えてから問いかける。

「行っても良いのか？」

「ええ、どうぞ」

――礼儀作法というのは、よくわからん。

わからない事を付け焼き刃でやるくらいなら、聞いたほうが早いし、良いだろう。

彼は床を蹴るようにして立ち上がり、入室時と同じ足取りで扉へと向かう。

改めて見れば防音用なのだろう、分厚く、よく手入れされた、上質な扉だった。

そして扉に手をかけた時、ふと疑問が過って、彼は室内を振り返った。

気を緩めていたらしい受付嬢が「ひゃっ!?」と声を上げて背筋を伸ばす。

その横に座ったままの査察官は、先ほどと何一つ変わった様子がない。

「三つ目の理由は、なんだ」

査察官は優雅な手付きで紅茶のカップを口に運んでから、柔らかく微笑んで言った。

「女の勘です」

ゴブリンスレイヤーは頷いて、扉を閉じた。

§

「よお、昇級どうだったって？」

階下に降りて、受付嬢の同僚――先程案内した女性だ――に依頼書を渡し、受注する。

その手続を待っている時にゴブリンスレイヤーへ声をかけたのは、若い戦士だった。

鉄兜を巡らせて見てみれば、彼は鎧を着ておらず、腰に剣を帯びるばかり。

依頼を受けに来たとも思えず、冒険の帰りとも思えぬ。

ゴブリンスレイヤーは僅かに唸った後、まず一番に感じた疑問を問うた。

「知っているのか」

「お前が上に行ってる間に、受付さんからな」

この場合の受付とは、かの受付嬢ではなく、他のギルド職員という事だろう。

ことさらに自分へ関心を寄せる理由も思い至らず、雑談の一環に違いあるまい。

ゴブリンスレイヤーなどという者は、そう大した事のない存在のはずなのだ。

その二つ名を何の感慨もなく名乗る彼は、鉄兜を揺らして頷いた。

「まだわからん。同行者を伴って依頼をやれという話だった」

「あー、一党《パーティ》で行動できるかどうかって奴か」

若い戦士はさもありなんという、わけしり顔を指先で引っ掻いた。

その時、ふと、ゴブリンスレイヤーは彼の首元に揺れる認識票の色に気がついた。

既に白磁では無くなっており、順調に等級を進めているらしかった。

今まで他人の認識票や等級など意識した事はなかったし、これからもそうだろうが。

せいぜい、ゴブリンの巣穴で白磁か黒曜の認識票を、　度か二度拾った時くらいか。

「お前も試されたのか」

「いや」と若い戦士は困ったような、はにかむような表情で、首を横に振る。

「一応、今までに二回、一党《パーティ》を組んでるからさ。そこは問題にされなかったよ」

「そうか」

比べるまでもなく、そして聞くまでもなく、彼は己より優秀な冒険者だろう。

ゴブリンスレイヤーはさして悩むこともなく納得して、少し黙り込んだ。

——何か此方から話題をふるべきなのだろうか。

向こうも用事があったわけではないだろう。ここで会話を打ち切っても構うまい。

だが、ゴブリンスレイヤーはしばらくここで待つようにと言われている。

ならば、何か話を続けた方が良いのだろうか。

「そちらはどうだ」

「ま、ぼちぼちやってるよ」

結局口から出てきたのは当たり障りのない問いかけで、返答も似たようなものだった。

「さしあたっては、今は読み書き計算の手習いかな」

「そうか」

ゴブリンスレイヤーは辛うじて読み書きと計算を覚えていた。姉や、村で教わったからだ。

つまり教わらなければできなかったのだ。当たり前の事だった。

──恵まれていた。

昇級云々に関係ない。文字が読めるお陰で、多くの情報を手に入れられる点についてだ。

ここ数ヶ月の冒険者生活で確かに学べた事が一つあるとすれば、それは知識の価値だろう。

──ゴブリンも読み書きはできるのだろうか。

ふと脳裏に過った疑問にも、迷いなく結論を下す。

──できないと思う理由はあるまい。

用心はすべきだ。常に。情報を敵の手に渡すような愚は、極力避けるべきだろう。

自分が失敗をしないなどとは、思うべきではなかった。

「急に黙り込むよな、お前は」

「そうか？」

若い戦士はなんとも言えない、曖昧な表情を浮かべた。

たまに雑談をする程度の相手の内心など、推し量るにしたって限界があろう。

互いの事情など欠片ほどしか知らないし、しかし会話を続けるのにそれ以上は必要がない。

「ついこないだ死人占い師《ネクロマンサー》とやりあって、金には余裕もあるから。ひとまずは鍛錬かな」

「死人占い師」

以前、なんとかいう怪物を倒したとか、槍使いの冒険者に自慢された事があった。

ゴブリンスレイヤーはふとその事を思い出し、至極自然な流れとして、問いかける。

「すごいのか」

「倒したわけじゃなくて、なんとか逃げただけだからなぁ」

若い戦士は軽く肩を竦《すく》めて、自嘲や慢心、謙遜とはかけ離れた、力量相応の笑みを浮かべた。

「すごくはないいな」

「そうか」

相手も、お粗末な呪文だったんだろうさ。若い戦士は小さく嘯《うそぶ》いた。

ゴブリンスレイヤーには意味がわからなかった。それを見て、若い戦士はまた笑った。

「そっちはどうだ？」

「ゴブリン退治だ」

「だろうな」

知っていたと言わんばかり、若い戦士は応じた。

それで、会話が途切れた。

二人の冒険者は、友人でも何でもない、ただ手持ち無沙汰《ぶさた》な者二人が立つように並んでいた。

「ええ……ッ⁉　こっちじゃ冒険者ギルドに入らないといけないの……⁉」

信じられないというような少女の声が、ギルドの受付から響く。

長い旅をしてきたのだろう、ずいぶんとくたびれたローブを纏った、妖術師と思《おぼ》わしき娘だ。

ローブの裾《すそ》から剣の鞘《さや》先《さき》も覗くあたり、腕に覚えはあるのだろう。

愚痴愚痴としながら登録作業を始める彼女に対する印象は、ただそれだけであった。

鉄兜の中で視線を動かしたゴブリンスレイヤーと同様に、若い戦士もちらりと目を動かす。

「どんどん新人とかも増えてくるよな、これからは」

「そうか」

「お前も、新人の仕事は残しとけよ？」

「む？」

「ゴブリン退治さ」

その意を解しかねてるゴブリンスレイヤーに苦笑して、若い戦士は「じゃあな」と言った。

遠く、馬の尾のように銀髪を括った娘が、ぶんぶんと元気よく手を振りながら跳ねている。

彼の一党《パーティ》だろうか。ゴブリンスレイヤーは曖昧な記憶のまま、去り行く戦士の背を見送った。

そしてまた、一人。

「──────……」

このまま、こうして此処で待っていれば良いのだろうか？

ゴブリンスレイヤーは帳場の前、邪魔にならぬ位置に身の置き場を求め、僅かに歩いた。

できる事なら、即座に行動に移りたかった。あまり待っていたいとは思えなかった。

何もしないでいるという事に、慣れない。

戦いの中、小鬼退治の中で待つというのとは、また違うものだった。

やるべき事、考えるべき事、行動すべき事が何かあって、それを見落としている──……。

そう思えてならず、気持ちが落ち着かず、彼は爪先で床を軽く叩いた。

──盾の縁を研ぐべきだ。

自分でできるか？　可能だろうが、多少の金貨で本職に任せられるのだから任せるべきだ。

その方が早く、何よりも確実だ。無論、自分しかいない場合は自分でやるのが一番だが。

とすれば、今工房に行くべきか？

──いや。

作業にどれほどの時間がかかるかは、まるでわからない。

待てと言われたにもかかわらず、その場で待っていないというのは、身勝手の極みだろう。朝一に受付へ来いと言われたために、先に盾を工房に預ける発想が無かったのが失敗の源だ。出立の前に工房へ赴き、盾を預ける。だが、そう、加工の時間がわからない。いざとなれば、他に盾を一つ都合するか、盾なしで小鬼退治に赴くしかあるまいが――……。

――つくづく、段取りができていない。

己のあまりの手際の悪さに、彼は思わず舌打ちをしていた。

まったく、これでは、どうしようもない。

昇級できる冒険者というのは、きっと、もっとずっと、上手くやるのだろう。

このような事で逐一悩んだりもすまい。そもそもが、自分はそんな上等な手合では――……。

「準備は宜しいですか？」

鬱屈《うっくつ》した思考を貫くように、冷たく鋭い声と靴音が響いた。

それはただ自然に発せられただけの言葉だったのだが、ひどく透けて聞こえ、よく通った。

鉄兜を上げた先には、片目を髪で隠した女性――先程まで対峙していた査察官。

そして隣には受付嬢で、やはり何も、先程までと変わった様子は無い。

唯一違う点を挙げるとすれば、一つ。

査察官が、頭陀袋《ずたぶくろ》の口を縛った紐《ひも》を、手慣れた様子で肩にかけている点であった。

「では、行きましょうか、少年」

「――――」

ゴブリンスレイヤーは何を、いや、何から言うべきか、一瞬迷った。

重要な事から聞くべきなのだろうが、その優先順位もよくわからなかった。

鉄兜の内で周囲に目を向けようとしたが、それも適《かな》わなかった。

査察官の視線が真っ直ぐに、兜の庇を貫いて彼の目を見ていたからだった。

師の目にも似ていたし、姉の目にも似ていた。似てはいないが、そんな風に思えた。

「少年」

とは、自分の事だろうか。

故にやっと口から出たのは、そんな、取るに足らないような、些細《ささい》な疑問だけだった。

査察官は何を当たり前の事をと言うように、淡々と口を開く。

「書類は見ましたが、十五歳で成人したばかり。となればまだ子供ですし、つまりは少年です」

年齢だけで大人になれるならば、四方世界に大人はより溢れているだろうと彼女は言う。

まあ、そう言われてしまえば、そうだった。自分が大人だとは、欠片も思えた試しが無い。

であれば、次に聞くべき事は単純だ。一度言葉が出れば、声は続いてくれる。

「……同行者がいると聞いたが」

「すぐに向かうと伝えましたけれど？」

査察官は、やはり当たり前の事を言うように答える。

ゴブリンスレイヤーは、その意味を理解しようと必死に頭を動かした。

どうにもこうにも、結論は一つしか出てこないようだった。

――すると、彼女が同行者という事なのだろうか。

彼は珍しく覚えた動揺を自覚しないまま、鉄兜を巡らせ、視線で受付嬢に問いかける。

受付嬢は微かに動いた鉄兜に不思議そうにし、少しの思考の後、「ああ」と意を汲み取った。

「ええ、はい。せんぱ――……ではなく、ギルドの職員が、監査役として同行します」

表情こそ曖昧で不明瞭ではあったが、言葉自体は淀《よど》みない。

ゴブリンスレイヤーは低く唸った。しかし、彼女らが問題ないと言えば問題無いのだろう。

「では、工房に向かって装備を整えたら、そのまま出立する」

「ええ。好きなように。此方からどうこうとは言いませんので」

この時点から、既に昇級の審査は始まっているという事なのだろう。

だとしても、どうするのが正解なのかは、まるで頭に浮かばない。

円盾の縁を研ぎ澄ますだのの小細工も、評価されるのだろうか？

たとえ減点になるのだとしても、自分の頭では他に妙案は浮かぶまい。

あるいはそもそも、そんなのは些末《さまつ》な事で、点数に勘案されないのかもしれない。

そもそも――昇級したいのかという事についてすら、自分の中に答えがないのだ。

幼馴染の娘や、目前にいる受付嬢は、自分を昇級させたいようだけれども。

――普段通りにやれば良いだけの事だ。

結局、彼はそう結論づけるしかなかった。

ずかずかと長靴の足音も荒く歩き出すと、査察官が眉をひくりとさせてからついてくる。

その微妙な距離間に、ゴブリンスレイヤーは居心地の悪いものを覚えた。

だが足を止めたのは、決してそのせいではない。

「えっと、その」

受付嬢が張り上げた声が、彼の足を止めさせたのだ。

何と言って良いものか。言葉を持たぬまま、ぎこちなく鉄兜を巡らせる。

「頑張って、くださいね……！」

それが何に対してかけた言葉だったのかは、ついぞわからなかった。

§

じりじりと突き刺すような日差しも、気づけば白から橙《だいだい》色に変わりつつあった。

ふぅふぅと息を上げながらも野良仕事をしていた牛飼娘は、ぐいと手の甲で額の汗を拭った。

――やっぱり帽子とかいるかなぁ……。

あまり暑気にあたると日出《ひだ》るの神に捕まってしまうというし、そうでなくても体が火照《ほて》る。

日焼けとか、そういうのも――気にならないといえば、嘘になるし。

もっとも、伯父の手伝いを始めたばかりの頃に比べればだいぶんと体は動くようになった。

手伝いを始めたばかりの頃は、時々急にくらくらとしたものだけれど――……。

「……ん、よし。今日は後は、牛さんを集めて帰して――……」

終わりだと言おうとした時、牛飼娘ははたと動きを止めて、遠くへと目を凝らした。

牧場脇を通る街道の向こう、街の方から近づく人影を認めたからだ。

ずかずかと無遠慮な歩き方。あれ？　と小首を傾げる頃には、鉄兜の上の房飾りが目に入る。

――結構ボロボロになっちゃってるなぁ。

昨夜洗って磨いて丁寧に櫛《くし》を入れたが、こればかりはどうしようもなかった。

というより、暑くは無いのだろうか。それが一番心配だ。鎧兜なんて、重たいし。

――彼はあんまり気にしていないのだろうけど。

そんな思いを苦笑に変えると、牛飼娘は小走りに牧場の囲いに向かった。

彼の歩調が、やや緩む。気づいてくれた。それが少しばかり嬉しい。

「え、っと……」

「…………」

しかし立ち止まった彼は、黙ったまま、じいと此方を見つめてくる。

鉄兜の庇ごし。視線の向いているのは――たぶん……。

――髪の毛?

牛飼娘は疑問符を浮かべたまま、自分の首の後ろで揺れる髪の房をちょいちょい手で弄った。

「なにか、変かな……?」

「いや」

彼は短くそう言って首を横に振った後、むっつりと押し黙ってしまった。

思わずたじろいでしまうけれど、そこで引き下がってしまったのは少し前までの自分だ。

ぎゅっと息を吸い込んで、一歩踏み込む。

「昇級、えっと……上手くいった?」

「いや」

やっぱり返事は短く淡々としたものだったけれど、彼は低く唸った。

牛飼娘がじっと待っていると、思い出したかのように 言付け加える。

「わからん」

「わからんって……」

「審査だそうだ」

しんさ?　牛飼娘は首を傾げた。シンサ、しんさ、審査。

音が言葉に変わるまでの僅かの間に、彼の後方、颯爽と歩いてくる人の姿が目に入る。

――――あ。

思わずぴしっと背筋を伸ばしたのは、彼女の制服というよりも、その佇まいからだろう。

太陽の日差しも物ともせず、颯爽と歩く姿は、ぴんと空気を張り詰めさせるものがあった。

「どうも」

「あ、ど、どうも……っ」

にこりと柔らかく微笑まれて、牛飼娘は大慌てで頭を下げた。

下げた頭をひょこりと上げつつ、上目遣いにちらちらと、彼とその女性の姿を見比べる。

かつて彼があの風変わりな女性と共に在った時は、ひどく動揺したものだけれど——……。

——え、と。

今日はそれよりも、緊張と、きちんとしなきゃあいけないという意識の方が強まった。

だって。審査なのだ。何をどう審査されるかわからないけれど。彼の、審査なのだもの。

ギルド職員の女性は、そんな牛飼娘の気持ちを見透かすように目を細め、緩く首を動かした。

「あなたは、彼の妹御《いもうとご》ですか？」

「い、いえ……ッ」

牛飼娘は大慌てでぶんぶんと首を横に振った。確かに、年下だけれど。

「では、細君《さいくん》？」

「違いますっ」

自分でも思ったよりも大きな声が出て、牛飼娘はさっと頬が赤らむのを感じた。

でもこればかりははっきり言わなきゃいけない事だったから、否定に後悔はなかった。

「おっと、これは失礼」

「いえ。えと、その。親戚……とか、でも……そう、じゃなくて――……」

――なんだろう。

牛飼娘はぐるぐると頭の中で言葉が駆け巡る中、言葉に詰まって押し黙った。

助けを求めるように彼を見ても、彼もまた鉄兜の奥で黙り込んだまま。

結局、自分と彼は何なのだろう？　幼馴染？　友達？　同居人？

「では、聞き方を変えましょう」

その思考の混沌《こんとん》へすっと切り込むように、鋭い声が投じられた。

はっとした牛飼娘が見上げれば、やはり薄い笑みを浮かべたギルド職員の、瞳。

真っ直ぐに射抜かれたようで、牛飼娘は慌てて顔を上げ、姿勢を正した。

「彼の鎧具足《よろいぐそく》を磨いたのはあなたですか？」

「あ、は、はいっ」

牛飼娘は思わず頷いてしまってから、しまった、と口を抑えた。

彼が自分で身支度を整えたと思ってもらった方が良かったのでは？

審査というなら、もっと、こう、彼が色々と気づかえる人だって思ってもらわねば――……。

「そうですか」

そんな彼女の内心とは裏腹に、ギルド職員の女性は瀟洒《しょうしゃ》な動作で頷きを一つ。

「結構。――そういうご家族がいるのは、とても良いことです」

「あ」

牛飼娘は、思わずぱちくりと瞬きをした。

――そっか。

家族。本当にそうなのだろうか。そう思われてるのなら、嬉しい。

――……の、かな?

「えと、その」

牛飼娘は自分でも気持ちの整理がつかぬまま、ちらちらと横目で彼を窺った。

鉄兜の向こうで、どんな表情をして黙り込んでいるのかは、さっぱりわからなかったが。

「彼のこと、よろしくお願いしますっ」

それでも牛飼娘は思い切り頭を下げて、精一杯の気持ちを込めて、そう言い切った。

「無論です」

そしてさも当たり前のようにそう言って、その年上の女性は柔らかく微笑んだのだった。

「おい、あいつも昇級するらしいぞ？」

「……誰がだって？」

重戦士は自分でも驚くほどに胡乱《うろん》げな声を漏らし、砂盆に顔を落としたまま目を上げた。

「あの、例の、ゴブリン退治しかせん奴《やつ》だ。あいつに先んじられるのはごめんだぞ、私は」

ギルド併設の酒場だからだろう。女騎士の声は、その荒い語気ほどには強くない。

だがそれでも目前にいる少年少女らが身を縮こまらせたので、慌てて口に手を当てていたが。

見るからに哀れっぽい顔をして俯《うつむ》く二人へ、重戦士は良い良いと手を振る。

幾度かの昇級審査を経て、彼ら彼女らの年齢詐称が正式に発覚したのは、ついこの間の事だ。

実績があった分、厳重注意だけで済んで幸いだったと言うべきだろうが――……

――査定にゃ響くよなぁ……。

重戦士は、誰にも気づかれぬように息を吐く。

だからといってこの子らを放り出して行く選択肢も、彼の中には毛頭ない。

効率だなんだ、大義名分だなんだ、因果応報《いんがおうほう》だとか、まあ、理由はあろう。

だが――そんなのは、格好良くないではないか。

――新人どもの依頼を根こそぎ掻《か》っ攫《さら》っていくような奴なんか、まさに、だ。

それで昇級したところで、まるっきり冒険者らしくない。

だいたい、ただ効率だけを考えるならば冒険者になぞなるわけもないのだ。

というようなことを――重戦士は別に、しっかりと理論立てて考えたわけではなかった。

彼の内にあるのは曖昧模糊《あいまいもこ》とした思いだけで、それよりもむしろ、目の前の事の方が重要だ。

依頼を受けて、これを成功させ、いや違う。全員を生還させ、その上で成功させる。

そのためには準備が重要だ。行軍の事も考えねばならぬ。糧秣《りょうまつ》や、物資もどうするべきか。

結果、砂盆の上にがりがりと尖筆《せんぴつ》を走らせて、うんうんと頭を捻《ひね》らねばならぬのだ。

「手伝いましょうか？」

ついと、半森人《ハーフエルフ》の剣士が穏やかな声音で口を出してきた。

ちらと目を向ければ、年少者の二人をなだめてくれていたらしい。いつも、そつがない。

それが彼の半身に流れる森人《エルフ》の血筋故か、当人の才覚故かは、重戦士にもわからない。

というより、血筋と才能と努力なんてのは、細かく分けて観察する事なぞできやすまい。

「いや、良い」重戦士は首を横に振った。「俺《おれ》がやらんと、俺が把握できねえ」

仲間を信用していないわけではないが、それでも重戦士は自分ひとりでやる事を好んだ。

思惑がズレるという事が怖かった。どんなに意思疎通しても、人と人とは違うものだ。

自分一人で全てを賄《まかな》えば、予想外の事態はあっても、計画段階での想定外は起こるまい。

それに何より失敗したとしても、自分でやった事ならば、納得もできる。

他人のせいになどは、したくもなかった。

――ええと、金の残りが……。で、移動予定の日数……。だから糧秣の数が――……。

できればガキどもにはきっちり飯も食わせてやりたい。稽古もつけてやりたい。

やるべき事も、考えるべき事も、途方もなく多い。どこまで行っても終わりがない。

一つやれば次。それが終わればまた次。どんどん増えていく。そしてやらねば、終わるのだ。

――増えるばっかだよな……。文句言っちゃあ、いけねえんだが。

この辺り、友人と傭兵《ようへい》まがいの出稼ぎに赴いていてよかった、と思う。

大人数の部隊を纏《まと》めていた傭兵頭は、横柄で乱暴で嫌いだったが、そのやり口は参考になる。

もっとも、自分よりもこうした事に向いているのは、その友人の方だったろうが。

――怪我《けが》ァしなきゃな。

そして故郷に戻って、自分はどうするかと考えて冒険者になり、これだ。

大見得切っただけの成果は挙げねばなるまい――……。

「おい、大丈夫か？」

今度は、女騎士だった。

卓について酒を呷《あお》って――いや、ちびちびと遠慮がちに舐《な》めていた、彼女の視線。

それは勇猛、あるいは豪胆、もしくは大雑把《おおざっぱ》な彼女にしては、ひどく珍しい態度だった。

「顔色、悪いぞ。あまり飯も食わんし……寝てもいないんじゃないのか」

「食ってるし、寝てる。あんま腹が減らんだけだ」

それは事実だったが、微妙に違った。空腹感と食欲、疲労感と眠気はそれぞれ別のものだ。

だからこそ重戦士は、単に余所事《よそごと》に時間を使いたくはなかった。

食う気がおきないなら食事の優先度を下げて良いし、眠くないならば起きていたかった。

別に苦労しているつもりはない。嫌でやっているつもりもない。冒険をやりたいのだ。

なにしろ、これは結構大掛かりな冒険になりそうだったし――……。

――上手くいきゃあ、査定もよくなっかもしれんしな。

「むう……」

そうして砂盆の上に尖筆を走らせていると、女騎士がひどく不機嫌そうに唸《うな》った。

「……何だよ」

「今、食ってもいないし、呑《の》んでもいないだろう」

「あー……」

女騎士の目が据わっている。良いから何か頼んで、呑め、食え、という無言の圧力。

――仕方ない。

挽肉焼《ひきにく》いたのでもパンに挟んでもらおう。重戦士は息を吐き、卓に手を突いて立ち上がった。

「ああ、すまん！　追加で――……」

いや、立ち上がろうとした。

「お――――……？」

明かりを消したかのようにフッと視界が暗くなり、誰かに摑《つか》まれたかのように頭が揺れる。

天地が振り子のように大きく裏返り、重戦士は立っていられずにその場にへたり込んだ。

「おい、どうした……⁉」

「これはいけないですね」

女騎士と半森人の剣士がかける声も、圃人《レーア》の巫術師《ふじゅつし》が上げた叫びも、重戦士には届かない。

きぃんと耳鳴りがして、まるですっぽりと耳を覆われてしまったように、全てが遠い。

「ほ、他の人、連れてきた……！」

「おいおいおい……大丈夫かよ⁉」

少年斥候《せっこう》が必死になって腕を摑んで、手近にいた一党《パーティ》を引っ張ってくる。

困惑したように呼びかけてきたのが若い戦士だと、重戦士にはわかった。

大丈夫だ、と声を上げたつもりだが、上手く音になったかもよくわからなかった。

「とにかく部屋まで連れてった方が良い――……いや、動かして良いのか、先生？」

「ああ、これは……」

どれ。犬頭の獣人が傍《かたわ》らにしゃがみ込み、あえぐように息を吐く重戦士の顔を覗《のぞ》き込む。

ふむ、と鼻を鳴らした彼は立ち上がると、幾つか女騎士に質問をし、得心したように頷《うなず》いた。

「過労でしょうな。まあ、医学の心得はありませんので断言しかねますが」

いずれにせよ休ませたほうが宜《よろ》しい。

それを聞くや否《いな》や、ぐいと女騎士が重戦士の腕を掴み、肩を支えるように身を滑らせた。

「まったく、仕方のない奴だ……！　まったく、本当に……！」

彼女は細身の割に力強く、筋肉は硬かったが実にしなやかだった。

もっとも背丈の差は然程《さほど》ないから、重戦士の足を、半ば引きずるような支え方だったが。

そうしてずるずると運ばれる彼を見て、少女巫術師が「お手伝いします！」と駆けていく。

華奢《きゃしゃ》でか細い体軀《たいく》は力仕事の支えになれずとも、ドルイドなれば薬学は学んでいよう。

「えと、その……」

動こうとして出遅れた形になった少年斥候は、バツが悪いような顔で、半森人を見上げた。

「依頼、どうする……？」

「断るしかないでしょうねえ」

一瞬ざわめいた酒場も、酔い潰《つぶ》れて倒れる手合は多く、すぐに元の喧騒《けんそう》に戻っている。

そんな中、半森人の剣士はいっそのんきとも言える口調でぼやいた。

「流石に前衛兼頭目が抜けた状態でやるべきではありませんし、やりたくもないでしょう？」

「だ、な……うん」

「それに、正直一人に負担をかけ過ぎてましたからね。体制を立て直しませんと」

「…………うん」

その辺りは、少年斥候といえど痛感しているところだった。

何より、迷惑をかけているのは自分だという自覚はあったのだ。

そしてそれで無茶をすれば、かえって余計に負担になる事がわかる程度の分別もあった。

貧乏な生家を飛び出す程度には無鉄砲ではあったが、そうでなくば生きてもいけないのだ。

「あのっ！」

そんな内心を別に悟ったわけでもないだろうけれど。

「良ければ、あたし達でやりましょうか、その依頼！」

凛《りん》とした声と共に括《くく》った銀髪をなびかせて、一人の少女が勢いよく手を上げた。

そして上げた手に頬《ほお》を赤らめ、恥ずかしそうに下ろしながら、おずおずと言葉を続ける。

「ぼ、冒険者は相身互《あいみたが》いと言いますし！」

若い戦士と一党《パーティ》を組む、武道家の娘だった。

頭目と違ってさして縁があるわけでもなく、彼女とは今初めて話したようなものだった。

半森人の剣士と少年斥候は、思わず顔を見合わせる。

「言うのか？」

「言う時もあるかもしれんし、ないかもしれん」

端で聞いてた鉱人《ドワーフ》の娘がきょとんと首を傾《かし》げ、森人の僧侶がさもありなんと頷《うなず》いた。

「今はまだ語るべき時ではないという事だ」

「おいこら」

ぎゃいぎゃいと言い争いを始めた二人を、犬人の術士が諫《いさ》めにかかる。

そんな賑《にぎ》やかな騒々しさを他所に、銀髪の武道家は、若い戦士に向かって身を乗り出した。

「ど、どうでしょう……⁉」

上目遣いに、おずおずとした目線。言い出しっぺの癖に、不安になっているらしい。

若い戦士は、笑った。

まあ、良いか。いい加減、勉強も飽きた。等級も近いなら、変な依頼じゃあるまい。何より。

――借りを返すなら早いに越したこと、ないもんな。

人は死ぬ。かんたんに死ぬ。それを彼はよく知っていた。お互い生きている内に済まそう。

「報酬から必要経費だけ差っ引いてもらえりゃ、俺は良いよ」

「――――！」

そう言うと、ぱあっと銀髪の娘の顔が輝いた。

くるりと身を翻して半森人の剣士らに向き直ると、長い銀髪が尾っぽのように揺れた。

「と、いう感じで……！　こちらは大丈夫です、が……！」

「えっと……」

少年斥候は、何かを言いかけて、困ったように半森人の剣士を見上げた。

自分一人で言えないという事なのだろう。半森人の剣士は、目を細めて、頷いた。

「ご提案に感謝を。うちの騎士殿に確認した上で、ギルドも通さねばなりませんが――……」

どうぞよろしくお願いします。頭を下げられ、武道家の娘が「はいっ！」と元気よく応じる。

若い戦士は何とも微笑《ほほえ》ましくなって、表情を緩めた。その横に、犬頭の魔術師が並び、頷く。

「さて、さて。となれば依頼の内容を確かめませんと」

「ああ、道理だ。これで柳谷《やなぎだに》の妖術師《ワーロック》を滅ぼせとか言われたら、参っちまうぜ？」

「あ、そ、そうでした！」

そこまで考えていなかったらしい武道家の娘がわたわた慌てるのに、ついに笑い声が漏れる。

それに「むう」とむくれる彼女をなだめつつ、若い戦士は少年斥候から依頼書を受け取った。

然程難しい内容でなければ良いが――……。

「む……」

「どうしました？」

ひょこりと銀髪を揺らして、あっさり機嫌を直した銀髪の娘が覗き込んでくる。

若い戦士は習い覚えたばかりの文字を読み取りながら、うん、と頷いた。

「地震の原因を探れ、とさ」

これはまた、なかなかの冒険になりそうだった。

「つまりは渡りだな」

ゴブリンスレイヤーの発言は断定的で、査察官はかすかに眉を上げることでそれに応えた。

ひょうと吹き抜ける風が茶色くくすんだ草を揺らす、広野での事である。

薄汚れた鎧兜《よろいかぶと》姿の冒険者は地面に這《は》いつくばって足跡を探った後、のそりと身を起こす。

その様は戦士というより野伏《のぶし》、あるいは地中から起き上がった亡者さながらであったが。

「渡りとは？」

「巣穴を失ったか、追い出されたかして、うろついているだけの手合だ。脅威ではない」

ゴブリンスレイヤーは体についた泥を払いもせず、ぐるりと鉄兜《てつかぶと》を巡らせて、傾《かたむ》けた。

「知らんのか？」

「という態度は、あまり褒められたものではありませんね」

査察官の返答は冷たく、鋭かった。

彼女はおよそ冒険に向いているとも思えぬ薄手の制服のまま、寒風に身を晒《さら》している。

飄然《ひょうぜん》とした態度は、切りつけるような風を何とも思っていない事を、雄弁に示していた。

「世の中、貴方の知らない事を知っている人の方が多いものです」

「道理だ」

故に、ゴブリンスレイヤーは素直に頷《うなず》いた。自分が知恵者などとは思ったこともない。

姉は賢く、先生は賢かった。自分には思いも寄らぬ境地へ至った魔術師もいた。

あるいは牧場の娘も、牧場主も、受付嬢も、あの街で稀《まれ》に声をかけてくる冒険者らも。

――己《おのれ》よりよほど賢く、物を知っているものだ。

そして今まさに、彼へ苦言を呈している女性も、そうなのだった。

「脅威ではない、という認識も誤りですね」

「冒険者ギルドでは」

ゴブリンスレイヤーは油断なく、足跡の先を目で追いながら言った。

「ゴブリンを然程《さほど》危険視していないと聞いたが」

「あまねく怪物は全て脅威ですよ」

やはり、道理だった。

「恐ろしくない怪物などいません。その上で優先順位は当然あるというだけです」

査察官はゴブリンスレイヤーの行動が目に入らぬかのように、ただ淡々と言葉を続ける。

「迷宮に踏み入って地下一階で出くわす怪物は、脅威ではないと思いますか?」

「迷宮に踏み入ったことはない」

恐らくは。小鬼退治の為に踏み入った遺跡が何であったか、彼は考えたこともなかった。

そこは遺跡である以前に、小鬼の巣である。この広野が、今やそうであるように。

「では、脅威ではないものを討伐できない、村や他の人々はどう思われます?」

「ふむ……」

ゴブリンスレイヤーは低く唸《うな》った。言わんとする事は、よくわかった。

牧場の娘や、牧場主。あるいは姉、故郷の人々。いつだったかの村にいた黒髪の娘。

そしてゴブリン退治の過程で出会った、被害者の面々。

彼らを下に見られるほど自分は上等ではない――否《いな》、そもそも彼らは下にあるわけではない。

そう思えば、答えはわかりきっていた。

「渡りの小鬼は脅威だ。しかし、脅威度は低い」

「どうしてそう判断しましたか?」

「足跡だ」

まるで先生のようだ。女の声音は、姉や師ともまるで違うのに、どうしてかそう思う。

苦手だ。ゴブリンスレイヤーは思った。不快ではないが、身が竦《すく》む。慣れる気がしない。

「足跡は多いが、数は一つだ。小さく、浅い。歩幅もまばらだ。奴《やつ》らは痩せて――……」

「――……餓えている」

結構。査察官は、ゴブリンスレイヤーの回答に、そう言って頷いた。

満足してもらえた――のだろうか。いや。ゴブリンスレイヤーは内心で否定する。

彼女に納得してもらえるかどうかという事は、努力目標だが、最優先ではない。

いみじくも彼女の言ったとおり、優先順位はある。小鬼を殺すことだ。

満足してもらう事を優先していては、それが狂う。

「単独行《ソロ》が力押しでどうこうなるとも思いませんから、納得ですが。何処《どこ》で技を?」

「……手ほどきは、姉だ。父が猟師だった」

だというのに、ゴブリンスレイヤーはむっつりと黙り込むことができなかった。

低く唸って答えをはぐらかすこともできたが、彼は淡々と言葉を発する自分が、嫌だった。

彼女がどうこうという話ではない。

雷が飛ぶやもと、びくついた子供めいた事を思う自分が、嫌なのだ。床下の土の味がする。

「その後は、独学だ」

「成程?」

査察官は、まるで広げた書類を矯《た》めつ眇《すが》めつ眺めるように言って、ゆるく小首を傾《かし》げた。

「しかし群れの物見が少数で送り込まれている可能性もあるでしょう。それについては?」

ゴブリンスレイヤーは、押し黙った。

彼は自分がなぜ渡りだと判断したのかを、咄嗟《とっさ》に上手く言葉にすることができなかった。

言葉は喉《のど》と舌の上でくるくると踊り、形にならず、彼は一度それを飲み込んだ。

査察官の目が、鉄兜の庇《ひさし》を越えて突き刺さるようだった。やっと、絞り出すように声が出る。

「……群れであれば、巣穴がなければおかしい。この広野には――……」

「森も林も近場には見当たらない。無論、洞窟も。……ふむ、まあ良いでしょう」

結構、と。査察官はゴブリンスレイヤーの回答に、採点をつけたようであった。

「さて、では敵は渡り、と。それで？」

どうするのか。

答えは決まっている。

「殺す」

ゴブリンスレイヤーは決断的に言い切って、広野へと力強く足を踏み出した。

小鬼どもの移動距離は然程長くなく、足跡の様子から見てそう古いものではない。

となれば、連中の居所がどこであれ――近いのは、間違いが無かった。

「……ふむ」

査察官は小さく鼻を鳴らし、その後を追って、颯爽《さっそう》と草原の中へと歩みだす。

それは、どこまでも定型的《テンプレート》な依頼であった。

村の外れに小鬼が出た。うろついている。村の若い衆で追い払う事はできた。だが恐ろしい。

故に被害が出る前に退治してくれ――――……。

――――奇妙だ。

故にゴブリンスレイヤーがそう独りごちたのは、何も依頼内容のためではなかった。

振り返る事無く広野を行く彼の足は、草を踏みしめ、枝を折る。

極力足音を抑えるように努めていても、一切無くす事は不可能だ。ましてや未熟の身だ。

にもかかわらず――……。

足音がしない。

背後からは、ただ規則正しい呼吸の音だけが耳に届くばかりだ。

およそ野外に向いた格好ではないというのに、査察官は、ギルドの廊下と変わらぬ……。

――いや。

ともすれば、それ以上の速度で、颯爽とゴブリンスレイヤーへ追従してくる。

足運び――運足法とでも言うのだろうか。それが、何か違うと、そうは思えた。

――奇妙だ。

ゴブリンスレイヤーは、重ねてそう考える。そしてそれ以上の思考に至る前に、雑念を払う。

今考えるべきは査察官の事ではない。昇級審査の事でもない。小鬼を殺す事、それだけだ。

――追いつける。

それは根拠の無い、けれど何故《なぜ》か確信を持って言える、ある種の勘働きであった。

彼の師に言わせると直感などというものは存在せず、無意識の経験則に過ぎない、と言う。

とすれば、そのような結論を導き出せるほどの経験を自分が積み重ねられたのだろうか。

あるいは、ただそう思い込んでいるだけの、間抜けな存在というだけなのだろうか。

——知ったことか。

どちらにせよ、行けばわかる事であった。

灰色の空の下、広野は何処《どこ》までも続いているように思えてならない。

§

「GOOROGGGB……!?」

「一っ……！」

ゴブリンスレイヤーの投じた小剣は、見事に小鬼の喉笛に突き立って、その息の根を止めた。

毎朝の鍛錬の成果は細やかな喜びだが、それを噛《か》みしめるよりもやるべきことがある。

ざ、と藪《やぶ》を蹴って飛び出したゴブリンスレイヤーの視界には、小鬼の集団。

——三、いやさ、四。

「GORGGB!!」

「GOORRG!　GBBB!!」

昼下がり、見張りも立てず寝入っていた小鬼どもは、大慌てで武器を手に取り立ち上がる。

手にしたのは棍棒《こんぼう》だの、錆《さ》びた剣だの、どこで拾ったのか定かでない雑多な装備の数々。

体中に草葉だ泥だのをこびり付かせたまま、ゴブリンは忌々《いまいま》しげな罵《のの》り声を上げていた。

夜露を凌《しの》ぐ知恵も無いのか、あるいは小鬼どもはそれを気にしないのだろうか。

——有り得る話だ。

洞窟の中、ろくに寝具もないのに、連中は随分と楽しげに暮らしている。

当の小鬼らにとっては、苛立《いらだ》たしく、怒り狂うような日々なのだろうけれど。

「……しッ!!」

「GOROGGB!?」

ゴブリンスレイヤーはそんな思考諸共《もろとも》、飛び込みざまに振り上げた足で小鬼の顎を打ち砕く。

良い靴を履くべきだと師は常々口にしていたものだ。圃人《レーア》じゃないお前にはそれが必要だと。

——まったくだ。

めり込んだ爪先の乾いた感触に満足しながら、彼は小鬼の顔面を踏み躙《にじ》り、首をへし折る。

「二つ……!」

曇天《どんてん》の空の下、小鬼の死体がこれで二つ。あと二匹。

「GOROOG!!」

「む……ッ!!」

左から打ちかかってきた小鬼の棍棒を、ゴブリンスレイヤーはその盾で食い止めた。

棍棒がぶち当たる鈍い衝撃。左腕一本では、そう何度も防げるものではない。

――盾の縁を削ったせいだろうか。

慣れる必要がある。ゴブリンスレイヤーは躊躇《ちゅうちょ》なく、右手で小鬼の死体から短剣を奪い取る。

「ふ……ッ」

「GRRGBB⁉」

相手の体格は小さい。盾の下から抉《えぐ》るように刃を突き出すだけで、容易《たやす》く臓腑《ぞうふ》に刺さる。

たまらず棍棒を手放し、腹を押さえて身悶《みもだ》えるゴブリンへ、彼は容赦なく飛び掛かった。

「これで、三……ッ‼」

暴れ狂う痩せた体を盾で押さえ、喉へ一突き。苦しませないためではなく、素早く殺すため。

――残り、一つ。

「GOROOGGBB‼」

無論、警戒を怠っていたわけではないし、背後へも気を回していた。

が――それでもゴブリンが真横を抜けていく事を許したのは、不慣れであったからだろう。

同道する者を守っての戦いは、閉所で、濃密な経験ではあったが、数えるほどでしかない。

後列にいるのは細身の女だ。組み伏せ、棍棒で叩《たた》きのめし、人質に取る。

ゴブリンならばその程度の事は考えるし、それはまったく不愉快な想像であった。

「……チッ」

ゴブリンスレイヤーは苛立たしげに己へ舌打ちをし、短剣を投じるべく振り向いて

────……。

「────」

そして鋼鉄の風が吹き抜けた。

「GOOR⁉」

それが棘鎖《スパイクドチェイン》と呼ばれる古き武器だと知ったのは、随分と後の事だ。

「は、ァ……ッ！」

「GOROOGBB！？！？」

査察官の袖口からするりと抜け出たのは、幾重にも鋭い棘《とげ》の生えた長大な鎖であった。

円環状の握りから操られた鎖は、生ける蛇《へび》のように身を躍らせて小鬼の足を絡め取る。

そして鋭い棘を牙のように突き立て、機会を逃さず間合いに入った敵の足を払い除《の》けたのだ。

ゴブリン風情には到底理解の及ばぬだろう、高度な技量の為せる技であった。

「殺《シャ》……ッ！」

そしてよろめく小鬼を前に、査察官が裂帛《れっぱく》の気合と不釣り合いな軽やかさで地を蹴る。

ゴブリンスレイヤーの目には、奇妙な形に握られた拳《こぶし》が、小鬼の腹を突いた、と見えた。

ととんと一繋《ひとつな》ぎに響いた打撃音は、恐らく──二度、だったのだろう。

ただそれだけ。にもかかわらず────……。

「G、BB、ORG、B……⁉」

連打を受けた小鬼は、目、耳、鼻、口の七孔からどす黒い血を噴き出して、崩れ落ちた。

ほんの一瞬の出来事で、魔法の――そう、魔法のように、思えたものだ。

高度に熟達した技術《スキル》と魔術《スペル》の区別など、素人《しろうと》にはわからない。

立ち尽くすゴブリンスレイヤーの耳に、しゃらりと涼やかな鋼《はがね》の擦れる音が聞こえた。

見れば、査察官の手元からは鎖が消え失《う》せている。恐らくは再び、袖に収められたのだろう。

そして、微かな溜息《ためいき》。

「終わりましたね」

「……」ゴブリンスレイヤーは、頷いた。「ああ」

錆びた短剣を腰帯に手挟み、最初に仕留めた小鬼の喉から、自身の小剣を引き抜く。

反省しなければならない事は多い。焦っていたわけでも、手抜かりがあったわけでもない。

――催涙弾を試せば良かった。

思考の埒外《らちがい》にあった装備の事を思い、ゴブリンスレイヤーは低く唸った。

ゴブリン退治で達成感など、覚えた試しは一度も無かった。

§

「一党《パーティ》を組んでいる、という事実を失念しています」

「む……」

茂みにしゃがみこんで死体の検分をしていると、鋭い正論が上から突き刺った。

ゴブリンスレイヤーは小鬼どもの血で汚れた手もそのままに、藪《やぶ》の中から査察官を見上げる。

礼服にも似たギルドの制服は見慣れたものだが、野外の只中では違和感しか覚えない。

そして彼女が腕を組んで凛《りん》と立つ様もまた、ギルドにいるかのような錯覚を覚えるものだ。

だがゴブリンスレイヤーは、自分が小鬼の死体の上に立っている事を忘れてはいない。

彼は当然のように周辺に気を配り、そして用心しいしい、慎重な口ぶりで言った。

「――――……どういう意味だ?」

「私に対して何の指示も出さなかったでしょう?」

不躾《ぶしつけ》なほどの間を置いた返答だったにもかかわらず、査察官は鎖のように鋭く、速かった。

その口調は平素と何ら変わらないものだが、咎《とが》められているように思え、彼は押し黙った。

否定しようのない事実だったからだ。

もっと言えば――後方の彼女へと敵を送ってしまったのは、致命的な失態と言えた。

もし仮に彼が雄弁な性質で、弁舌をこねくり回したところで、事実は何一つ変わらない。

そして少なくとも、彼は事実を否定するような恥知らずではないのだ。

「……どうすれば良いと?」

査察官は、溜息を吐《つ》いた。

それは仕方ないと言うようでもあり、質問された喜びを押し隠すようにも見えた。

いずれにせよゴブリンスレイヤーには、他人の内心など判断もつかぬ事柄である。

彼は泥と、小鬼の血と、草葉にまみれたみすぼらしい格好のまま、ただ言葉を待った。

「意見を求めなさい」

査察官は、その片目を薄っすらと細めて、一と一を足した答えのように述べた。

「あなた一人の頭脳では出るはずのない、異なった考えが必ずあります」

「だが……」ゴブリンスレイヤーは考えながら、ぼそぼそと言う。「無い場合もあるだろう」

「であれば異なった意見を述べなさい。あるいは、述べてくれる仲間を探すべきです」

「自分ではそうでないと思っていてもか」

「その通り」

そう言って彼女は頷き、先程小鬼を死に至らしめた、美しい人差し指を優雅に振った。

「その上で、決断するのは頭目であるべきです。貴方が頭目であるならば、貴方だ」

「ふむ……」

「傭兵《ようへい》なら自分だけが生き残れば良いのでしょうが、冒険者は相身互《あいみたが》い、一蓮托生《いちれんたくしょう》です」

ざわざわと、湿った風が茂みを揺らして、吹き抜けていった。

小鬼どもの血臭に混じって香るのは、ふわりと漂う、ほのかな甘い匂いだ。

ゴブリンスレイヤーが今までに嗅いだことの無い、女の香りだった。

香水だろうか。意識した事など、今までに一度もなかった。

「……一党《パーティ》を率いるなら率いるなり、加わったなら加わったなりの、責任がありますから」

理想論ですが。査察官は、そう言って僅《わず》かに口元を緩めた後、誤魔化すように咳払《せきばら》いをした。

「それで？」

「ふむ……」

ゴブリンスレイヤーは、低く唸った。

彼女の言葉の意味を完全に理解できたかといえば、ゴブリンスレイヤーは否と答えただろう。

だが、しかし、わからないでもない言葉だとは思った。

自分ひとりでは思いも及ばぬことの多さは、この僅かな小鬼退治の日々でも――……。

――……いや。

幼い頃、村を小鬼が襲った時に、つくづくと思い知っているではないか。

あの折に誰かが警告していたら、冒険者を雇っていたら、また違ったのかもしれない。

そしてそれをしなかったのは、自分だ。何もしなかった。何一つ。

誰の責任でもない。自分自身のせいで、ああなったのだ。

自分ひとりだけで何でも全てに対処できるなどというのは、思い上がりも良いところだ。

であれば今この瞬間、何をすべきかというのは、何よりも明白だった。

「……どう、見る？」

おや。査察官が僅《わず》かに目を見開いた。存外に素直だと、驚いたようでもあった。

彼女はその長い足を颯爽と振って、ゴブリンスレイヤーの隣へと並び立つ。

ゴブリンスレイヤーがのそのそと場を譲って見せたのは、斃《たお》れた小鬼、その死骸《しがい》の横だった。

柔らかな土に刻まれた、それは――――………。

「足跡、ですか？」

「狼《おおかみ》の類だろう」ゴブリンスレイヤーは言った。「恐らくは」

「正確には、悪魔犬《ワーグ》のものでしょうね」

査察官が、鉄兜の驚くほど傍《そば》で短く呟《つぶや》いた。

庇の下から目を動かすと、彼女の髪で覆われた瞳と、視線があった気がした。

恐らくは、気の所為《せい》だろうけれど。

「小鬼がそういったものを飼う事は？」

「知っている」

鉄兜を縦に揺らして、彼は答えた。以前の探索で、出くわした事がある。

――何と言っていたか。

そう、確か、あの術士は、小鬼は騎乗の秘密を盗み出した、と言っていたはずだ。

「悪魔犬というのか」

ゴブリンスレイヤーの呟きに対して、女は白い喉を晒すように、僅かに頷いた。

「古典を紐解《ひもと》けば載っているものです」

「そうか」

借り受けた納屋《なや》に運び込んだ、無数の書物。あの中にも記述はあるだろうか。あるかもしれない。いずれ、きちんと読むべきだろう。

――いずれがあれば。

今は目先の事に注力すべきだった。だからこそ、読むことは無いように思えた。

きっとあの術士は「そうか」とだけ呟くだろう。査察官と同じような表情で。

ゴブリンスレイヤーは低く唸った。

指がどちらを向いているかもわからぬ者は、彼方の月を見ることもできないものだ。

そして今目指すべき場所は、月よりもよほど近い。まず、地に足を踏みしめるべきだ。

「この数匹の渡りで、悪……」

「魔犬」

「……だかなんだかを飼えるとは思えん」

それに何より、足跡はこの場から遠ざかっていると、ゴブリンスレイヤーには見えた。

幼い頃、薬草摘《つ》みの手伝いにと駆り出されたにもかかわらず、自分は遊び呆《ほう》けていた。

姉は手づから獣の足跡を指差し、これは何、あれは何と教えてくれていたのを――……。

――聞き流していた、つもりだったが。

もっと聞いておくべきであったと、つくづく思う。

日々の細やかな事柄の、どれほど多くを自分は価値も知らずに放り捨ててしまったか。

それでも残された僅かなものが、たしかに今、その獣の行き先を教えてくれている。

「どうします？」

査察官の声は、極めて事務的だった。淡々として、無機質で、鋭い。

ちらりと庇の下で目を動かすと、彼女は先と変わらず、胸の下で悠然と腕を組んでいる。

自分がどう答えても、まるで構わない、気にしないといった風に見えた。

「これで依頼は終了ですが」

「決まっている」

故に、ゴブリンスレイヤーは言った。

「追跡して、殺す」

§

「ふやあ……」

「気が抜けてるねえ……」

「お互い様でしょう……？」

長閑ともいえる昼下がり。

受付嬢は帳場で大きく伸びをしながら、だらしなく突っ伏す友人へと頰《ほお》を緩めた。

窓辺から差し込む光は白から黄金に変わりつつあり、微かに舞う埃《ほこり》はきらきらと輝いている。

暖かく、落ち着いていて、しずかで、ひと気も絶えて――冒険者ギルドは、ひどく長閑だ。

この時間でも普段なら疎《まば》らに冒険者がいたり、依頼人も来るのだが、それもない。

――こんな日も、ありますよねえ。

それを何かの陰謀だ危機だなどと騒ぐのは、よほど精神が危ういものだけだろう。

と、言っても、受付嬢が気を緩めている理由は、何も昼下がりの気怠《けだる》さのためではなかった。

「……あの人、いるだけでもなんか、きっついもんね」

「悪い人ではないんですけどね」

隣の席で蕩《とろ》けている同僚に苦笑するが、受付嬢も否定はしない。

あの先輩は、厳しくも優しく、良い人なのだが、それはそれとして苦手というのは成り立つ。

正確に言えば彼女というより、彼女がもたらす緊張感が――やはり、疲れるのだ。

「……ぴしっとしてて、格好良いのですけれども」

「息が詰まるから、目標にするなら別の方向性にして欲しいんだよ」

「というより、ああなれる気はしませんから……」

苦笑いの理由は友人や、先輩に対してではなく、自分に向けて。

あんな凛とした雰囲気を纏《まと》った、なんと言えば良いか――――そう。

――大人の女性。

そんなものに、自分はなれやしないだろうと、そう思う。

幼い頃も姉たちにそんな気持ちを抱いたものだが、年を重ねるだけでは、どうにもならない。

そういうものも、世の中にはある。そういう事ばかりが、世の中にはある。

「…………そういえば」

忘れていたわけではないけれど。受付嬢はふと、帳場の引き出しから羊皮紙を取り出した。

格子状《グリッド》の線でマス目の刻まれた、それはこの近隣一帯の地図である。

無論のこと、ここまで精密なものだと持出厳禁の重要な資料のひとつ。

冒険者らに貸与されるものは、よりもっと精度を落としたものになるのだが――……。

「……出発してから、今日で……」

日数と通常の移動速度。天候は荒れていないから、それで位置は予測できる。

尺を使うまでもなくマス目を数え、簡単な計算をすれば、受付嬢は頷いた。

――そろそろ、依頼も終わる頃、でしょうか。

ゴブリン退治。

よっぽどのことが無い限り――大丈夫、だろう。なにせ小鬼退治なのだ。

依頼書の状況は定型的で、確認された数を鑑《かんが》みると、さほど大規模な群れではない。

ゴブリン退治は危険だが、そもそも全ての冒険が危険なのだ。

順調に昇級している彼ならば、余程のことが無い限りは大丈夫だろうし――……。

――余程のことがあっても、先輩がいるのなら。

きっと引き止めるなり、諭すなり、連れ戻すなり、してくれるだろうと思う。

だから大丈夫だろう、と。そう自分に言い聞かせているのだけれど。

「…………」

どうにも、慣れなかった。

朝挨拶《あいさつ》した人が夜帰ってこない、という事はある。日帰りの依頼の方が珍しいくらいだ。

数日来ない。終了報告に現れない。そういう案件だって、当然ある。

その依頼を受けた冒険者のことを覚えていることもあれば、覚えていないこともある。

名前と技能と功績――俗にいう能力査定《ステータス》とか、経験点とか――だけ。

膨大な文字と数字の狭間《はざま》に垣間見える、あれやこれや、そうしたものの狭間に、見える人生。

山賊に返り討ち？　トロルに頭を潰《つぶ》された？　闇人《ダークエルフ》に捕まって拷問《ごうもん》されている？

密林で行き倒れたとか、山から落ちて谷底へとか、迷宮の奥で石の中にいるとか――……。

冒険者は、往々にして消失《ロスト》する。当たり前のことだ。

いつかは慣れる時が来るのだろうか。

ギルド職員は、あまり冒険者と親しくしてはいけない、というのはこういう事だろうか。

隣の友人はどうだろうか。先輩は、どうなのだろうか。

受付嬢には、まだよくわからない事だった。

「……わ……っ⁉」

と――――……不意に、足元から突き上げるように体が宙に浮いた。

ずん、と芯にまで響くような衝撃の後、床が崩れるようにぐらぐらと、揺さぶられる。

「わ、わ、わ、……っ⁉」

受付嬢が思わず床に這いつくばる一方で、大慌てで同僚が背後の棚へと飛びついた。

重厚な材木で作られた調度品の書類棚はそうそう倒れまいが、激しく揺れている。

きゃっと悲鳴を上げる受付嬢の上には、こぼれ落ちた書類が雨のように降り注いだ。

――また、地震だ。

四方世界そのものがひっくり返されて卓上から放られるのではないか、という揺れ。

受付嬢にとっては永遠とも思える時間だったが、実際はほんの数秒くらいだったろうか。

始まった時と同じ、唐突に収まった事だって、受付嬢には到底信じられない。

「お、おわり……ました……？」

そろそろと立ち上がると、それだけでぐらぐら揺れている気がして、慌てて帳場に手をつく。

「みたい、だね……？」

棚を押さえるというよりかはしがみつくような有様の友人も、おっかなびっくり、頷いた。

長閑に静まり返っていたギルド内も俄《にわか》に騒がしくなって、ばたばたと人の足音が響く。

何なら此処《ここ》に部屋を借りている冒険者たちもいるし、奥では作業をしている職員が多い。

なんだなんだと出てくる冒険者たち。仕事を放り出して表に様子を見に来る同僚たち。

顔馴染《なじ》みとなった冒険者も、長槍《ながやり》を摑《つか》み手すりを飛び越えるよう一階へと降りてきている。

その奥、階段に見えるのは薄い夜着をシーツで覆い隠した、魔女の姿も目に入る。

隣には先日登録したばかりの妖術師が、やはりその肌を申し訳程度に隠しながら立っていた。

呪文使いにしては鍛えられた体軀《たいく》と、長剣を携えている辺りは、些《いささ》か気になったが——……。

——あれでは、目の毒だ。

ふたりとも怯《おび》えた様子はないが——もし感情を表に出していたら、男たちが放っておくまい。

何しろ冒険者登録してから、そう間が経っていない。新人の、小娘である。

都での自分の経験を踏まえれば、受付嬢に二人を慮《おもんぱか》らない理由はなかった。

受付嬢は目配せで「大丈夫ですよ」と仕草を送った。魔女は頷き、そっと居室へと戻る。

妖術師はしばらく様子を見ていたが、やがて小さく愚痴めいた言葉を漏らし、踵《きびす》を返した。

「どうしました、受付さん！」

「あ、えと——……」

そして、この勢いだけは評価できるのだけれど、評価できるのだけど——……。

——どうも苦手……な、んですよねえ……。

帳場に手を突いて、目前に身を乗り出してくる槍使いの応対をせねばならない。

強張《こわば》った笑みをなるべく角を立てぬよう取り繕《つくろ》いながら、受付嬢は曖昧《あいまい》に言葉を発した。

「たぶん、どうにもなってはいない、と思いますが――……」

「落ち着いて、落ち着いて！　まずは状況確認から始めるぞ‼」

その言葉を遮ったのは、直属の上司にあたる、この支部の長だった。

彼は慣れた様子で手を叩くとよく張った声を上げて、ギルドの人々を見回した。

「慌てて走り回る前に、怪我《けが》人や破損したもの、そのあたりの確認からだ。きみ、大丈夫か？」

「あ、はいっ」と、声をかけられた友人は慌てて頷いた。「大丈夫、です」

「書類を拾って、確認し、揃《そろ》えて、収納だ。無くなったら、それこそ大騒ぎだからな」

「手伝います！」

槍使いから離れる口実半分、職業倫理から受付嬢は独楽鼠《こまねずみ》のようにたっと動き出した。

背後で彼《か》の冒険者が残念そうな顔をしたのは、まあ、見なかったふり、だ。

「冒険者の方々も落ち着いて。有事となれば依頼を出します。稼ぎを逃す手はないでしょう？」

慌てて飛び出しては大損だ、なんて。冗句を交えて言えば、無頼漢らも従いだす。

何、もともと冒険目当ての彼らだが、狙うならば一攫千金《いっかくせんきん》、そして大武勲といったものだ。

槍使いも渋々といった様子ではあるが、二階の部屋へと戻っていくのが確認できた。


――そういえば……？

先だっての昇級審査で問題のあった、あの重戦士の一党《パーティ》、その姿が無いのは気にかかったが。

「なに、そう慌てることはない。五年前の王都、《死の迷宮》に比べれば、楽なもんさ」

そんな細やかな疑問は、不敵に笑った支部長の言葉によって塗り潰された。

転げた墨壺《すみつぼ》を拾い、染みの広がる床を前に肩を竦めた彼は、歴戦の勇士さながらに言った。

「この程度なら、世界が滅びるほどじゃあない」

§

「揺れましたね」

「そうか」

薄闇が空を覆い隠さんとする中で、二人の会話は訥々《とつとつ》と、焚火の弾《はじ》ける音にも似ていた。

ゴブリンスレイヤーと査察官は、踊る炎を間に挟み、路端に座り込んでいる。

磨き上げられていた革鎧は泥にまみれて薄汚れているのに対し、礼服は瀟洒《しょうしゃ》な雰囲気のまま。

その秘密などゴブリンスレイヤーには思いも寄らず、そしてそれ以上に興味も無かった。

彼にとって興味の対象となるのは、狼の足跡――ひいては小鬼の足跡に他ならない。

着かず、離れず、けれど着実に追いつきつつあると、そう思える塩梅《あんばい》であった。

無論のこと、ゴブリンスレイヤーは何も、正しい意味での足跡だけを辿《たど》ったわけではない。

硬い地面ならば当然ながら足跡など残らない。だが、目印となる痕跡は常に残る。

例えばそれは折れた枝葉だったり、踏み潰された草花、狼や小鬼の糞、食べ滓《かす》であった。

小鬼どもは気にしていないのか、それを隠す事も思い浮かばないのか――……。

――両方だろうな。

いずれにせよ、運が良かった。彼は一度も、自分が不運だと思ったことはなかった。

此処まで、着実に標的を追えているのは、己の力量だけが全てではないと彼は知っている。

姉から手慰みに聞きかじった野伏《のぶし》の知識と、多少の経験だけで、どれほどの事ができよう。

地面が揺れても追跡に問題は無いが、雨が降れば全ては台無しになってしまう。

今こうして星と月々を眺めていられる事は、まったく得難い好機と言って良い。

雨乞師《レインメーカー》でもなくば、己の技量のみで天を左右することはできまい。

雨粒に押し流された後でも追跡できる術を学んでいない以上、現状は間違いなく幸運だった。

――雨の降る前に、追いつきたいものだ。

報告もせず開拓村を離れてから、既に数日が経過していた。

ゴブリンスレイヤーは水袋の中身を小鍋に入れ、其処《そこ》に適当に干し肉を放って、火にかけた。

量も味も、ろくに考えてなどいない。死にはすまいし、食えぬ事はあるまいと、それだけだ。

師の教えの中で、彼が忠実に守れておらぬ幾つかのことの一つが、食事であった。

食べることが億劫《おっくう》になる。食事よりも追跡を優先したい。突き動かされるように、一歩前へ。

空腹も気にならなくなるし——度が過ぎて嘔吐《おうと》感が漂えば、その時にだけ食べれば良い。

それすらも食欲を満たすためではなく、胃が痙攣《けいれん》するのを物理的に抑え込む為だけだ。

必要さえなければ、そう頻々《ひんぴん》に喰《く》う事もあるまいに。

だが、放っておけばそうしただろう彼を押し止めているのが、他ならぬ同道者の存在だった。

「休憩は必要か？」

ふと思い出して聞いたのは、小鬼を殺した後、即座に歩き出した日の夕暮れだったろうか。

「貴方が必要と思うならば」と、査察官は冷たく返してきたものだった。

そう言われてしまうと、ゴブリンスレイヤーとしては考えざるを得なかった。

自分は好き好んでやっている事だが、それを他人にまで強要すべきではあるまい。

野営地を設営し、簡素な食事を取り、微睡《まどろ》むように休み、夜明けと共に動き出す。

小鬼にしろ狼——悪魔犬だかは知らない——が夜に動くものならば、昼に距離を稼ぐべきだ。

それが、数日。

査察官は滅多に口を開かず、ゴブリンスレイヤーは地を這う事に注力し、静かな日々だった。

四六時中思いつくがままに言葉を重ねていた、以前の依頼人とはまったく異なる。

ゴブリンスレイヤーにとってはコレこそが日常なのだが、どうしてか落ち着かない。

恐らくは査察官が、獲物を狙う猫のように、じぃと目を細めて見つめてくるからだろう。

「思うに」

だから彼女がぼそりと呟いた言葉を、最初ゴブリンスレイヤーは、葉擦《はず》れの音かと考えた。

そして査察官の唇が明確に動いたのを認めて、その勘違いをきちんと修正する。

「掲示板に張り出されている小鬼退治を、片端から根こそぎというのは、行儀が悪いですね」

「行儀」

初めて聞く言葉であった。少なくとも冒険、あるいはゴブリン退治にまつわる事の中では。

「新人の仕事を奪うという事に繋がりますから」

「ふむ」

「仕事を奪う事は余裕を奪う事、成長を奪う事に繋がります」

「成長」

ゴブリンスレイヤーは鸚鵡《おうむ》がそうするように言葉を繰り返した。

もっとも、彼は鸚鵡という鳥について、人語を解するという以上は知らなかったが。

「結局、自分で経験を積む以外に、育つ術《すべ》はないでしょう?」

しかし、査察官の言葉は道理だった。

師から様々な事柄を教わったものだが、それで己が育ったか、というとまた別である。

教わっただけで何もかも上手くやれるのなら、最初の小鬼退治のような醜態はあるまい。

あれで死ななかったのは、たまたま骰子《サイコロ》の目が良かったからに過ぎないのだ。

そして今此処まで歩んで来られた理由の一つに、その時に得た経験がある。

それがわかるのもまた、多少なりと経験を積んだためだろう。

「地下一階の地図を寄越せと喚《わめ》く者は、きっと地下十階についても同じように騒ぎますからね」

そう査察官が呟く言葉の意味までもは、ゴブリンスレイヤーにはわからなかったが。

「小鬼退治の方法を教えろと声高に騒ぐ者は、竜退治の方法を教えろと騒ぐに決まっています」

安全確実な攻略法を寄越せ、などとは。査察官は、若干の嫌悪を滲《にじ》ませた。

——先生なら。

何と言うだろうか。ゴブリンスレイヤーは少し考える。

教えて下さいとも言えず、教えぬ方が悪いのだという——冒険者。

自分がそんな事を騒げば、きっと蹴倒されていたか、見捨てられていたか。

「ともかく」

査察官は会話の区切りを明白にするように、はっきりと言葉を区切った。

此処からが本題だという事なのだろう。

「昇級するのであれば、そうした先達《せんだつ》としての心構えが必要になります」

「だが、昇級するとは限るまい」

故に、ゴブリンスレイヤーは会話の流れを切りつけるように言葉を発した。

ふつふつと鍋が音を立てている。そちらへと一瞥《いちべつ》をくれてから、続ける。

「お前は俺《おれ》を落とそうと考えているのではないか」

「まさか」

馬鹿馬鹿しいという感想を、査察官は肩を竦《すく》める事で示してのけた。

「審査をしているだけですよ、少年。そこに個人の感情が入る余地は無い」

「であれば、なぜ教える」

「今言った通りです」

「……」

意味がわからない。ゴブリンスレイヤーは、鉄兜の庇を通して、彼女を見た。

長い髪に隠された片頬は見えず、一つだけの瞳が、炎に揺らめいて視線を突き刺してくる。

「小鬼退治しかしない冒険者など、はっきりと言って、不要ですから」

「だが依頼はあるだろう」

ゴブリンスレイヤーは若干のたじろぎを覚えながらも、懸命に食い下がった。

自分でも――どうして其処まで言い返そうとするのか、よくはわかっていなかったが。

「常に、小鬼退治の」

「怪物というのは、ゴブリンだけではない事をご存知？」

「――む」

「四方世界の脅威は小鬼だけではない。というより小鬼は、本当に最も小さな脅威なのです」

それにばかりかかずらってはいられない。

査察官の言葉は、まったく、本当に、何処までも、道理だった。

それの何が気に入らないのか、ゴブリンスレイヤーは自分でもわからなかった。

理解していたことだし、納得していたことだ。とすれば、内容の問題ではあるまい。

彼は手にした枝を火掻《ひか》き棒代わりに、意味もなく焚火をかき回した。

「見てきたように言う」

「見てきましたから」

しれっと、査察官は言った。

舌でも出しそうな言葉だと思ったが、彼女の表情はまったく変化していない。

だが、話し過ぎたとでも思ったのだろうか。査察官は低く、小さく、舌打ちをした。

「……審査についてであれば、焚火、野営については、手慣れているようですね」

「そうか」

「しかし見張りについては、単独《ソロ》ではどうにもならないでしょう？」

「問題ない」と、彼は声を尖《とが》らせて言った。「俺は片目を開けたまま、寝れる」

査察官の隻眼《せきがん》が、僅かに見開かれた。口元から息が漏れる。呆《あき》れた、という嘆息。

「睡眠不足は命取りになりますよ、少年」

「……」

「心が鈍り、従って体が鈍り、必然、技も鈍ります。それで勝てる方がおかしい」

――――そんなものだろうか。

ゴブリンスレイヤーはぼんやりと考えながら、焚火の上から手鍋を取り上げた。

水は生ぬるく、汁はスープとはとても呼べず、干し肉を噛むとぐずぐずと水が滲んだ。

それを構わずに咀嚼《そしゃく》して、飲み込む。旨《うま》くもなく、奇妙な塩気だけがあった。

査察官は自分の荷物から堅パンを取り出して、細かく千切って口元に運んでいる。

「あと、料理が下手《へた》ならば、糧秣《りょうまつ》を買って調達する術を考えなさい」

彼女は自分の手元に目を落としたまま、淡々と言った。

「金がかかる」

「この世に代価なきものはありません」

「神官の言う、無償の愛というのがあるだろう」

「受け売りですが」と、査察官は前置いて言い、パンの欠片《かけら》を口に放り込んで、指を舐《な》めた。

「それによって喜びを得ています」

「誰が」

「愛を捧げる当人が」

「……そんなものか」

まったく、意味がわからなかった。だが、そう、そんなものなのだろう。

彼は神を信じてはいなかった――少なくとも生涯を捧げられるほどには。

恨み辛《つら》みもなかった。当たり前のことだ。あの夜の事は、全て自分の責任だろう。

つまり、神官というのは、自分にできない事をできる人物だという事になる。

——神官が喜捨《きしゃ》を取るのも、当然という事だな。

査察官の言説は、やはり道理であった。

ゴブリンスレイヤーはしかしそれを言葉にする事無く、水の滲む干し肉を齧り続ける。

音といえば押し迫る夜が運んできた風や、鳥、あとは炎の弾ける微かな音だけ。

そこに僅かに、また査察官の嘆息が混じって、ゴブリンスレイヤーの耳に届いた。

「……あなたは、戦士というよりは斥候《せっこう》か野伏の方が向いていますね」

「そうか」

少し考え、口の中に残った味気ない柔らかいものと化した干し肉を、飲み下す。

「父が狩人で、姉から手ほどきを受けた」

「聞いています」

「そうか」

「そうです」

「……そうか」

ゴブリンスレイヤーは、それっきりむっつりと黙り込んだ。

夜は、とても長くなりそうだった。

§

姪《めい》が夜ふかしをするようになって、しばらくになる。

一日の仕事を終えて、夕食を取った後、彼女はぼんやりと薄い紫色に変わった空を眺めだす。

それは母屋《おもや》の玄関先ということもあれば、彼女の部屋の窓辺、あるいは納屋の事もあった。

――気鬱《きうつ》の病だろうか――……。

最初の頃は、そんな事も思ったものだ。

訳もわからぬまま、この牧場から二度と家に帰る事はできないと伝えられた時。

あるいは、妹と夫の――つまり彼女の両親の、空っぽの棺《ひつぎ》が埋葬されるのを見た時。

ただ呆《ほう》けたように、姪がぼんやりと過ごすようになったのをよく覚えている。

幼い頃からよく知っていた、というわけではない。

もともと離れて暮らしていたのだ。此方《こちら》から用があって訪ねるか、向こうから来なければ。

だがそれでも、明るく、溌剌《はつらつ》として、幼い頃の妹に似た娘だという事は知っていた。

男の子と一緒に――というより、男の子を引っ張り回すように駆けていたのを、覚えている。

折に触れて届く妹からの手紙でも、彼女の日々の成長について、よく綴《つづ》られていた。

――無理もない事だ。

地母神の寺院から来てくださった神官は、努めて冷静な様子で、穏やかにそう言った。

人の心の仕組みなど、そんなもの、はたして神以外の誰が理解できるというのか。

むしろ神官は、彼――牧場主の方を心配し、気遣っているような節さえあった。

家族を失ったのは貴方とて同じなのだから、と。

だからこそ、それを言い訳にはすまい。同じなのは、娃もそうなのだから。

幸い、自分は大人だった。

いくさに出て、金を稼ぎ、土地持ちになるまでに、幾度か死というものも経験している。

だからこそ我慢はできる。娃を食わせてやるだけの甲斐性《かいしょう》もある。やれるだけをやろう。

そうして、何くれと世話を焼いて、面倒を見て、あれこれと頭を捻《ひね》り、そして――……。

――結局、あの坊主《ぼうず》が転がり込んでくるまで、どうにもならなかったか。

母屋の内から、窓を通して、ぼんやり座っている娃の姿が良く見える。

牧場主は、深々と息を吐いた。

娃が自分から何かを頼み込むなど、初めての事だった。

何もかも失った子供が、数年何処で何をして、どうして冒険者になろうと考えたのか。

動機についてては――言うまでもあるまい。まともな日々を過ごしたとは、思えない。

娃の必死の懇願と、あの少年の境遇を思えばこそ、牧場主は頷くことに躊躇《ためら》いはなかった。

賢《さか》しらな顔をして身寄りも家族も失った子供を追い払うなら、かつての戦《いくさ》で死ぬべきだろう。

――そうでなくば、誰が身元不確かなごろつきまがいの新米冒険者を受け入れるものか。

だが、その甲斐はあった、と思う。

娃はあれこれ必死に、懸命に、何やら自分から考えて動き始めた。

言われるでもなく手伝いをしたり、街に出たり、髪を切ったりもした。

自分では結局どうしてやる事もできなかった娃の、あの姿を見れば後悔は無い。

もっとも――……あの少年の有様だけは、どうしたものかと、溜息が漏れるのだが。

何より、少年がいなくなった途端の、娃の有様を見れば……。

――そして結局、それをこうして眺めるだけか。

牧場主は顔をしかめ、幾度目かの息を吐き、椅子《いす》を軋《きし》ませながら立ち上がった。

窓辺に寄る足音も聞こえているだろうに、娃はなんら反応を示さない。

牧場主は、それでもそっと近づいて、窓辺から外の彼女へ向けて声をかけた。

「あまり夜風に当たるものじゃあない」

思った以上に、声は鋭かった。びくりと娃の肩が跳ねる。拙《つたな》い、と思った。言葉を付け足す。

「……まだまだ冷えるんだ。体を壊してしまうぞ」

「あ、うん……」

それはまるで、寝起きのように曖昧な返事だった。

声をかけられた。言葉が耳に入る。けれどそれまで。意識が反応しているのではない。

ややあって、彼女はやはりふわふわと浮ついたような声の調子で呟いた。

「……そうだね」

それで終《しま》いだ。

婭は座ったまま、ぼんやりと双《ふた》つの月と星——いや、彼方の街道へと目を向けている。

牧場主は、何とも言えなかった。せめて毛布を取ってきてやろうと、母屋の奥へ向かった。

体が酷く重く思えて——自分も歳を取ったものだと、また一つ、溜息が増えた。

§

眠りに落ちる際の、文字通り、体が落下するような感覚が、彼は苦手だった。

そのまま落っこちて、二度と戻ってこられないような、そんな気がしてならないのだ。

常に崖っぷちにしがみついているような、そんな心持ちさえする。

もし寝てしまえば、頭を打たれて死ぬかもしれない。また目覚められる保証は無い。

いや、寝床から引きずり出されて殺される事を思えば、気づかぬ方がまだ救いなのだろうか。

道を歩いている時に足元が崩れるのではないかと、恐れていた事と関係はあるのだろうか。

永遠にわからない事だ。

少なくとも彼はその不快な落下感覚に抗《あらが》い、閉じかけていた左右の瞼《まぶた》を入れ替えた。

時間を感覚だけで計る事は、もはや困難だ。消えかけた火と、空の明るさで見るべきだ。

と――……。

空《くう》を打つ音がした。

黎明《れいめい》の薄明かりの下、査察官がその鍛え抜かれた肢体《したい》に薄衣だけを纏い、そこにいた。

彼女の鋭い視線は何処ともしれぬ場所に向けられ、その拳は虚空《こくう》を貫いている。

ひゅるり。僅かに開かれた口元から、呼気が漏れる。いや、吸っているのだろうか。

彼にはその判別はつかなかった。ただ、今まで見たこともないほどに整っていると思えた。

ただ立ち、拳を構えている。それだけなのに、百余年は前からそこにいるように見えた。

完璧な曲線を描いた胸元が緩やかに上下し、全身の筋骨が、柔らかな女肉を盛り上げる。

その足が、ゆらりと動いた。地を踏み、前へ転げるようにして自然な一歩。

弓の弦が弾かれるように、弛《ゆる》められていた腕がしなって、拳が空《くう》を打つ。音が、弾ける。

百歩先の梢《こずえ》が、はらりと揺れた。

「ふ、ぅ――――……」

そして確かに、査察官は息を吐いた。頬は淡く上気し、呼気が白く煙になる。

彼女はその腕で乱雑に頬と、額に滲んだ汗を拭った。自分の技に、満足してはいないようだ。

と、その前髪が、はらりと流れた。

髪の隙間から、酷く縮れた肌と白んだ瞳が覗《のぞ》き、存在しない視線と、彼の目があった。

兜の奥、庇の奥、隠された目だ。見えるはずはない。だが、見られた。直感的に悟った。

何かを言うべきだ。ゴブリンスレイヤーは、乾いて引きつった舌を、どうにか動かした。

「……ゴブリンか？」

「まさか」

査察官は、文字通り一笑に伏した。

彼女は布を拾い、見られている自覚がなくばできない、披露するような仕草で汗を拭き取る。

そして完璧な仕草で、近くの枝にひっかけていたシャツを取って、肩にかけた。

「この世の災厄全てが小鬼に起因すると考えているならば、それは随分と気楽だ……」

彼女の言葉は彼に向けられたもののようであり、同時に独り言のようにも聞こえる。

しかしそのどちらであったにしても、ゴブリンスレイヤーの返答は間に合わなかった。

何を言ったものか、鈍い頭を動かしているうちに、査察官は手早く服を着てしまう。

いずれにせよ返事をする機会は永遠に失われ、彼女の鋭い目が、彼を確かに貫いた。

「……よもや、一人でこの四方世界全ての小鬼を相手取れるとは思っていませんね？」

「無論だ」

彼は――ゴブリンスレイヤーは即答した。

「だが、湖の水を全て汲《く》んだ巨人もいると聞く」

「御伽噺《おとぎばなし》についての会話はしていません」

ぴしゃりと叩きつけるような言葉と共に、査察官は襟をぴんと伸ばして、着替えを終えた。

シャツに皺《しわ》はなく、タイはきちんと結ばれ、上着には汚れ一つない。

野外の旅路、行軍の最中とはとても思えぬ、完璧な身嗜《みだしな》み。

そして彼女は、たまさか自宅に泊まった知人へ声をかけるように振り返る。

「朝食を摂る気は？」

「ある」

ゴブリンスレイヤーが頷くと、査察官は「結構！」と、口元を綻《ほころ》ばせた。

もっとも、そんな表情は彼の用意した朝食を前にすると、たちまちのうちに消えたのだが。

閑話休題《それはさておき》。

冒険――と彼は露ほども思っていないが――は一事が万事、派手な活劇が続くわけではない。

そんな風に思っているのは田舎の子供か、世間知らずな手合ばかりだろう。

時として、それは淡々と進むものだ。

前へ。前へ。足跡を辿って広野を行く。神々が盤として作った四方世界の升目《ますめ》を数えながら。

叙事詩であれば、ほんの一節や二節ばかり歌われるか、飛ばされてしまう下りだろう。

英雄が泥まみれになって這いつくばり、獣の排泄物《はいせつぶつ》を確かめながら進む様、などとは。

「それに不平不満を言うものも、いますが」

故に査察官が微かに息を漏らすように呟いても、ゴブリンスレイヤーは顔を上げなかった。

彼が意識を向けていたのは足元で、行手で、空の塩梅で、小鬼の気配だった。

「その点、少年。あなたはまだ良い方です」

「そうか」

後に続いて飄然《ひょうぜん》と歩く査察官もまた、彼の返答を気にした様子も無かった。

雑談なのか、独り言なのか、ゴブリンスレイヤーには判断がつきかねる言葉だった。

どちらでも、彼としては構わなかったが。

「危険を冒すという意味で、冒険はしている。安全な冒険ではないと、不平も言わない」

安全な冒険。査察官は、心底小馬鹿にしたような様子で、小鼻を鳴らした。

「ゴブリン程度に屁理屈《へりくつ》を捏《こ》ねて尻込みする者に、魔神を滅ぼせはしませんからね」

「魔神に挑む気もないのだろう」

ゴブリンスレイヤーは「挑む気はない」と、自分について言ったようなつもりであった。

彼は手についた土を払うでもなく、ゆっくりと立ち上がって首を左右に振った。

「最初から」

「それでは困るわけです」

「ふむ」

もっともな事ではあったが、自分とはどうにも、無縁の事柄のように思えた。

魔神、あるいは竜。そんなものと戦うことなど、生涯無いに決まっている。

小鬼の相手ですら手一杯なのだ。

「月を見ねば、月には辿り着きませんよ、少年」

だから内心を見透かしたような査察官の言葉に、彼はむっつりと黙り込んだ。

その様を隻眼は横目に見やり、「ほら」としなやかな指先が彼方へと伸びる。

「村です」

間章「冒険者《レイダース》と失われた廃都《ルイナ》」

「う、お、あ、わ、あ、あ、あ……ッ!?」

若い戦士は自分が何を言っているのかもわからぬまま、じたばたと手足を振った。

ただ浮遊感と猛烈な風だけが周囲にあって、それ以外は一切、何も、感じられない。

永遠に続くのであれば、ただそれだけで正気を失ってしまいそうな恐怖。

頰《ほお》が引きつったように吊《つ》り上がり、笑みが浮かんだ。恐ろしいと、笑みが浮かぶものらしい。

つまりは、落ちている。

「ひゃあああ……ッ!?」

きゃあきゃあという悲鳴が上から聞こえるのは、銀髪の武道家、あの少女のものだろう。

下からのギャーッ!という喚《わめ》き声は、鉱人《ドワーフ》の斥候《せっこう》だ。騒いでいる辺り、底はまだまだ遠い。

他にもわあわあと喚いている森人《エルフ》の声も聞こえる。犬人の先生は――大丈夫だろう、きっと。

――ていうか、それどころじゃあない……!

どうしよう。どうすれば良い?　ろくに考えも浮かばない。

少なくとも坂道の類でなくてよかった、と思った。幼い頃に聞いた御伽噺《おとぎばなし》。

山の頂上で足を滑らせた者は、斜面を転げ落ちるうちに消えてしまった、なんて。

——削り死になんてのも、世の中にはあるんだな……!

嫌な考えだった。壁も足元も無いのはかえって幸運だったかもしれない。

「わ、ひゃあ⁉」

そんな時、遥《はる》か下方から鉱人の娘の悲鳴が聞こえた。断末魔ではない。はずだ。

「どうし——……」と若い戦士は口を開きかけて「————……ぷ⁉」とその口が塞《ふさ》がれる。

——なんだ、これ……⁉

息が詰まる。呼吸が出来ない。何かが口に飛び込んだ——いや、こちらから飛び込んだ？

粘つく何かに体が包まれる感触が一瞬。すぐにそれを突き抜けて、さらに落ちる。

「う、お……ッ⁉」

そして、底だ。

石床と思わしきものに叩《たた》きつけられて、若い戦士は悲鳴を上げた。

全身の骨がばらならになったかと思うような衝撃だが——幸いにして、そんな事は無い。

——あれだけの時間落っこちてきたのに？

痛む箇所を擦《こす》ろうとして、その理由に気がついた。

「う、わ……なんだこれ……⁉」

顔や手のひら、鎧兜《よろいかぶと》にべたべたと張り付いたそれは、白く粘ついて、気色が悪い。

振り払おうとする度に絡みつくのは、これは――……。

「……蜘蛛《くも》の巣、か？」

「と、ぉーっ‼」

その問いに答えるように、真上から銀髪の娘の滑稽《こっけい》なほど勇ましい叫びが響き渡った。

垂直に急降下してきた彼女は、力強く拳《こぶし》と片膝を地面に叩きつけ、着地する。

ずん、と。四方の盤そのものが揺れたかと思うほどの衝撃。

けれど銀髪の娘は小揺るぎもせず、凛々《りり》しい表情で前を見据える。

武道家はどれほどの高所から落ちても浮身によって、無傷だというが――……。

「……じんじんします！」

見る間に目に涙をこんもりと蓄《たくわ》えて、ひんひん言い出す辺り、まだまだ修行不足か。

「……大丈夫か？」

苦笑交じりに声をかけると、粘液をまとわりつかせて「だいじょばないです！」と大騒ぎ。

――まあ、あれなら大丈夫だろう。

「他のみんなは？」

「此方《こちら》は何とか。まあ、彼女のは、あまり良い着地姿勢ではありませんからねえ……」

やれやれと四肢《しし》を叩きつけるようにして着地した犬人の先生が、落ちた眼鏡《めがね》を拾い上げた。

「雲すら追い払う翼竜も、重みの力には逆らえず、眼下の大森林に垂直落下する……と」

「うんちくはどうでも良いのだが、死んだらどうするんだ、おい斥候！」

その向こうでは変な姿勢で蜘蛛の巣に引っかかった森人が、目を尖《とが》らせて喚いている。

「森人ってのは死なないし、西の海の向こうに行くだけなんじゃねえの？」

「死んだらどうする！」

「よし、全員無事だな」

若い戦士はあっさりとそう判断して、まとわりつく蜘蛛糸を引き剝《は》がした。

——まったく、思った以上の大冒険だな、これは。

別に、そう変わった事をしたつもりはなかった。

地震の原因調査——まあ地震といえば、さしあたっては岩喰《く》いの仕業ではあるまいか。

『まあ我々に全賭けなどありえませんし、確実に情報を集めるのが第一でしょうね』

先生もそう言うことだしと、鉱山に踏み込んだのが、つい数時間ほど前のはず。

まあ、嫌な思い出もあるし、勝った記憶もあるし、四の五のは言っていられまい。

そうして廃坑のあちらこちらを、地図を頼りに歩き回って、調べ回って——……。

「地面が崩れた、んだよな？」

「ああ」

鉱人の娘がばたばたと装備の汚れを叩きながら、顔をしかめた。

「言っとっけど、見落としたわけじゃねーよ？」

「わかってるよ、確認。ちょっと記憶がすっ飛んだから」

別にこんな場所で仲間同士揉《も》める気はない。揉める事もあるかもしれないが、今回は違う。どんなきっかけであれ、一党《パーティ》なんてのは簡単に瓦解《がかい》してしまうものだ。

縁は大事にしたい――と思いながら、若い戦士は銀髪の武道家へと目を向けた。

「立てるか？」

「じんじんします！」

涙目で彼女は繰り返し、ぴょこんと立ち上がった。銀髪がしっぽのように弾む。

「けど、まだ大丈夫です。じんじんするだけですから！」

「よし」

怪我《けが》をしていたら治療――奇跡にしろ手当にしろ――をしなければならない所だった。

上を見上げても遥かな闇しか広がっていないこの場所では、脱出方法も定かではない。

となればリソースは貴重、と――――……。

「……うん？」

どうして自分はこの暗闇の中で、周りのみんなの様子が見て取れているのだろう。

灯《あか》りは落下中、とっくに消えている。となると、闇に目が慣れた？　いや――……。

「…………あれを」

答えは、いつものように、先生が呑気《のんき》ながら鋭い口調で教えてくれた。

彼の鼻先が示したのは、闇の奥、薄ぼんやりとした淡い光だった。

「何かあるのか?」

「わずかに、風は吹いているようですな」

さて、どうすべきか。若い戦士は思案した。するほどの手札も、あるわけではないが。

「行ってみるしかないいんじゃねーの?」

「ああ、やはりな」と森人は鉱人の横で、したり顔をして頷《うなず》く。「そういう事か……」

「お前絶対わかってて言ってないよなそれ?」

若い戦士は、笑った。深刻になったって、解決するわけもない。

仲間たちの様子がまったく普段と変わらないのは、なんともありがたいことではないか。

「じゃあ、行ってみるか」彼は剣を抜いて、頷いた。「頭上と足元に、気をつけて」

「はぁい!」

銀髪の娘の元気な声は、この虚《うつ》ろな場所にはかえって相応《ふさわ》しいほどだった。

そう――虚ろな場所だ。

洞窟とも違う。さりとて迷宮や遺跡と呼ぶにも憚《はばか》られる。

足場は土、あるいは岩肌だが、平らかで、けれど整地された気配もない。

左右にも壁はなく、天井は高く、天然のものでも人工のものでも、驚くべき広大さ。

例えるなら、ただ、そう、ぽっかりと開いた、虚《うろ》。

若き戦士は当初、過去の苦い経験から、蜘蛛の怪物でも現れるのではないかと思っていた。

だがしかし、あの蜘蛛の巣を除けば、およそ生き物の気配というものは感じられない。

息遣いや音はもとより、骨や毛、糞の類――その臭いすら、そこには漂っていない。

今この瞬間に土をくり抜いて作られたのだ、と。

そう言われても信じてしまいかねない、真新しさすら、そこにはあった。

――不気味だ。

生きているとも死んでいるともつかぬその空気を、若い戦士は表現する言葉を持たない。

吟遊詩人の囀《さえず》るような美麗字句《びれいじく》などは自然と舌から生まれるものではない。

うつろ、というのも、手習いをしていなければ、脳裏に浮かばなかっただろう。

その意味する所を、若い戦士ははっきりと知っていたわけではなかったが。

「……気をつけろ、道が途切れているぜ」

「おお、っと……！」

そんな思索から意識を引き戻したのは、鉱人の娘が発した警告だった。

いつの間にか空洞の端に来ていたらしい。

若い戦士は頷き、仲間を見やり、そしてそろそろと、穴の向こうを覗《のぞ》き込み――……。

「――――」

そして、言葉を失った。

街。

いや。

都だ。

そこには城壁があった。街道があった。家々が立ち並び、塔が聳《そび》え、宮殿があった。

薄ぼんやりとした淡い紫色の光が、しんしんと降り積もる中にあるそれは、間違いなく都だ。

今まで若い戦士たちが歩いていたよりも、遥かに巨大な伽藍《がらん》の中。

果てしない暗黒の天蓋《てんがい》の下に広がるのは、そう、まさに都としか呼びようのない光景だ。

今にも街道を馬車が走り抜け、人々が行き交うようにも思えるほど、生々しい景色。

ただし、それがありえない事は、彼の目にもわかった。

四方世界へと伸びるはずの街道は、若い戦士の足元、僅《わず》かな断崖ですぱりと断たれている。

──たぶん、他の道も。

同じだろうなと、若い戦士には思えた。

何処《どこ》からか切り取って、貼り付けたように、この空洞にはこの都だけがあるのだ。

異様で、威容で、若い戦士はただただ圧倒された。立ち尽くす以外に、何ができたろう？

「わ、わ、わ……！」

そんな若い戦士の横で、ひょこりと暗闇にも眩《まばゆ》い銀髪が尻尾のように揺れて、弾む。

脇から覗き込むように身を乗り出した少女は、無知故か純粋故か、目を白黒させていた。

「なん、ですか、これ……⁉」

「今は語るべき時では――……」

「森人でも知らないいんじゃお手上げ」と鉱人の娘が森人を肘で小突いた。「先生は知ってる？」

「さて、さて。私も知らない事の方が多い、未熟な学徒に過ぎませんよ」

犬人の魔術師は鼻先の眼鏡を押し上げながら、いつも通り、穏やかな様子で……いや。

「鉱人の地下都市か、闇人《ダークエルフ》の帝国の外れなのか、はたまたまだ見ぬ何かなのか……」

そこに確かな興奮の色が滲《にじ》んでいる事は、この仲間たちの間では、一目瞭然《いちもくりょうぜん》であった。

§

冒険者らは、手を取り合って断崖を降り、その都へと足を進めた。

奇妙なことに――いや、ある意味当然なことではあったのだが、なんとも楽な行程であった。

街道の敷石はしっかりとしたもので、どこも欠けておらず、完全に整備されていたのだ。

石畳にはしっかりと轍《わだち》が刻まれており、馬車の往来が盛んであった事を如実に示している。

何処から――あるいは何処を目指して走っていた馬車なのかは、見当もつかないが。

「百年か二百年か」鉱人の娘は、投げやりに言った。「それ以上のことはなんも言えねーな」

「鉱人か闇人の造りでもないようですね。……私も専門外ですが」

対して興味津々《きょうみしんしん》といった様子で、犬人の魔術師――先生が呟《つぶや》く。

それに対して、誰も何も応えなかった。あるいは、答えられなかった。

森人は石で都を築くことはない。そして鉱人でもなく、闇人でもない。

ならば――この街道を整備したのは誰なのか。考えたくもない事だった。

それを知るには、行って、その目で確かめるより他ないのだ。

そしてそれは、重ねて言うが、当然のように楽な行いであった。

街道を歩むことに不都合はなく、都の大門は人々を迎え入れるように開かれていた。

間近に立って見上げれば、薄い紫色の燐光《りんこう》は、雪のように降り注いで都全体を覆っている。

その燐光がなければ、これもただ単に心躍る遺跡の発見、であったのだろうか。

冒険者たちはしばしの間、黙ってその威容を見上げるよりほかなかった。

番兵の姿は――……ない。


「……行くぞ」


と、若い戦士が呟いたのは、何も勇気があったからではない。

誰かが何か言わねば、永遠にこの場に立ち尽くすばかりのように思えたからだった。

もはや頭の中に、地震のことも、脱出路のことも、片隅にしか残っていなかった。

恐る恐る、前に進む。この都――遺跡――廃都――の正体を確かめたいと、そう思っていた。

冒険者とは危険を冒す者だ。

このような未知の場所を前にして、怯《おび》えて逃げ帰るようでは、冒険者は名乗れない。

あるいはそこで引き返す慎重さこそが、冒険者を生き永らえさせる素質なのかもしれないが。

「……人の気配、ないですね」

おっかなびっくり摺《す》り足で進む銀髪の武闘家が、怯えた声を発した。

落ち着かなさげに拳を握っては開き、小動物の尾めいて、ふるふると銀の髪が左右に揺れる。

巨人のように聳《そび》え立つ城壁に囲まれた都は、やはり都としか言えない場所であった。

見事な石畳の道が縦横無尽に敷かれ、家々もやはり立派な石造り。

商店が並ぶ通りには酒場があり、宿屋があり、武具屋があり、服屋があり、花屋があった。

瓦を葺《ふ》かれた屋根があり、立派な彫刻の怪物像が、雨樋《あまどい》として口をあけて雨を待っている。

さらに見上げれば暗黒の天蓋を背景に、幾本も尖塔《せんとう》が聳え立つ。あれは、城だろうか。

そしてただ、人の気配だけが無い。その一点で、明らかにこの都は死に絶えていた。

「ある漂流船の話を知っているか？」

いつのまにやら投矢銃《ダートガン》を構えていた森人が、訳知り顔で呟いた。

「乗り込んでみると、つい数分前まで人がいたような有様なのに、空っぽだったという話だ」

「……大方、単に火事か嵐で慌てた船員が逃げ出しただけなんじゃないのか」

若い戦士はぼそぼそと言い返した。その怪談話は彼も聞いたことがあった。

だが普段なら鉱人の娘が応じるだろう。若い戦士が言ったのは、彼女が無言だったからだ。

鉱人の娘は、恐ろしいものを見たような、ひどく神妙な顔で塔を睨《にら》んでいた。

彼女の隣には犬人の魔術師が佇《たたず》んでいて、常よりも遥かに重々しい言葉を呟いた。

「……おかしいですね」

「先生もわかるかい？」

「ええ」

こっくりと、老いた犬人は頭を頷かせる。そのやりとりに、銀髪の少女が首を傾《かし》げた。

「なにがおかしいんです？」

「……屋根だよ」

答えたのは、今度こそ鉱人の斥候だった。

「いや、屋根はまあ良いけど、雨樋だ。塔だよ。城壁。何もかもおかしい……！」

しかし彼女が続けたのは返事というよりは、独り言に近いものだった。

高ぶった感情も声も、決して誰かに向けたわけではあるまい。

「？？？」

「地下に雨が降るかよ！」

目を白黒させてきょとんとする銀髪の少女へ、鉱人の娘は叫んだ。

「ここいらには地下水だって通ってないんだ。ありえねえんだよ、この街！」

明らかにこれは、地下種族の築いたものではないのだ。

意味もない尖塔。意味もない城壁。意味もない街道。何もかもが、一つの事実を示していた。

――この都は、一夜にして――……。

「地下に沈んだ」

ほう……と。それは溜息《ためいき》、感嘆のあまり漏れた言葉として、犬人の魔術師から発せられた。

若い戦士は、思わず彼の顔を見た。

自分よりどれほどか長く生き、明らかに学のある彼が、信じられないといった風である。

何でも知っていると思っていた人が、そうではなかったという時。

若い戦士は、どうして良いかわからなかった。親はただ、怒鳴るばかりだったから。

「伝説には、聞いていましたがね。発見したという話も聞きましたが、いや、はや……」

だから犬人の先生が素直にそう認めてくれた時、若い戦士はむしろ安堵《あんど》を覚えた。

若い戦士――あるいは銀髪の娘だったかもしれない――は、教えを乞《こ》うように、問いかけた。

「伝説？」

「一夜にして魔神により滅ぼされ地下に沈められた、今は名とて知るもののいない帝国ですよ」

「……それならば、私も聞いたことはある。古老曰《いわ》く――そう、古老曰く、だ」

森人がそう言って、耳慣れぬ、けれど酷く耳心地の良い言葉を歌うように口ずさんだ。

古い森人の言葉だった。鉱人の娘すら「今は語るべきなのか？」と混ぜっ返しはしなかった。

「いにしえの神秘の守りが、未《いま》だその都を潰《つい》えさせてはいないのだ――……」

それは、どれほどの昔なのだろう。森人の古老の言う、いにしえ、とは。

若い戦士には想像もつかなかった。銀髪の娘もそうだ。想像できる者など、いるだろうか。

「それが、此処《ここ》か……」

若い戦士は、呆然《ぼうぜん》としたまま、周囲を見回した。

感動はなかった。興奮もなかった。唖然《あぜん》――信じられない、いや、現実味が無い、のか。

幼い頃に夢に描いた冒険者は――……。

――どうだったろう。

古の、滅ぼされたはずの天空都市。そこを駆け抜けた一人の冒険者の伝説。

憧れた。自分もそうありたいと思ったものだ。もっと上手くやれる、とか傲慢《ごうまん》なことも。

だがいざこの場に立ってみて――胸に去来したのは。

――信じられない。

その一言だった。

この遺跡を目指していたわけではない。ただ脱出路を求めていただけだ。

劇的な事も、何もなかった。地割れに呑《の》まれるなんてのは、そこまでの事じゃあるまい。

こんな場所に挑む、そんな冒険をする心の準備なぞ、できていなかったのだ。

「すごい――……ですね」

だからこそ、素直にそう呟ける銀髪の娘が隣にいる事が、とてもありがたかった。

「ああ」若い戦士は、無理くりに頷き、笑った。「あいつらには悪いことしたな」

「冒険前に倒れた方が悪いんだ」

鉱人の娘が、威勢を取り戻したように得意げな調子で、鼻を鳴らした。

「《宿命》と《偶然》、神々の骰子《サイコロ》の思し召《おぼ》しだ。あるいは、いや、まだその時ではないか」

森人の僧侶が、常通りの気障《きざ》ったらしい仕草で意味深な事を呟く。

「言えよ！」と鉱人の娘が食って掛かり、銀髪の娘が慌てるあたり、いつも通り。

「さて、さて。帳面は何処にしまいましたかね……記録をとらねばなりませんよ、これは」

その騒ぎを咎《とが》めることもせず、犬人の先生が鞄を探っているのは――……。

――ま、今回ばかりはな。

そういうのを見たくて冒険者になったのがこの人だ。若い戦士は、笑った。

ふと、この場に、あの半森人《ハーフエルフ》の娘がいたら、どんな反応をしただろうかとふと考える。

彼女たちがいないことを、若い戦士は残念に思った。けれど、寂しいとは思わなかった。

今の彼には、騒々しくも賑《にぎ》やかで、協調性があるのかないのかわからない、仲間がいるのだ。

そして未だに実感はないが、どうやら自分は頭目らしい位置にいる。と、なれば。

「さて、とにかく竜の巣に入らなきゃ竜退治はできないんだ。進んでみようぜ」

「竜の卵を得ず、ですね！」銀髪の娘が目を輝かせた。「こないだ、教わったところです！」

「竜がいたらぞっとしないなあ……」

ははは、と。鉱人の斥候が笑った。彼女は笑い、斥候の役目を果たすべく先頭に立ち――……。

「――止まれ」

その鋭い言葉に、一党《パーティ》の全員が即応した。

若い戦士は腰の剣を抜き、銀髪の武闘家は構え、森人の投矢銃と犬人の杖《つえ》が掲げられた。

どうした。若い戦士は声を立てずに、唇を動かした。意味は無いかもしれない。

「足音だ」と鉱人の娘は鋭く囁《ささや》いた。「……闇人の暗殺者だったりしてな」

それは冗句だと誰もがわかっていた。闇人の暗殺者は、足音を立てたりはすまい。

「うえー……」と銀髪の娘が舌を出す。「私、暗殺者って嫌いなんですよね。卑怯《ひきょう》ですし」

「好きなヤツもいまいよ」

森人の僧侶が皮肉げに肩を竦《すく》め、犬人の魔術師が「静かに」と警戒を促す。

二度目の足音は、若い戦士の耳にも確かに届いた。確実に、何者かは近づいてくる。

――攻撃すべきか？

先手を取って。いや、それはダメだ。状況もまるでわからない。友好的な相手なら致命的だ。

「やりますか？」

今にも飛びかかりそうな銀髪の少女に、戦士は「いや」と首を横に振った。

「顔を見て、やあこんにちわって挨拶《あいさつ》して、無視されたらだ」

「挨拶しない人は失礼ですものね！」

ふんすと鼻息を鳴らし、少女は頷いた。なんとも頼もしい限りだった。

そうしている間にも、足音は着実に近づいてきている。

重々しく、力強い足音だ。迷うことなく、決断的で、躊躇《ちゅうちょ》がなかった。

行く手を阻むのが何であれ、己《おのれ》の力で蹂躙《じゅうりん》できると信じて疑わぬ者の足音だった。

――手強《てごわ》い。

若い戦士は頬を汗が伝うのがわかった。緊張している。馬鹿馬鹿しいなと、口元が緩んだ。

未知の遺跡を見つけた興奮より、仲間と共に敵と相対することの責任感が勝《まさ》っている。

どうやら自分もだいぶ仕上がってきたらしい。見合うだけの技量があれば良いが。

そして、ややあって――……。

「なんだ、まだ生き残りがいたか！」

ぬっと姿を現したのは、全身を返り血で斑《まだら》に染めた、恐るべき戦士の佇《たたず》まい。

だが若い戦士が驚いたのは、筋骨隆々としたその威容でも、男が手にした大剣でもなかった。

その首元では、金色の輝きが揺れていた。

冒険者ギルドの認識票であった。

第3章 『敵は小鬼！』《ザ・エネミーズ・ザ・ゴブリンズ！》

――何処《どこ》か既視感がある。

ゴブリンスレイヤーは、その村に一歩踏み込んだ途端、そんな思いに駆られて立ち止まった。

さして優れてもいない脳を動かして思い返しても、過去に訪れた記憶はない。

街道の本筋から外れた、何処にでもある小さな村だ。

村人たちが細々と、生真面目《きまじめ》に暮らしていて、冒険者などはめったに訪れない。

畑仕事をする農夫たちからの胡乱《うろん》な視線が、ゴブリンスレイヤーに突き刺さっていた。

日は陰りつつあり、夕闇が押し迫る中、訪れた冒険者を警戒するのも当然だろう。

それが山賊、野盗の類ではないという保証は無いのだ。

今にして思えば、姉が冒険者の傍《そば》に行ってはいけないと戒めていたのも、道理だったか。

「どうかしましたか？」

「いや」

背後に立つ査察官からの怜悧《れいり》な声に、ゴブリンスレイヤーは首を横に振った。

「依頼を受けているわけではないから、誰にどう話しかけたものか思案していた」

「流れてきた黒曜《こくよう》や白磁《はくじ》の単独行《ソロ》では、ただのごろつきと大差ありませんしね」

さも当然というように、その等級を査定する立場にある女は言う。

ゴブリンスレイヤーは思案した。此処《ここ》で彼女に頼る事は、査定に響くのだろうか。

そもそも此処までの行程で、とっくに審査に引っかかって、落第点を押されているのでは。

――いや。

「頼めるか?」

「結構」

意外なことに、査察官は薄っすらと笑みすら浮かべてその美しい顔を上下に動かした。

彼女はギルドを歩くのと変わらぬ整った調子、野良仕事中の村人へ「もし」と声をかける。

「お忙しい所、大変申し訳ありません。少しお尋ねしたいのですが――……」

「あ、ああ……」

どぎまぎと、彼女の美貌か、礼儀作法、おそらくはその両方に農夫は緊張した顔を上げた。

そこへ査察官は「申し遅れました」と微笑《ほほえ》んで「冒険者ギルドの職員です」と身元を明かす。

その後は、ゴブリンスレイヤーには到底不可能なほど、てきぱきと話が進んだ。

役人とは身分の違う彼らに査察官は躊躇《ためら》うことなく屈《かが》み込んで目線を合わせ、言葉を交わす。

農夫たちもこうなってはけんつくを食わすこともできず、恐縮しきりで、口を開いた。

「村の長《おさ》てぇなら、あそこの家でございますだ」

指さされた先は、一般的にはさほど大きくもない、けれど村の中では少し大きめの家だった。

薄暗くなったせいか窓からは灯《あか》りが漏れていて、煙突からは夕餉《ゆうげ》支度の煙が昇る。

ゴブリンスレイヤーは、ふと一瞬、もう二度と見られないだろう光景を思い出した。

そしてそれを振り払うために、査察官へと鉄兜《てつかぶと》を巡らせた。

「問題無いのか」

「ええ」と頷《うなず》いた彼女は、ゴブリンスレイヤーの言葉をどう理解したのだろうか。

「騎士貴族出身の者や神官は、等級に依《よ》らず信用されやすいですから。頼るのは手です」

「……そうか」

信用というものは、自分には無縁のことだろう。彼は頷いた。今考えるべきことではない。

やるべき事は一つだ。ゴブリンスレイヤーは示された村長の家に向かい、足を動かした。

ふと遠くに、遊びはしゃぐ子供の声が聞こえた。それを呼ばわる誰かの声も。

何処かの家が、というのではない。どの家も。どの家も。どの家も、そうだった。

ゴブリンスレイヤーは周囲からの視線を引き剝《は》がしながら、その後を進む。

そして査察官が、颯爽《さっそう》とその後に続いた。

「どうするつもりですか？」

「決まっている」

査察官の求める答えなど知らなかった。彼が知っている事は、そう多くはない。

だから迷うこと無く、ゴブリンスレイヤーは答えを叩《たた》きつけた。

「要するにゴブリンを殺すか、殺さないかだ」

§

「ゴブリンは恐ろしくないんだ」

村長と呼ぶには随分と若いその青年は、椅子《いす》にゆったりと寛《くつろ》いだままそう応じた。

だが、若いのは外見だけだ――無論、彼が森人《エルフ》だとか、そういうわけでもない。

年の頃は、成人の少し上くらいだろう。細身だが、シャツを押し上げる筋骨は鍛錬の証拠だ。

それだけならば、村の若者。あるいは冒険者や兵士を希望する、そういった手合にも見えた。

だが、ゆったりと長椅子に腰掛けた彼は、その年齢に見合わぬ落ち着きを纏《まと》っている。

夕餉時にもかかわらず押しかけた二人を、快く迎え入れた度量からも、それは明白だ。

少なくとも「ゴブリンだ」と切り出されて、まったく動じた気配もない。

今こうして、卓についたゴブリンスレイヤーと査察官を前にしても、そうだ。

たとえ表面上であるとしても――それを取り繕《つくろ》えるだけで、傑物《けつぶつ》だといえた。

「別に、珍しくもない。一四二四、村外れにきて悪戯《いたずら》をする。追い払う。その程度の事なら」

村長の言葉が、ふと途切れた。

「どうぞ」

そう穏やかに微笑んで、気風の良さそうな細君《さいくん》が茶を淹《い》れて持ってきてくれたためだ。

村長は「ありがとう」と応じ、査察官は「どうも」とにこやかにそれを受け取った。

ゴブリンスレイヤーは無言のままに、その茶を一息に、兜の隙間から飲み干した。

喉《のど》は熱く、細君は目を丸くし、村長は苦笑し、査察官の視線が刺さるが、無視を決め込む。

今は何よりも、話の続きを聞くべきであったからだ。

「それくらいなら火の玉の魔法の方がよっぽど怖い。怖いが……」

「……」

その言葉に、査察官の眉がかすかに動く。

村長も細君も、それに気がついた様子はない。

ゴブリンスレイヤーは鉄兜の下で、僅《わず》かに目線を動かした。

それ以上に何か言うべきではないように思えたのだ。

「連中の引き起こす馬鹿騒ぎで厄介なことになるのは、怖いな」

「もっともな事だ」

ゴブリンスレイヤーは、至極《しごく》大真面目に頷いた。まさに、その通りであったからだ。

この小さな村の村長は、現状を正確に把握しているらしかった。

彼は安楽椅子に立てかけていた杖《つえ》を手に取ると、それを支えによろよろと立ち上がる。

細君が慌てて――けれど慣れた調子で――助けに来るのを、彼は笑顔で制した。

「歳をごまかして、友達と一緒に、いくさに行った事があってね」

「ほう」と声を漏らしたのは査察官だ。「その足は名誉の負傷ですか」

「ああ。膝に矢を受けてしまってね」

冗句とも本気ともつかぬ言葉だった。

細君が、「こら」と眦《めじり》を吊《つ》り上げつつ、客の前だからか、ただ睨《にら》むだけにとどめている。

それを村長は愉快げに見やってから、言葉を続けた。

「武運拙《つたな》くというべきか、恵まれたというべきかは、わからないところだけれど」

恐らく、とゴブリンスレイヤーは考えた。恐らく、その結果として、この村の長となった。

この時勢、帰還兵なぞさして珍しくもない。郷里を焼かれ、失った者も多い。

秩序と混沌《こんとん》の果てしない戦いの中にあって、村々は現れては消えて、また現れるものだ。

その中にあって、武勲を上げ、恩賞として村の長という地位を得たのであれば――……。

――そういう道も。

あったのだろうか。ゴブリンスレイヤーは、ふとそう考えた。だが、考えただけだった。

もはや実現しない可能性を弄《もてあそ》ぶのは、妄想とすら呼べぬものだ。

「村の近くに、小鬼の巣がある事は知っていた。いずれ対処すべきだとも思っていたよ」

いずれ。村長はそう呟《つぶや》いた。いずれだ。十匹程度の小鬼なら、今すぐどうこう、ではない。

だが――……。

「……小鬼どもが集まってきているって？」

「そうだ」

ゴブリンスレイヤーは、一切の迷いなく頷いた。

「なんといったか。……犬に跨《またが》った小鬼が、あちこちを駆け回っている。それを追ってきた」

「伝令でしょうね」

すっと、査察官が鋭い言葉で切りつけた。

「この巣穴から他所《よそ》へ小鬼を連れて行くため、と。判断できなくもないでしょうが」

「期待はしない方が良さそうだな」

村長は、低く息を吐いた。そして不安げな顔をする細君に、気にするなと手を振った。

彼は杖を支えに、小さな家の小さな窓辺へと身を寄せて、外へ目を向けた。

既に日は暮れかかっている。薄暗い夜に沈みかけ、残照ばかりが燃える景色。

その中にあって、ぽつ、ぽつ、ぽつと。一日を終えた人々が夕餉を囲む灯《ひ》が、煌《きら》めいて見えた。

「野戦で、相手は雑兵だったけれど、小鬼と戦ったことはあるんだ」

「野戦はしない」

ゴブリンスレイヤーは、忌々《いまいま》しげに吐き捨てた。

「二度とやるものか」

「同感だね」

窓の外から視線を戻し、村長は窓にもたれるようにして頷く。実感のこもった仕草だった。

「この村にも若い衆はいるけれど、ゴブリンどもと会戦なんて、ぞっとしない」

それはゴブリンスレイヤーとは似て非なる見解であったが、彼は特にそれを追及しなかった。

「さて……」

代わって口を開いたのは、査察官の方であった。

彼女は言葉以上に何か言いたげな目線を、ちらと薄汚れた鉄兜の方へと向ける。

「此方《こちら》の冒険者は依頼に関わらず小鬼退治をするつもりのようですが」

「無論だ」

事実を再確認する義務的な口調で、淡々とゴブリンスレイヤーは応じた。

「小鬼がいる以上の問題はあるまい」

「あります」

その返答をぴしゃりと撃ち落とした査察官は、密《ひそ》かに溜息《ためいき》を吐《つ》いてから、村長へ向き直る。

「冒険者ギルドとしては、あなた方の意見を聞かねばなりません」

「うちがどうするつもりか、か」

その通り。査察官が頷くのに、村長もまた思案するような面持ちをし――……。

「これが要るでしょう?」

と、不意に声をかけてきたのは、村長の細君であった。

彼女は何処からか手燭《てしょく》と砂盆を持ってきて、手際良く卓上にそれを並べている。

なるほど確かに。此処からの相談事を考えるならば、何よりも必要な物品であった。

「気の利くお人ですね」

「お客がいるからね」と村長は笑った。「いなくなると、そりゃあもう、すごい」

こら。声を出さずに口だけで咎《とが》める妻の手を、今度は素直に借りて、村長も卓に戻る。

そうして、軍議が始められた。

実際のところ、規模で言えばとてもそうは呼べないものだ。

冒険者が一人、冒険者ギルドの職員が一人、そして帰還兵である村長が一人。敵は小鬼。

けれどその目的において考えれば、まさにそれは軍議であった。

ろくに知恵の無い者に限って、村人に戦わせろだの、軍を呼べだのと言うものだが……。

少なくともこの場に集《つど》った三人。それぞれに知識もあり、経験もあるのだ。

「小鬼の数はどれぐらいでしょうか」

まず査察官が淡々と口火を――単筒と共に流行りだした言い回しだそうだ――切った。

「普段、この村で確認されている程度ですが」

「十匹かそこらだとは思う。……ああいや、実際に十匹見たわけじゃあない」

村長は尖筆《せんぴつ》をざりざりと砂盆の上に走らせながら、慎重な口ぶりでそう言った。

「村外れをうろついていたのが数匹。そこまで大した被害も出てない。だから多くても十匹だ」

「では、それよりも明らかに数は増えていると考えるべきですね」

査察官は、どうやら村長の証言を信用したらしい。

なんと言っても、彼は砂盆の上に文字と数を記しているのだ。

学識があるという事はそれだけでも十分な、知性と理性の証となりうる。

無論、それだけで人品全ては測れないものだが、確かな実績の一つではあるのだ。

そしてそれを測る物差しが続いて自分に向けられた事が、ゴブリンスレイヤーにもわかった。

「少年、あなたの報告書は読んでいます。この規模の事例を担当したこともありますね？」

だから作戦の案を出せ、という事だろうか。これも試されているのだろうか。

わからない。わからないが故に、彼は用心しいしい、言葉を選んで口にした。

「……村に引き入れて逃げ場を無くし、迎え撃つ手もなくはないが」

「ダメです」

むべもなかった。

「守るべき対象である村を危険に晒《さら》してどうするのですか」

「そうするしか無かった時がある」

ゴブリンスレイヤーは言い訳がましく言った。

――いや。

他により良い手は常にある。ただ単に、自分がそれしか思いつかなかっただけなのだ。

「……その時は」

「今は違います」

「む……」

ゴブリンスレイヤーは低く唸《うな》った。それ以外に、どんな反論ができるだろう。

唸った後、彼は「どの道、野戦をする気はないのだ」と繰り返し、渋々と付け加えた。

「反対されるような意見もあえて言うものだ、と聞いたが？」

「おや」

査察官の一つだけの目が大きく見開かれ、ぱちくりと瞬きをした。

そして、その切れ長の美しい瞳が、柔らかく細められる。

「ええ、そうですね。その通りです、少年」

彼は応えなかった。査察官の笑みにも、目を向けようとは思わなかった。

逐一彼女の兆候を気にしている、そんな自分が忌々《いまいま》しいほどに、ひどく苛立《いらだ》つのだ。

――それよりも、優先すべき事があるはずだ。

昇級審査が始まってから幾度目だろうか。自分に言い聞かせるように、彼は繰り返す。

結局の所、目の前に小鬼はいないのだ。ここは村で、小鬼の巣ではない。であるならば。

「正確な数、巣穴の位置、状況がわからねばどうにもならん」

「巣穴の位置は見当がついているようでしたが?」

「村の近くに森がある。その奥だ。近づかないようにしているが、位置はわかる」

村長は手早く、砂盆の上に村と、森の位置。それと距離を書き加えて、頷いた。

「鍾乳洞《しょうにゅうどう》、というのかな。中は複雑になっていて、迷うと出てこれないらしい」

「結構。地図作成《マッピング》の技量も試せそうですね」

「……」

本気か冗句かわからぬ態度の査察官に対し、ゴブリンスレイヤーはむっつりと黙り込んだ。

子供扱いされているのだろうと思う。それはあまり愉快な気持ちではなかった。

それを厭《いと》うことこそが子供めいた行動である事は、明白だったからだ。

だからといって一人前の冒険者扱いされたいのかは——わからないが。

「つまり、広いのか」

「結構な数が潜伏できる場所だとは思う」

自然、淡々とした口調になったゴブリンスレイヤーに、村長は真剣な様子で頷いた。

「それを考えると野戦は現実的じゃあない。とても無理だ」

「同感だ」ゴブリンスレイヤーは頷いた。自分にもわかる事だ。「あれは、手間だ」

「ああ。酷いもんさ」

対して、村長は椅子に深くもたれかかって、ゆっくりと目を閉じていた。

それは知識を思い起こすというより、過去の忌々しい悪夢を思い出すような素振りだった。

「肉の盾に、魔法、騎兵。まあ結局は戦力の逐次投入に過ぎなかったけれど……」

「い、い、い、い、い、ちくじとうにゅうか」

ゴブリンスレイヤーは、村長の魔法の呪文めいた言葉をぶつぶつと繰り返した。

肉の盾、魔法、騎兵。魔法と騎兵――それらは知っている。だが、知らぬ言葉が多い。

僅かに俯《うつむ》いた鉄兜の方へ、ちらりと査察官が目を向けた。

「次々と兵を送り込むと言えば聞こえは良いですが、手勢を小分けにしているだけですからね」

それが効果的な時ももちろんありますが。査察官はそんな風に、自然に言葉を結ぶ。

――なるほど、そういう意味か。

査察官が己《おのれ》の無知を指摘しなかった事の意味を、ゴブリンスレイヤーは理解しきれなかった。

ただ少なくとも、恥ずかしい思いをしないで済んだ事だけは、確かだった。

そして、それでは済まないのだということも、彼は理解していた。自分の無知を踏みしめる。

「肉の盾というのは、なんだ？」

「なんというか…………人質だな。矢避《よ》け用の置き盾に、人質を括《くく》り付ける」

「人質か」

それもやはり、わかる事だった。ゴブリンスレイヤーの様子に、村長が肩を竦《すく》める。

「殺してやった方が良いなどというのは蛮族のやり口だし、ただの傲慢《ごうまん》だよな」

「同感だ」

ゴブリンスレイヤーは頷いた。それほどまでに自分が上だと思った事はない。

自分が未《いま》だに小鬼どもの巣穴で腐り果てていないのは、骰子《サイコロ》の出目によるものに過ぎまい。

これまでも――これからも、そうだ。

「同感で済ませず、救助に行動して頂ければギルドとしても有り難いですね」

そうでなければ困る、と。査察官は目を閉じて、ため息交じりに呟いた。

査察官――あるいは村長すらも――自分を試したのだろうか。

ゴブリンスレイヤーは一瞬考え、そのどちらでも構わないとした。やる事は決まっただろう。

「では、巣穴に行く」

「……」

がたりと椅子を蹴って、ゴブリンスレイヤーは立ち上がった。

もう夜闇が四方の盤上を覆ってはいるが、今から洞窟まで移動する事を思えば都合が良い。

巣穴につくのは朝方になるだろう。真昼に攻め込むよりは、良い頃合いだと思えた。

査察官が物言いたげな目をしている事には気づいたが――……。

「……なんだ？」

どうかしたのか、という意味を、彼女はどう受け取ったのだろうか。

しばし信じられないものを見るような視線を突き刺した後、査察官は息を吐く。

「……その前に」

彼女は自身の僅かな荷物の中から、魔法のように、羊皮紙と筆、墨壺《すみつぼ》を取り出してのけた。

それは今この瞬間までギルドの引き出しに収まっていたように、綺麗《きれい》に整っている。

査察官はそれを卓上、砂盆の隣、村長の方に向けて丁寧で慣れた手付きで広げる。

羊皮紙の上には、冒険者ギルドの書式が、几帳面《きちょうめん》な筆致で用意されていた。

「今の内容で、依頼書をしたためて、冒険者ギルドに出すことをお勧めしますが」

「どうにか報酬は都合しなければならないな」

村長に否《いな》やはなかった。いずれは討伐を依頼せねばと思っていた。いずれが、今なのだ。

書類に、少なくとも己《おのれ》より上等な文字を記す様を眺めながら、ゴブリンスレイヤーは零《こぼ》した。

「必要なのか」

「当然です」

その問の受け取り方は、恐らくゴブリンスレイヤーの考えていたものと違っていただろう。

けれど査察官は気づいているのかどうか、構わずに滔々《とうとう》と、彼の疑問へと答えてくれた。

「交易神の信徒は金銭を血の巡りに例えますが、役所において手続きが、それに当たります」

ピンと立てた指を優雅に振って、彼女はこの世の真理であるかのように、こう言うのだ。

「誰が何も言わずとも、勝手に全てが都合よく整えられる、という事はありえませんから」

――そういうものか。

いや、きっとそうなのだろう。ゴブリンスレイヤーは考えた。当たり前の事だ。

誰も何もせずとも全てが都合良く整うのならば、自分は今この瞬間、此処にいない。

それを思えば、何ら疑問に思うところはなかった。その通りに違いないのだ。

「知っていると思うけれど、村の中じゃ銀貨なんて、そうそう使わないからなぁ」

その間にも書類は既に仕上がり、村長から査察官へと手渡されている。

「だとしても規則ですからね」査察官は冷たく言って、肩を竦めた。「これぱかりは」

霞《かすみ》を食って生きていける者は少ない。ましてや国家組織、冒険者となれば、当然の事だ。

先の交易神云々《うんぬん》の発言も、村長の機先を制するためのものだったのかもしれない。

さっと文面に目を走らせた査察官は「結構」と呟き、筆で書類の端に名前を走り書く。

ゴブリンスレイヤーはその羽根筆が、彼女の袖口から出て、袖口に戻る所を目撃した。

同様の光景を見るのは二度目だが、どういう工夫なのか、さっぱりわからない。

確かなのは、素人《しろうと》が数度眺めた程度でわかるようなものではない、という事だろう。

「私の署名もつけておきますから、最寄りのギルドに持ち込めば、受理も早い事でしょう」

「それは助かるな」

金を集め、信の置けるものに使いを頼み、村人の不安と不満を鎮《しず》め、冒険者を待ち——……。

やるべきこと、せねばならないこと、それを越えた上で待ち受けている小鬼たち。

そうした諸々《もろもろ》の重圧を背負いながら、村長は杖を手元で弄《もてあそ》び、ゴブリンスレイヤーを見た。

正確には、さっと音も立てずに椅子から立ち上がった査察官と彼の、二人を見やった。

「しかし、一つ聞いても良いかい？」

「なんだ」

「なんでしょう？」

「どうしたって、冒険者ギルドの職員と冒険者が、二人で小鬼退治に？」

ゴブリンスレイヤーは押し黙った。答えを求めるように査察官を見た。

査察官の瞳と、兜の庇《ひさし》ごしに視線があった。そして二人揃《そろ》って、それを村長へ向けた。

「昇級の審査」

だ、です、とだけズレた言葉に、村長は初めて、なんとも言えぬ戸惑いを表に出した。

§

疲労の蓄積と睡眠の不足は様々な不都合を引き起こす事を、彼は繰り返し確かめている。

頭は鉄兜以上に重たく、だのに気分は高揚し、体中が奇妙に熱く、呼吸は速く、浅い。

だがそれでも足を前に運べば進める。周囲の警戒をすることもできる。

そうした自身の状況を一歩後ろで観察するように、ゴブリンスレイヤーは把握していた。

警戒しろと自身に言い聞かせていないなら、まだ問題はない。

墨壺の中を泳ぐような闇の中、獣すら通らぬ森の茂みを進む彼は、そう結論を下す。

わからないのは──……。

「……」

あとに続く査察官であった。

強行軍の最中である。こなした行程も、時間も、彼女と自分で何一つ変わらない。

だというのに、査察官はまったく何一つ、その経過を窺《うかが》わせるものがないのだ。

ほんの少し服の埃《ほこり》を払えば、それだけでもうギルドの受付に立って応対ができる。

ゴブリンスレイヤーの目からは、そんな風にしか思えなかったのだ。

怜悧な細面には汗一つなく、服には皺《しわ》一つない。

ほんの数分ばかし目をつむっただけで、彼女は平然と活動を続けている。

──驚くべき技法だ。

彼女の素質なのか、あるいは何か秘訣《ひけつ》があるのか。

いずれにせよ、ゴブリンスレイヤーはそれを自分が学べるとは、露ほども思わなかったが。

「何故《なぜ》です?」

「……」

返答が遅れたのは、思索のせいか、疲労のせいか。

いや、そもそも思索に耽《ふけ》ること自体が疲労のためであったやもしれない。

「何がだ」

ぼそぼそと、乾いて引きつった声が喉から漏れた。

水袋を引きずり出し、重みから残量を確かめて、鉄兜の隙間から一口呷《あお》る。

生ぬるく、不味《まず》い。

「強行軍をしてまで、朝方に偵察へ赴いた点です」

「経験則だ」

音を殺して茂みをかき分けるのに続いて、「ほう」と微かな息が背後から聞こえた。

「奴《やつ》らは昼寝て、夜起きる。……つまり昼が夜で、夜が昼だ」

「なるほど？」

「なら見張りが疲れ切っている、夕暮れか、明け方だ」

「道理ですね」

ゴブリンスレイヤーは自分があまりまともに説明できていないな、と気づいた。

自分の思考が喉を伝って舌に乗る時に、ふわふわと形が崩れているように思えた。

疲労だろう。緊張は――していまい。恐らくは。

その様子を、背後から査察官が突き刺すように見つめているのは、振り返らずともわかった。

彼女は相変わらず足音一つ立てずに追従しながら、冷たい声で突き刺してくる。

「存外に考えているようで何よりです」

「そうか」

――褒められたらしい。

褒められた？　どうして自分はそんな風に思ったのだろうか。

ゴブリンスレイヤーはわからぬまま、頭の中に収めた地図と、移動時間と、方角を確かめる。

そろそろの、ハズであった。

「GROORGB！」

「GB！　GORGBB‼」

――いた。

森の中にぽかりと開いたその洞窟の入口に、粗雑な槍《やり》を携えた小鬼の歩哨《ほしょう》が、二匹。

傍《そば》には汚物が山と積まれ、反対側には異様で奇っ怪な、がらくたを組み合わせた塔が一つ。

小鬼どもの食生活にも、思想にも興味はない。

ただ、どちらにも人骨が混ざっている事こそが、ゴブリンスレイヤーにとって重要だった。

――当たり前のことだ。

ゴブリンの巣穴にゴブリンがいる。当たり前のことだ。

奴らが「ああ、あの村はなんて素敵なんだろう」と褒めてくれるとでも思ったか？

あるいは「あの村は素敵だから、他の村を襲おう」なんて企んでいることを期待したか？

もしくは「もうこんな悪いことはやめて皆と仲良く暮らそう！」と悔い改めているとか？

――馬鹿馬鹿しく、ありえない事だ。

此処はゴブリンの巣穴で、其処にいるのはゴブリンだ。それ以上でも、それ以下でもない。

もしこの四方世界に善き小鬼が現れたとしても、小鬼が何かを知っていれば人前には出まい。

『ぼくは善いゴブリンです！　悔い改めました！　さあこれからは仲良くしましょう！』

などと、一切何ら良心の呵責《かしゃく》を覚えずに言えるのなら――やはりそれはゴブリンなのだ。

ゴブリンとは、そういう生き物だ。

「想定以上で、想定内ですね」

「ああ」

眉をひそめているらしい査察官の声に嫌悪が滲《にじ》むのも構わず、ゴブリンスレイヤーは頷いた。

汚物の量、入り口に続く踏み荒らされた足跡の数、明らかに掘り広げられた入り口の穴。

それらを観察すれば、この巣の規模が十匹程度では済まぬ事くらい見て取れる。

少なくとも十匹。上限は無い。つまりは、そういう事だ。

手間だなと思いこそすれ、それ以上の感慨が無い事は、喜ばしい事だった。

愚鈍な自分でも、五年前よりは進めているらしい。実に良い事だ。

「一度村まで戻り、休息を取ってから突入した方が良い。野営では休むにも限度があります」

不測の事態を避けるためだろう。査察官の提案は理にかなっている。

だがしかし、時間を与えたくはない。小鬼を生かしておく理由は何一つない。

「俺《おれ》は」と、彼はひどく乾いた声を喉から発した。「片目を開けたままでも眠れる」

「それは休むとは言いませんよ、少年」

査察官が、呆《あき》れと叱責《しっせき》、その中間の鋭さで息を漏らした。

「警戒は必要でしょうけれど。先に私が見張りを――――……」

と、彼女の言葉が不意に途切れた。その御蔭《おかげ》で、ゴブリンスレイヤーも気がつけた。

もし一人ならば――……という仮定は無意味だ。目前の光景より、優先順位は低い。

「GOGGRGBB!!」

それは、ゴブリンであった。

洞窟の入り口からのっそりと姿を現したそれは、でっぷりと肥えた、巨大な小鬼だ。

だが体に身についたのは贅肉《ぜいにく》だけではあるまい。手にはこれみよがしに、大斧《おおおの》を携えている。

「GOBGB⁉」

「GOROG！　GBBGB!!」

そのゴブリンに睨まれた歩哨の小鬼どもが、目に妬《ねた》みとへつらいの色を浮かべて頭を下げる。

明らかに、他の小鬼どもより上位に君臨している事は明らかだった。

少なくとも他の小鬼を足蹴にして、その場で反抗されていない時点で、明白だ。

巨漢。縦に頭ひとつ。横は小鬼二匹分。筋骨隆々とはとても言えぬが、弱々しくもない。

特に用事がある風でもない。ただ威張り散らし、当たり散らしている。

ぎゃいぎゃいと他の小鬼に喚《わめ》き散らして、反発もされない、あれは——……。

「田舎者《ホブ》、ではないな」

巨大な小鬼《ホブゴブリン》。あれよりは小さい。少なくとも今まで見た小鬼とは、違う。

その大して中身の詰まっていない頭に載せられた、赤錆《さ》びた鉄の輪ときたら——………。

「ロード」

ぼそり、と。査察官が呟いた。

ゴブリンスレイヤーは数秒の間、口を閉ざした後、庇の下で、視線だけを彼女へ向けた。

「王だと？」彼は呻《うめ》いた。「小鬼のか？」

「いないわけではありませんよ。見様見真似《みようみまね》であっても」

そうか。ゴブリンスレイヤーは呟き、視線を前方、ゴブリンロードなるふざけた存在に戻す。

意外ではなかった。いると言われれば、納得もした。知らない話ではなかった。

——あの魔術師は。

なんと言っていただろう。

——とすれば、ゴブリンの群にも段階ってやつがあるのかもねぇ。

そう、確か……そんなふうな事を彼女は言っていた。独り言のようにだ。

——今回は定着初期だろ？

流れ者が、女を攫《さら》おうとする。これは規模の拡大を目指している。

規模が大きくなり気が大きくなり、大胆に村を襲うのが第二段階。彼女は指を折って数える。

――そして来るべき第三段階が……。

「村を滅ぼす」

「とすれば、群れはかなりの規模ですね」

ふ、と。ゴブリンスレイヤーの意識が現実へと回帰する。

疲労のせいだろう。よくない兆候だ。休息は取るべきだ。数刻なりとて。

「我々だけで相手取るものではありませんよ、少年。村の防備を固めて、増援を待ちましょう」

「構うものか」

そんな思索を、ゴブリンスレイヤーは断ち切った。考えるまでもない事だった。

「夕方を待って、踏み込む」

相手が一匹だろうが、十匹だろうが、百匹だろうが、王がいようが、選択肢は変わらない。

やるか、やらないか。

ゴブリンスレイヤーは自分の答えを叩きつけた。

査察官が、信じられないものを見るような目を向けた。

「……何を」

「依頼を出しているのだろう?」

どうやら彼女を初めて驚かせる事ができたらしい。

ゴブリンスレイヤーは微かな満足感を無視し、それ以上の冷静さを持って、淡々と言った。

「なら、俺が死んでも問題は無いはずだ」

「……一党《パーティ》を組んでいる事をお忘れなく」

絞り出すような言葉は、自分の行動が仲間全体の生死を左右するという事だろうか。

あるいは彼女自身も同行するという決意を言葉にしたものだろうか。

ゴブリンスレイヤーには判断がつかなかった。判断しなくても良いことだと思った。

「それと、俺の生死は関係あるまい」

今度こそ、査察官は言葉を失ったようだった。

――第四段階はあるのかな？

過去の記憶の中で、女がクスクスと笑った。

――そこまで群が肥大化した話は聞いたことがないわ。

ゴブリンの王国。彼女は歌うように口ずさみ――きっと、彼の方を見たのだろう。

――利己的で暴力的な小鬼だもの。

王がいてもすぐに四分五裂するか、あっさり討伐されるか。

――冒険者もいる。

あの時、自分はそう答えたはずだ。

――だいたいの時は。

そう、五年前は誰もいなかった。
今この瞬間だとて、冒険者はいまい。
いるのは、自分だ。
小鬼を殺す者《ゴブリンスレイヤー》だ。
敵は、小鬼《ゴブリン》。
であるならば。
「ゴブリンどもは、皆殺しだ」

間章 「地下帝国の挑戦」

「犬にやられた」

パチパチと暗闇の中に弾《はじ》ける火を前に、蛮族の男は面白くも無さそうに肉をかじり取った。

銀髪の娘が何の気なしに、その胸板に穿《うが》たれた傷痕を「すごいですね」と言ったためだ。

金等級の冒険者の押し殺したような怒りは、焚《た》き火の音以外を殺してしまったかのよう。

だが当の本人は気にした風もなく、じろりと犬人の魔術師を見て、牙を剥《む》くように破顔する。

「お前とは違う犬だ」

「差別的発言に対する配慮をどうも」

当の犬人の先生は、むしろその言葉を愉快そうに受け止めたらしかった。

もっとも、蛮人は差別という言葉の意味すらわかっていない様子で、肉に噛《か》み付いている。

しかし気に食わぬといった調子で、鉱人《ドワーフ》の娘の方が蛮人の言葉を鼻で笑った。

「負けたってわりに、勝ったみたいな口ぶりじゃないのさ」

「なに。奴《やつ》は逃げたが、いずれ死ぬ」

だがしかし、蛮人の方は小動《こゆるぎ》もしない。彼は朝になれば日が昇るように、言い放った。

Goblin Slayer YEAR ONE The Dice is Cast

「その時に生きていれば、俺《おれ》の勝ちだ」

鉱人の娘は、押し黙った。

減らず口ならばいくらでも言えただろう。しかし、それを口に出せぬようであった。

であれば——気圧《けお》された、というのが適切なのだろう。

そうした喧嘩《けんか》友達の有様を横目に、森人《エルフ》の僧侶は、用心しいしい舌を動かした。

「蜥蜴人《リザードマン》のような事を言う奴だな」

「負けたら一生涯這《は》いずって負けた顔をしていろというのは、戦わん馬鹿のいう言葉だ」

それを森人に対して言うのが、何とも痛烈であった。

今度は森人が口をへの字に結び、おろおろと銀髪の少女が視線を左右にせわしなく動かす。

若い戦士は、一言も発さずに蛮人の様子を見守っていた。

——すごいな。

ただ、それだけだった。

筋骨隆々とし、大岩から削り出した戦士像そのものの佇《たたず》まいだ。

無骨な剣を引っさげたところもあわせて、男ならばかく在りたいと、そう思わせる。

——自分とは。

何もかも違うように思えた。

この男は大事な仲間を目の前で失った事はないように思えた。

こうはなれないと、そう感じる。己《おのれ》の身で、これに張り合う事などできまい。

北方には、こういう戦士がいるのだと――随分昔に聞いたような覚えがある。

あれは、きっと、本当の事だったのだろう。

「もっともなことです」

だが、そんな思索も犬人の先生の相槌《あいづち》によって、中断させられてしまう。

あるいは物思いに耽《ふけ》る彼を見て取って、あえて先生は顎を開いたのかもしれない。

彼の仲間はそういう思慮深い人物で――蛮族の戦士も「ほう」と興味を示した。

「話のわかる奴だな。学徒というのは、みな、頭がおかしいものと思っていた」

「と、言いますと？」

「いつだって堂々巡りで、はてのない話を延々としているだろう？」

「ああ、それは長い旅路、長い物語のあいだを切り取ったからそう見えるのでしょう」

さて。犬人の先生は、いつも若い戦士や銀髪の娘を前にするように、一拍を置いた。

「戦士殿は、剣を振れば敵を殺せましょうな？」

「無論だ」

「では一刀で敵を殺すまでに、何度素振りをなさって、鍛錬されましたかな？」

「数え切れん」蛮族の男は首を横に振った。「数えたこともない」

「その素振りを見て『奴は敵を切らずに空を切っている、頭がおかしい』と囀《さえず》られたなら？」

「つまり、そういう事だな？」

即答であった。笑いもせず、躊躇《ちゅうちょ》もせず、ただ事実をそのまま言うような調子であった。

「殺す」

「つまり、そういう事です」

犬人の魔術師は我が意を得たりと首肯して、その毛皮の手をぽふりと打った。

「学問というのは遠大にして遥《はる》かな虚空《こくう》にある何かを斬《き》るため、剣術を鍛える道なのです」

「何か、ときたか」蛮人は狼がそうするように唸《うな》った。「空を掴《つか》むような話だ」

「ええ」犬人の魔術師は笑った。「私どもは、空を掴むための話をしているのですよ」

「さっぱりわからん」

蛮族の男はそう言った後、牙を剝いた鮫《さめ》のように破顔して、言った。

「わからんが、俺には思いもよらぬ、強大なものに挑んでいる事だけはわかった」

「ご理解いただけて何よりです」

学があり、読み書きができ、言葉が通じるからといって意思疎通ができるわけでもない。

自身に都合よく物を見ず、ただ己の考えのみを押し通そうとする者のなんと多いことか。

否定され間違っているのは相手だと憤るのも、邪神の囁《ささや》きを受けたからとは限らない。

そうした手合が多くいる事を思えば――嗚呼《ああ》、意思疎通できる事の、素晴らしさよ！

――もっとも理解しあえたからといって、殺し合いにならぬ道理も無いわけですが。

平和というのはまことに難しく、不断の努力と適度な妥協が求められるものなのだな。

犬人の魔術師はそんな益体《やくたい》も無い事を考えながらも、意思疎通の喜びに尾を振った。

「……で、だ」

その言葉に、一同の視線がまっすぐ自分に突き刺さるのを、若い戦士は感じ取った。

切り込むなら此処《ここ》しかないと思ったのだ。だが、切り込んで――どうするべきか。

答えは無い。鉱人森人の二人組は、何を言うのかとこちらの様子を窺《うかが》っている。

犬人の先生は、「おや」と――驚くでもなく、嬉《うれ》しそうに目を細めてこちらを見ていた。

真正面には蛮族の男が、感情のわからぬ巌《いわお》のような表情で対峙《たいじ》している。

何か迂闊《うかつ》な事を言えば、その瞬間に斬って捨てられそうだと、そう思えた。

ふと、片方の手首が重い事に気がついた。銀髪の娘が、ぎゅうと強く、握りしめていた。

若い戦士は息を吸って、吐いた。空を摑むための話を、するために。

「状況について、聞かせてもらって構わないか？」

「良かろう」

どうやら、及第点であったらしい。

蛮族の男は対等な将へそうするように頷《うなず》いて、若い戦士の提案に同意してくれた。

曰《いわ》く――……。

「混沌《こんとん》どもの様子を探れという依頼よ」

先の大戦から五年。《死》の迷宮に君臨したという魔神王の軍勢は瓦解《がかい》した。

しかし、けれど、決して皆殺しになったわけではない。

秩序の勢力が五年で立ち直りつつあるように、敵もまた力を蓄《たくわ》えていたのだ。

各地で散発する事件、事故。人が消え、殺され、怪物、妖魔の跳梁跋扈《ちょうりょうばっこ》。

そうした陰謀の一つ、その根が地の奥深くに張り巡らされている事に、気付き——……。

「此処に至る、というわけだ」

「……領主が人をさらって、地下に連れ去ってる、ねえ……」

疑うつもりはないが、若い戦士は慎重な口ぶりで呟《つぶや》き、顎を掻《か》いた。

どう考えても自分の等級で首を突っ込んで良いような案件には思えなかった。

——というか、政治か……。

いつだかギルドにやってきた、黒塗りの馬車を思い出す。そんな事に自分が関わるとは。

「そんな事あるんですか？　だって、ご領主様ですよ？　偉いんですよ？」

対して、信じられぬといった様子——あるいは怯《おび》えたように呟いたのは、銀髪の娘だ。

人の悪意だとか、そういうものを知らないわけではないのだろうが、それでも——……。

「四方の者は、己が手に入れたのだから、己が滅ぼす。ただの一人も他人のためには残さぬ」

その少女の肩が、びくりと跳ねた。詩を吟じるように諳《そら》んじた森人は、さて、と一声。

「——と、妻子からこの辺り一帯の只人《ヒューム》を殺してまわった領主は……何年前だったかなぁ」

「森人が覚えてないんだから、どんだけ昔かしれたもんじゃねえな」

どすうと鈍い音がして、森人の僧侶が声も上げずに悶絶《もんぜつ》した。鉱人の肘鉄は重たいのだ。

「ああ、そうだ。前にギルドで騒いでいた奴も、そんな事はありえんとか喚《わめ》いていたな」

我関せずと蛮族の男は言って、しみじみと、頭上に広がる廃都の有様を見回した。

あるいは感慨などではなく、この都にどれほどの財貨があるか、値踏みする目だろうが。

「実際、奴は大嘘吐《おおうそつ》きだ。都はあったし、古い人骨も山とあったし、怪物もいた」

「……そういえば、返り血まみれでしたな」

ぼそぼそと、小動物のように縮こまった様子で、銀髪の娘が呟いた。

そうでもしないと取って食われると思っているのだろう。袖を掴む手は、離していたが。

「おう」と、蛮族の男は、そんな娘の様子を愉快そうに眺めながら応じた。

「俺が見たのは闇人《ダークエルフ》どもと、大蜘蛛《おおぐも》と、贄《にえ》にされた連中に、得体《えたい》のしれん化け物の像よ」

ざわり、と。

その瞬間、周囲の闇が膨れ上がったように若い戦士には思えた。

さっと剣を掴み取って立ち上がるよりも速く、既に蛮族の戦士は大剣を抜いて構えている。

廃都から降り注ぐ燐光《りんこう》、冒険者たちの囲む焚《た》き火。その灯《あか》りの届かぬ暗がりに――……。

――いる。

じっとりと、若い戦士の手のひらに汗が滲《にじ》むのがわかった。

「わ、わ、わ……⁉」

大慌てで銀髪の娘が飛び起きて拳《こぶし》を握り、仲間たちがそれに続く。

森人の僧侶がお気に入りの投矢銃を抜いて、鉱人の娘が短剣を逆手に構える。

最後に犬人の魔術師が杖《つえ》を携えて、「円陣を！」と周囲を見て取って呟いた。

「……闇人だって？」

若い戦士は顔が引きつらないように頬《ほお》を強張《こわば》らせ、無理くりに笑った。

「それと大蜘蛛だ」

蛮族の男は心底愉快だと言いたげに、鮫のような笑みを崩さない。

「化け物の像も忘れないようにしないとな……」

篝火《かがりび》の傍《そば》に術者を寄せて、冒険者たちは円陣を組んで闇に対峙する。

地下帝国の奥から大蜘蛛に跨《またが》った闇人どもが湧き出してきたのは、その直後であった。

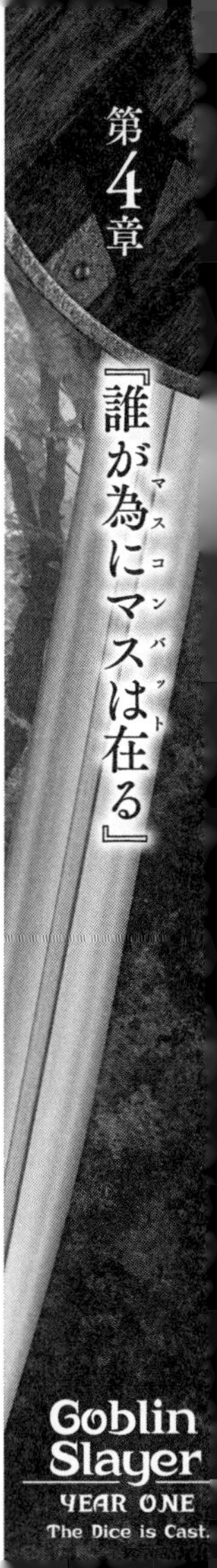

第4章
『誰が為にマス《マスコンバット》は在る』
Goblin Slayer
YEAR ONE
The Dice is Cast.

——あんなところに村なんか作るのはバカのやることだ。

小鬼どもは、そう考えて忍び笑った。

あんな目に付きやすいところに村を作って、作物を溜《た》め込んでいる。女だっている。

あれでは奪ってくれというようなものではないか。どうなったって自業自得《じごうじとく》だ。

だから自分たちが襲ってどうしようと、それは当然で、責められる事ではない——……。

だって自分たちはあんな場所に村を作るような只人《ヒューム》より、遥《はる》かに賢く、道理をわかっている。

自分たちはもっとずっと上手くやる。成功するに決まっている。あいつらより上なのだ。

いや、正確には自分たち、ではない。

自分こそが、まわりの馬鹿どもよりも優れていて賢く、強いのだ。

というのが、ゴブリンどもの思考回路だった。

田畑を耕すのに適した土地の条件も知らなければ、村の防備など知る由《よし》もない。

只人が試行錯誤して作り上げた連帯など思いもよらず、想像することもないのだ。

それは王を自称して威張り散らす奴《やつ》が現れても、同じだった。

なるほど、やつはどうやら何かそこその考えがあるらしい。
皆で集まって村を襲って、雌を孕《はら》み袋にして数を増やしてお楽しみ、次へ向かう。
その算段はついているらしい。だが、所詮は奴もどこかの誰かの使いっぱしりだろう。
——まあ、今は良いさ。
せいぜい、武器を振り回して王様気取りでいるが良い。
そのうちに誰が——お前の背後に要るやつよりも——優れているか、わかる時が来る。
その前に、あの村で一つ、前祝いと行こうじゃあないか。
あんなクズどもに、それ以上の価値なんてないんだから。

§

がさりという物音を耳にして、ゴブリンスレイヤーは薄目を開けた。
陽の傾《かたむ》きは変わっておらず、既に赤黒い。とすれば意識の寸断はほんの一瞬のはずだ。
——忌々《いまいま》しい。
もう少し自分の根性は据わっていると思っていたが、師の買い被《かぶ》りであろう。
自己評価は常に低くあるべきだ。
「戻りました」

そう言って、座り込むゴブリンスレイヤーの前に立つ査察官は、さっと服の埃《ほこり》を払う。

ゴブリンスレイヤーは妙に重たい鉄兜《てつかぶと》を持ち上げ、霞《かす》む視界にどうにか彼女を捉えた。

夕焼けに照らされて、その表情は影になり、良く見えない。

「戻った？」

声はひどくしゃがれていた。十年ぶりに喋《しゃべ》ったように、喉《のど》が軋《きし》んでいた。

「疲れていますね」

査察官はゴブリンスレイヤーの問いに答えず、その腰につけた小さなポーチを探った。

ひょうと鋭い音を立てて放られたものを、ゴブリンスレイヤーは反射的に受け止める。

革籠手《かわこて》の掌《てのひら》に収まったのは、封のされた小瓶だった。中でとぷんと、液体が揺れていた。

「俺《おれ》も用意はある」

「だとしても、私は今、疲れていませんから」

彼女は肩を竦《すく》めて視線を小鬼の巣に突き刺し、それ以上の議論はしないと、態度で示した。

ゴブリンスレイヤーもまた、小瓶を手にしたまま洞窟の入り口へ目を向ける。

そこには相変わらず、やる気のない態度で小鬼の歩哨《ほしょう》が突っ立っている。

あの後も幾度か王が現れ、あるいは狼《おおかみ》や徒歩《かち》の小鬼が巣に辿《たど》り着き、群れに加わった。

猶予はない。

日が完全に沈むまで、あるいは小鬼の王が軍を起こして出陣するまで。

時間は無限にあり、いつだって有限なものだ。

ゴブリンスレイヤーは低く唸《うな》った後、栓《せん》を抜き、中の水薬を一息に呷《あお》った。

――旨《うま》い。

甘苦い、幾度か味わった事のある、体力回復のための賦活《ふかつ》の水薬だ。

一口飲むほどに、頭を締め付ける鉛の万力が、嘘《うそ》のように溶けて消えていく。

「もし」

と、寄り添う大樹の幹と一体になったような姿勢のまま、査察官が静かに言った。

彼女は小鬼どもの蠢《うごめ》く、巣穴の入り口から目をまったく逸《そ》らそうとはしない。

「審査であるから中断できないと考えているのなら、私の裁量で審査を中断できますが？」

「――――？」

ゴブリンスレイヤーは、言われた言葉の意味がまったくわからず、兜の下で目を瞬かせた。

「いや、そんな考えは毛頭ないが」

「そうですか」

査察官の口から、僅《わず》かに吐息が漏れた。溜息《ためいき》だろうか、呆《あき》れだろうか。

「……現状、我々が行き着く番号《パラグラフ》は、然程《さほど》多くはありません」

残った水薬を兜の隙間から喉へ流し込みながら、ゴブリンスレイヤーは黙って続きを促した。

「まず、このまま洞窟に突入し、運試しをする」

それは今、我々がしている事です。査察官はそう繋《つな》いで、事務的な口調のままに続ける。

「上手くすれば、小鬼の王を仕留め、群れを混乱させられるでしょう」

「……」

「悪くすれば、小鬼の物量を前に敗北し、二人とも十四へ進みます」

「十四？」

「棺桶《かんおけ》の釘《くぎ》のように、事態の深刻さを誰にも伝えられずに死ぬ、という事です」

知らない言葉に、査察官は隠語《スラング》を用いた事を恥じ入るように、淡々と答えた。

女性である彼女はよりおぞましい最期が待っているだろうが――……。

――自分とて似たようなものだ。

隣家の夫妻と、姉。あるいは村の人々。今までの洞窟で出会った虜《とりこ》たち。骸《むくろ》たち。

そのどれがマシか比べられる者は、よっぽど上等な椅子《いす》に座っているに違いあるまい。

「運試しをしないのならば、ギルドまで大急ぎで撤収し、さらなる増援を募る」

それは、道理だ。その程度の事はゴブリンスレイヤーにも理解できた。

「きみ、私、依頼を受けた冒険者一党《パーティ》。これでは村の防衛も覚束《おぼつか》ない。増援を呼んで――……」

「その前に村が滅びる」

だがゴブリンスレイヤーは自分の答えを叩《たた》きつけた。

それで十分だったたし、それが全てだった。

音を立てぬよう、空の小瓶を片手に持って握りしめたまま、藪《やぶ》の中から立ち上がる。

彼女の考えと行動は、自分の考えと行動とは関係のない事だ。

手をこまねいていれば、確実に村は壊滅するだろう。

自分だけでは村の防衛など困難極まることは、いつだったかの戦いで思い知っている。

――――二度と小鬼どもと野戦で戦ってやるものか。

増援で来る冒険者も一組程度。ゴブリン退治だ。新人の仕事。間違いはあるまい。

その一党《パーティ》で勝てるかどうか、そんな事はゴブリンスレイヤーの知ったことではなかった。

壊滅するかもしれないし、勝つかもしれない。それは《宿命》と《偶然》の骰子《サイコロ》次第だ。

小鬼を過大評価するものは、きっと五年前の戦《いくさ》の時は、どこかで寝ていたのだろう。

小鬼どもが偉大な勝利を遂げられるわけもない。いずれ奴らは敗北し、四散する。

そして、どこかの村を襲うのだ。世界が滅びる前に。

彼は別に、世界が救われたのだから村が滅んだのは仕方がないなどとは思わなかった。

同時に、村を救うためなら、世界が滅んでも構わないなどとも思わなかった。

そんなのはただの捻《ひね》くれた八つ当たりに過ぎまい。哀れなのが自分だけだとでも？

全ては、やるか、やらないかだ。彼は幾度となく、自分に言い聞かせるように繰り返す。

五年前からずっと、そうしてきたように。

「……まあ、おおよそ、人となりはわかりましたけれどね」

査察官が、ゴブリンスレイヤーの方を見た――いや。

ゴブリンスレイヤーが、査察官の方を見たのだ。

彼女は、微笑《ほほえ》んでいた。

夕映えの中、一つだけの瞳が、黒髪に透けていた。群青《ぐんじょう》の空に灯《とも》った最初の星のように。

「伝達に行ってきたのですよ、少年」

村まで。彼女はそう呟《つぶや》いて、今にも踵《きびす》を鳴らすような動きで、大樹の幹から身を離した。

「危機的な状況ではありますから、この状況をきちんと知らせねばなりません」

――とてもそうは。

思えないほどに、査察官の様子は今までと何一つと言って良いほど変わっていなかった。

「伝えるのは戦勝の吉報でもありませんし、死ぬほどの無理はしていませんよ」

彼女はそう嘯《うそぶ》いているが、此処《ここ》から村までの往復時間、急いだとしても……。

――いや。

行軍の最中に彼女が見せた、これも運足法というやつなのだろうか。

ゴブリンスレイヤーには、見当もつかなかった。

四方世界には、己《おのれ》の知らぬ事を知っている者の方が多いものだ。

「つまり」と彼は思案して、言葉を紡いだ。「後顧《こうこ》の憂いは無いと?」

「十二分にありますので、全力を尽くすべきでしょう」

「ふむ……」

既に査察官の顔に笑みは無い。夜が深まれば、一番星は暗黒の中に滲んで消えてしまう。

押し寄せる闇の気配。ゴブリンスレイヤーは空を見て、空き瓶を握りしめた。

彼女の掌《てのひら》の上にいるような気分だった。だからなんだとも思った。

目の前にいるのはゴブリンではないか。

「GOROOGGBB……⁉」

その寝ぼけ眼《まなこ》の小鬼は、待ち望んでいた歩哨《ほしょう》の交代を迎える事無く死んだ。

ゴブリンに夜目があろうが、意識の埒外《らちがい》から投じられた礫《つぶて》を避けられるわけではない。

空の小瓶は小鬼の頭蓋を見事に陥没せしめながら、しかし砕ける事無く額に埋《うず》まる。

「GORG⁉」

仰向けに倒れる同僚に、残る一匹がようやっと異常を察知した頃には――……。

「二つ……!」

「GOOBBOOGRBBG!?!?」

その喉笛に生えた刃が、濁った悲鳴以上の成果を残さずに全てを終わらせていた。

――多少の物音は立ったが……。

良し、とすべきだろう。真面目に騒がず警備を続ける小鬼など、いるわけもないのだ。

藪の中から身を現したゴブリンスレイヤーは、大きく息を吐き、小鬼の死体へと歩み寄る。

その後から、査察官が「ふむ」と顎に手を当て、審査の続きであるかのように呟いた。

「両手で投擲《とうてき》を？」

「練習をしている」

「弓矢も便利ですよ」と彼女は言った。「あるいは、弓を扱える仲間を持つか」

「弓の心得はある」

ゴブリンスレイヤーは短く応じて、小鬼の死体を踏みつけて、小剣を引き抜いた。

血振りをくれて刃を検《あらた》め、まだ使えると判断し、鞘《さや》に叩き込む。

「乗り込む」

「まだですね」

査察官がぴしゃりと言った。

ゴブリンスレイヤーより遅れて藪から出てきた彼女の手には、既に鎖の端が握られている。

此方《こちら》が失敗した時に備えてのことだろう。連携ではない。尻拭いだろう。

――結構なことだ。

「交代の歩哨を仕留めましょう。その方が、長く時を稼げます」

「ふむ」とゴブリンスレイヤーは数秒思案した。道理だった。「それで行こう」

だとすれば、もう少しばかり隠密《おんみつ》を続けねばなるまい。

交代の歩哨を逃がすわけにはいかない。そうなれば、全てがご破産だ。

ゴブリンスレイヤーは小鬼の死体を見て、うず高く堆積した汚物の山を見やった。

そして躊躇《ちゅうちょ》なく、小剣を逆手に握り直した。

「では、まずは臭いを消す」

「それは遠慮しておきます」

「……そうか」

§

ほんの少しばかり、昔を思い出した。

ついこの間あったようでいて、随分と昔の出来事のような、些細《ささい》な一幕。

――先へ行くべきではないでしょうか。

いつまでも小銭稼ぎに明け暮れていたって仕方がない。

せっかくの冒険者なのだ。金を稼ぐためだけなら、他にいくらでも道はあった。

先へ、前へ、奥へ、地下へ。進むべきだ。行くべきだ。そうせねばならないのだ。

――私の武芸は小鬼以外でも通じるでしょうし、貴女《あなた》だって――……。

――そりゃあ呪文はあるけどさ。

彼女はそう言って、困ったように笑ったものだ。

――あるっていっても、心得だけだもん。大変だよ。上手く行くかどうか。

――試してみなければ、何もわかりませんし。どうなったって、別に……。

気にもしないと言って、《死》の底へ踏み込んだ馬鹿な小娘がどうなった事やら。

査察官の口元から、僅かに呼気が漏れた。

「なんだ」

小鬼の死体を検めていた冒険者――その装備に似合わず、随分と幼い少年が振り向く。

あの小娘とどちらが上等だろう。似たようなものだ。まったく、変わっていない。

「いいえ」

彼女は、ゆるく小首を振った。そして少年が「そうか」と呟き、闇の中へ踏み込んでいく。

後を追おうとして、しかし、一歩だけ躊躇《ためら》う。躊躇う理由も、よくわからない。

止めるべきか。見限るべきか。続くべきか。選択肢は三つ。選んだのは三つ目。

「……気持ちもわかる、というものですか」

彼女は自分だけ、あるいは誰かにだけ聞こえるように呟き、脚を踏み出した。

何のことはない。目の前に広がる無明《むみょう》の空間は、小鬼の巣だ。

少なくとも、《死》に比べれば――底が浅い事だけは、確かなのだから。

§

ただ何も考えずに突き進んでゴブリンを薙《な》ぎ払うだけで済むなら、どれだけ楽だろう。

ゴブリンスレイヤーはそんな事を考えながら、呑気《のんき》な小鬼の口を背後から押さえ込んだ。

「ＧＯＲＧ⁉」

驚愕《きょうがく》に目を見開いている事だろうが、状況を理解させるような暇を与えるつもりはない。

彼は手にした小剣で、小鬼の喉部を横一文字に切り裂いた。

「ＧＯＲＧ⁉　ＧＯＯＲＧＢ⁉」

ガボガボと血泡に溺れながら息絶えるゴブリン。よしんば失血死しなくとも、窒息で死ぬ。

――確実性が大事だ。

刃に血振りをくれて鞘に叩き込み、ゴブリンの持ち物を漁《あさ》りながら、鈍い思考で考える。

そう、思考が鈍っている。考える事が億劫《おっくう》だった。息を吸って、吐く。ゴミ溜《だ》めの臭い。

「想定外に、広い洞窟ですね」

査察官の声は、小鬼の巣穴に不釣り合いなほどに澄み切っていて、心がざわざわと逆《さか》立った。

彼女は洞窟の壁へ手を這《は》わせ、ただそれだけで崩れる土塊をつまらなさそうに握り潰《つぶ》す。

「粗雑だが、洞窟を掘り広げたのでしょう。ホブゴブリンもいますよ、少年」

「ゴブリンは、ゴブリンだ」

ゴブリンスレイヤーはそう吐き捨てて、小鬼の死体を適当な石筍《せきじゅん》の背後へと蹴り込んだ。

これで――何体だったろう。

入り口の見張り、交代の歩哨、合わせて四つ。それから洞窟に入って、遭遇する小鬼……。

「十三か」

「……数える必要は、あまり無いようにも思いますが」

査察官は手からこぼれ落ちる土塊に目をやりながら、半ば呆《あき》れたように呟いた。

「経験点が、殺した怪物の数で決まると思っているなら、それは勘違いですよ」

「そんなものを欲しがった覚えはない」

既に想定されたゴブリンの数を、死体は上回っていた。

何処《どこ》までも何処までも延々と伸びる、この曲がりくねった洞窟に、奴らはどれほどいるのか。

そして、そもそも小鬼どもはこの洞窟の構造を把握しているのだろうか
――だとすれば俺より上等な頭だ
ゴブリンスレイヤーは鉄兜の下で、唇を引きつったように吊《つ》り上げた。

――無論、そんなはずはない
連中は無作為に穴を広げているだけで、ただ、なんとなく、道を繋《つな》げているだけだ。

何処をどう結べば効率が良いとか、敵を迷わせられるとか、そんな事は考えてもいない。

奴らは馬鹿だが間抜けではない。――そう、馬鹿だが、間抜けではない。

自分の掘った洞窟の構造を覚えられなくても、普段使いする道くらいは通れるものだ。

だから、つまり、そう——……。

「小鬼と出くわす以上、この道は『当たり』のようですね」

「うん」

ゴブリンスレイヤーは査察官の言葉に頷《うなず》いた。その通りだ。それで、良い。あっている。

「では、行きましょう」

査察官はそう言って、ゴブリンスレイヤーの様子を横目に、颯爽《さっそう》と歩き出した。

索敵、偵察、つまりは斥候《せっこう》役を引き受けた——言い出した——のは彼女であった。

事実、その索敵の腕前は見事なものだった。

小鬼の仕掛た児戯《じぎ》じみた罠《わな》は無論のこと、遠方から来る足音も、査察官は鋭敏に感じ取る。

なにせゴブリンが此方の松明《たいまつ》の灯《あか》りに気付くよりも前に、此方は相手に気がつけるのだ。

火を消して待ち伏せ、一方的に襲えるのだから、これほどの強みはない。

小鬼を殺すいくつかの方法を実践するのに、大いに助けられている。

他の——彼女独特の歩法はともかくとして——これは、覚えた方が良いように感じられた。

「どうやっているんだ」

「えっ？」と振り向いた彼女が上げた声は、ひどく間が抜けていた。

張りが無く、緩み、不意を突かれたような——ほんの一瞬、素顔が見えたような声だった。

もちろん、そんなものは小波のように見間違いかもしれず、事実すぐに消えてしまったが。

「気とか、気配……と言ってしまうのは簡単ですが」

軽く咳払《せき》いをした査察官は、誤魔化すように声の調子を整えて、訥々《とつとつ》と語った。

「知覚を研ぎ澄ませる事ですね。音、臭い、風、色、木々の様子、足跡……」

「知覚を研ぎ澄ませる」

「常日頃から勘働きを鍛えておけば、いざ受動で知覚せねばならぬ時、自《おの》ずと気付くものです」

「そうか」

であれば、勘働きを鍛えるとしよう。ゴブリンスレイヤーはそう考えた。

勘とはつまり経験則だと、前に師が言っていた。なら、積み重ねられるものだ。

『こういう時はこういう事が起こる』と、ひたすら覚え、学び、身につける。

それは時間と根気さえあれば誰でもできる事だ。ゴブリンスレイヤーは、それが嬉《うれ》しかった。

才能の無い自分にも習得可能な技術があるのだから。有り難いことだ。

「――――止まって」

だから不意に査察官が警告の声をあげた時も、ゴブリンスレイヤーはすぐに応えなかった。

彼は用心深く身を屈《かが》め、腰の武器に手をかけながら、注意して周囲の様子へ意識を向ける。

薄暗い闇の中、すえた臭い、鉄兜の内側に谺《こだま》する自分の呼吸音。微《かす》かな声。曲がり角の先。

「ゴブリンだな」

「他に何がいると?」

呟いた査察官が、僅かに口元を緩めた。

「ええ、他の怪物がいるかもしれません。小鬼だけ考えていると、死にますよ」

少年。その囁《ささや》きに先導されて、ゴブリンスレイヤーは洞窟の分岐路に踏み込んでいった。

踏み込めば踏み込むほど、五感を刺激する小鬼の気配は強く、濃厚になっていく。

それは五年前のあの日から彼の脳裏に染み付いているものだ。気づけば、すぐにわかる。

──問題は、気付ける距離か。

練習をするしか無いだろう。試行錯誤し、可能にすべきだった。

だが少なくとも、今は目の前の扉に対処する方を優先しよう。

それは粗雑な戸板で、およそ罠はおろか、とても鍵すらかけてあるようには見えない代物《しろもの》だ。

そしてこの距離ですら内部から聞こえる肉を叩く音や、小鬼どもの耳障りな哄笑《こうしょう》。

鉄兜の下で息を吸って、吐く。反吐《へど》の出るような空気を肺に取り込み、排出する。

ゴブリンスレイヤーが身を屈めて慎重に扉に近づこうとすると、査察官がそれを手で制した。

「む──……」

そして彼が何かを言うよりも速く、ひょうと彼女の袖口から伸びた鎖が宙を飛ぶ。

鎖は生きているかのようにのたくって扉に噛《か》みつき、音もなく、ほんの少しの隙間を開く。

「──戸板の下に屍肉喰《しにくぐ》らいの警句がありますから」

ドアを開ける時は慎重に、という意味か。ゴブリンスレイヤーはその意味を解さなかった。

それよりも重要なことは、扉の向こう側の光景であった。

「うぁあ……ッ!?」

弱々しい女の悲鳴が上がるのに合わせて、鈍器で肉を叩く音が響く。

腐食した木の板に押さえつけられた若い女――元が冒険者か村人かも判別できない。

その血の気を失って白んだ掌に錆《さ》びた釘が一切の容赦なく打たれ、板に釘付けにされている。

槌《つち》を振るう音が不定期なのは、女が悶《もだ》える様を楽しみ、苦痛に慣れさせないためだろう。

「GOBR！　GOOG!!」

「GOROG！　GBB！」

ゴブリンスレイヤーは、しかしけれどすぐに動かなかった。

――狭いな。

そして、小鬼の数が多い。

これでは奇襲ができない。踏み込んで、正面からの戦い。数を頼みとする相手には、不利だ。

だが、それでも踏み込まないという選択肢はなかった。

「…………」

――やるか、やらないかだ。

彼は繰り返す。行動指針はそれだけだった。やらなければ、できない。やるから、できる。

しかし、それでも彼はすぐに動けなかった。あるいは、動かなかった。

視線が突き刺さっていた。

査察官の美しい瞳が、氷のような鋭さでもって彼を貫いていた。

ゴブリンスレイヤーは虚空《こくう》に言葉を探し求めた。

「どう……」と絞り出した声は、かすれていた。「……見る」

「人質は厄介です。そして、相手の数も多い」

返事はすぐにかえってきた。

彼女は音もなく鎖を手繰《たぐ》って握りしめながら、ゴブリンスレイヤーの傍《かたわ》らに跪《ひざまず》く。

「ですが人質がいるということは……身を守るため、人質を殺せないということでもあります」

「……ゴブリンだぞ?」

「人質を殺すことで政治的に攻撃できるほど、頭はよくありませんよ」

もっともな事だった。死に際に人質を殺して勝ち誇るくらいの事は、するとしてもだ。

「警戒すべきは此方の攻勢が遮られる点。そして人質を犠牲にした攻撃を受ける可能性」

むしろ閉所であれば数の不利は問題にならないのだと、彼女は言う。

なにしろ向こうは同士討ちを避けねばならないが、此方は当たるを幸いに攻撃すれば良い。

その上で――人質を盾に使われるのが面倒なのだと、彼女は言った。

「戦況を段階的に分析しなさい、少年。なぜ不利なのか。その条件を一つずつ取り除けば良い」

「……」

「怪物であれ、地に足をつけて立ち、耳と目鼻があり、呼吸するならやりようはあります」

呪文などがあれば良いのですが――……。

そんな査察官の呟きはゴブリンスレイヤーの耳には入っていなかった。

彼は自分の腰にくくりつけた、やっと馴染《なじ》み始めた雑嚢《ざつのう》に手を入れていた。

ふと甲高《かんだか》い唸《うな》るような吹雪《ふぶき》の音を聞いた気がした。師がにたにたと嗤《わら》っていた。

――誕生日の贈り物でも入ってるかもしれねえぜ？

「……念の為に言いますが」

査察官の声が、この場が数年過ごした、あの雪洞でない事を教えてくれる。

彼女は此方が無言なのを訝《いぶか》しむか、あるいは邪推したらしく、声がやや尖《とが》っていた。

「ここで人質ごと殺せば良いというのは、ならず者の理屈ですよ」

「わかっている」

繰り返し査察官から注意される言葉に、ゴブリンスレイヤーは反発するでもなく頷いた。

彼は何をするつもりか説明するべきか考えて、女の悲鳴にそれを放り捨てた。

――見せた方が早い。

「手はある、やるぞ」

返事を待たず、彼は地を蹴って飛び出した。遅れて舌打ちの音と、鎖がのたうつ金属音。

「ＧＯＲＯＯＧＢ⁉」

「ＧＯＲＯＧ！　ＧＢＢＢ⁉」

バンと扉が開き、十匹かそこら、一生に見たいと思う以上の小鬼どもが此方へ目を向ける。

「ふん……ッ‼」

その光景を目に焼き付けると同時、ゴブリンスレイヤーは雑嚢から抜いた卵を叩きつけた
「ＧＯＯＲＯＧＧＢＢ！！？！？」

「ＧＢＢＯＲ！？！？！？」

途端、赤黒い粉がぶわりと舞い上がり、小鬼どもの悲鳴が上がる。

当たっても何の痛痒《つうよう》もない礫と、侮《あなど》ったその一瞬が命取りだ。

粉塵《ふんじん》の中を息を止めて突っ切ると、目を閉じたまま覚えた記憶を頼りに小剣を振り抜く。

「ＧＯＲＧＧＢ⁉」

「一つ……ッ！」

顔面を押さえて悶絶《もんぜつ》していた小鬼の喉笛から、ぴゅうと血飛沫《ちしぶき》が噴き上がった。

その音で以《もっ》て戦果を数えつつ、致命傷を負ったゴブリンを思い切り蹴倒す。そして――……。

「ＧＯＲＧＢ⁉」

「ふたつ……！」

涙を流しながら飛びかかってきた小鬼の顔面に、振り返りざま円盾で殴打する。

軽くなっただけに勢いが増し、鼻を潰《つぶ》す手応えに腕が痺《しび》れる。だが、構わない。

ゴブリンスレイヤーはそのまま小鬼の後頭を壁に叩きつけ、その眼窩《がんか》を小剣で貫いた。

眼底の骨は薄い。脳髄《のうずい》を刳《く》ると、打ち上げられた魚のように小鬼が跳ねる。

病的な痙攣《けいれん》をねじ伏せながら、ゴブリンスレイヤーは釘付けにされた女への距離を測った。

「GBBGR⁉」

「三つ――――……」

――ではない！

剣を引き抜きざまに後方のゴブリンへ投じた小剣は、小鬼の頭骨にぶち当たって跳ね上がる。

疲労のせいか。あるいは技量の問題か。いずれにせよ、空白は一瞬。

「殺《シャ》……ッ！」

影から影へと渡るような、不可知不可視の踏み込みであった。

棘　鎖《スパイクドチェイン》が宙舞うその剣を絡めとり、生ける蛇《へび》のように小鬼へ振り下ろす。

「GORG⁉」

――これで、三つ！

上がる悲鳴を背後に、ゴブリンスレイヤーは小鬼どもの取り落した棍棒《こんぼう》を拾い上げ、前へ。

「GOROGGB⁉」

「GBBG⁉　GGOROGB⁉」

四つ、五つ。右に左に鈍器を振り回し、当たるを幸いに小鬼どもの骨を砕き、潰していく。

ああ、まったく、何も考えずに小鬼を殺せるという事が、どれだけ楽かしれたものではない。

ほんの数フィートを進むだけにもかかわらず、どれだけのゴブリンを屠《ほふ》っただろうか。

悲鳴。肉を叩く音。喚《わめ》き声。先ほどまでと同じ、けれど決定的に異なる絶叫。

十秒かそこら続くその中にあって、その小鬼が幸運であったのかどうかは、骰子のみぞ知る。

少なくとも同胞らに比べて距離があったため、いち早く催涙の影響から脱したのは確かだ。

そして動けるようになった以上、ろくに考えもしないゴブリンの行動は早い。

「GGBROG!!」

「い、ぎい……ッ!?」

中途半端に突き刺さった釘から引き千切るように、腐りかけた板から娘の体を引っ剝《は》がす。

血が飛び散ろうが、肉が裂けようが知ったことではない。

そもそもこいつはこのために此処にいるのだから、有効に使うべきなのが当然だ。

ゴブリンはそんな事も気づかぬ仲間どもを嘲《あざけ》りながら、弛緩《しかん》して重たい女を抱え直す。

「GOROOOGGB……!」

目の前に立つゴブリンスレイヤーを見て、小鬼は薄汚い黄ばんだ乱杭歯《らんぐいば》をニタニタと剝《む》いた。

ゴブリンスレイヤーは、勝った気でいるのだろうと思った。

間抜けな奴らは、これで手が出せないから、自分だけは助かると思っているのだろう。

きっとゴブリンスレイヤーの背後にいる査察官も、好きなだけ嬲《なぶ》れると思っているのだろう。

女の首元に錆びた釘を突きつけた小鬼の下卑《げび》た表情から、その内心はありありと窺《うかが》えた。

「――ふん」

ゴブリンスレイヤーはゴブリンが喚くのを無視して、躊躇なく前へ一歩踏み込む。

「GOROGGBB!?!?」

そして女の股《また》よりもさらに低い、小鬼の股座《またぐら》を蹴り上げた。

――やはりこいつらは、盾の使い方を知らないな。

爪先に感じる不快な感触を拭うように、女を放り出してのたうち回る小鬼を踏み躙《にじ》る。

不快感は、さほど減らなかった。ゴブリンスレイヤーは「ふん」と呟き、棍棒を振り上げる。

背後に残っていた数匹は既に査察官の拳《こぶし》と鎖が痛打し、生き永らえてはいない。

「六つだ」

南瓜《かぼちゃ》を割るが如《ごと》しだった。

その手応えが、何ともいえず、心地良かった。

「……少し安心しました」

囁き声は、ほんの間近から届いた。

査察官は放り出された女の体を受け止め、小鬼の死体の間に身を屈めていた。

催涙弾の影響によるものか、それとも救助された安堵《あんど》によるものか、女は意識を失っている。

しかしその胸が緩やかに上下しているのを認めて、査察官は僅かに頷いた。

「村でも言いましたが、人質もろとも殺すような手合は、お呼びでないので」

「ゴブリンを殺しにきたんだ」

ゴブリンスレイヤーは短く、淡々と言った。催涙弾の粉末は、やはり少し多かったようだ。

突入する自分までもが苦労しなければならないのでは、戦術的優位も何も無い。

頭蓋にめり込んだ棍棒を引き抜くと、脳漿《のうしょう》が糸を引いて滴《したた》り落ちた。

「それで十分だろう」

「……ひとまず、良しとしましょうか」

はたして、査察官がそれをどんな表情で言ったのか、彼にはわからなかった。

不意に肉を炙《あぶ》り焦がすような物音が聞こえたかと思うと、背後から強烈な衝撃が襲いかかる。

そして、ゴブリンスレイヤーの意識はぷっつりと寸断した。

§

「GROGGBB……」

「GBB!　GROBBGB!!」

最初に感じたのは、異様な頭の軽さだった。

そして全身の鈍痛。何処《どこ》が痛いのかさえさだかでなく、体がギシギシと強張《こわば》った脈打つように膨れ上がって感じる頭痛の中で、その認識が誤りである事に気がつく。

——縛られている。

ゴブリンスレイヤーは、自分が粗末な腐りかけの椅子の上にいると、やっと認識した。

「GRBB！　GBOROGBB‼」

鉄兜と綿入りの帽子は引き剝がされたらしい。鎧《よろい》はそのまま。外すのも面倒だったのだろう。

格子越しでなくゴブリンを見たのは、何年ぶりだったろう。五年ぶりかもしれない。

下卑た笑い声ががんがんと頭に響く。

——頭。

恐らく、壁貫《かべぬき》をされたに違いなかった。崩れた岩か土、あるいは小鬼の棍棒を食らったのだ。

兜を被《かぶ》っていたから助かったが、兜を被っていたせいで察知が遅れた、とすれば——……。

——万能は無い。

周囲を見る。耳を澄ます。鼻をひくつかせる。

女の姿も、悲鳴も、真新しいすえた臭いも、小鬼の巣穴の中には感じ取れない。

——なら、良い。

上々だとゴブリンスレイヤーは判断した。まったく、悪くはない。

「GRRB‼」

ごっと鈍い音がして、視界が大きく吹き飛んだ。棍棒で頭を殴打されたのだと理解する。

熱を持ちながら濡れたものが頬《ほお》を伝う。額が割れたのだろう。だが意識ははっきりしている。

筋肉を引きつらせながら眼球を動かし、部屋の中の小鬼どもを確かめる。見える範囲。五。

「GRG！　GOOGB‼」

「GOOGBB‼」

次いで、肘掛けに縛られた腕が、稲妻でも落ちたような白い痛みに襲われた。

真上から棍棒を叩きつけられれば、その衝撃は文字通り骨の髄まで通り抜けるものだ。

小鬼は手加減などすまい。籠手《こて》の上から叩かれたから、腕が砕けずに済んだだけだ。

「────────」

それでも声を上げず、歯を食いしばって、小鬼どもを見やる。

「GBBB！」

「GOBOGB‼」

そうした態度が、ゴブリンどうもにはどうにも気に入らないらしい。

──当たり前だ。

連中が捕えた者をどう扱うかなど、十のときから知っている。

ようは、玩具《おもちゃ》だ。

復讐《ふくしゅう》などという事もない。怒り狂っているわけでもない。それはまあ、適当な理屈だ。

行為という意味では拷問《ごうもん》だろう。だが別に、奴らは情報を吐き出させたいわけではない。

ゴブリンはいつだって、都合の良いように情報を組み立てるものだ。

例えば、仲間はこいつを見捨てて逃げたのだ、とか。そんな事を考えるのだろう。

そして殴りつけ、痛めつけ、悲鳴を上げさせ、のたうち回らせ、踏み躙り、嘲る。

そうする事でしか、ゴブリンは自分を満足させる事ができないのだ。

それを哀れんでやる必要もない。ただただ、おぞましい生き物でしかないのだから。

「―――――」

だから、声を上げない。反応もしない。ただただ、腹の底を煮えたぎらせておく。

「GRGB！」

ゴブリンどもは、ぎゃいぎゃいと喚き出す。やはりゴブリン語はあるのだな。

恐らくは――そう、殴ってやっているのに、反応しないとは。とか。

なんて生意気なんだ。立場を弁《わきま》えていない。思い知らせてやれ。そんなところだろう。

「GBBOOGRG!!」

今度の一撃は痛烈だった。連中は手の甲を思い切り、棍棒で殴りつけたのだ。

手首から先の感覚は失われ、燃えるように、じりじりと痺れ、呼吸が自然と荒くなる。

声を殺すのは一苦労だった。それほどの激痛。だが、ゴブリンどもには関係のない事だ。

殴られる。頭を打たれ、腕を叩かれた。頬を殴られ、腹を突かれた。呼気と吐瀉物《としゃぶつ》が漏れる。

小鬼の笑い声がぐるぐると周囲を渦巻く。耳が甲高く鳴って、視界が急速に狭まる。

特に、どうという事もなかった。五年ばかし、此処にいるような気楽ささえあった。

時間を稼げば、稼ぐだけ此方にとっては良い。少なくとも査察官と虜囚《りょしゅう》の女は無事だろう。

小鬼というのは、自分に堪《こら》え性がない。彼女らが捕まっていれば、此処に小鬼はいない。

だから自分にかかずらっていれば、それだけ有利になる。

いつまでもいつまでも、延々とこの場で馬鹿なことを繰り返していれば良い。

ゴブリンスレイヤーは一歩引いたところで全てを眺めながら、ゴブリンどもを嘲笑《あざわら》った。

――そうとも。

雪洞の中。木霊《こだま》する師匠の笑い声を思い出した。懐かしくて、僅かに口元が緩む。

――これは痛いだけだ。

腹の中に淀《よど》む熱に、息を吐く。ずっと我慢してきたのだ。そろそろ、良いだろう。

嗤いたいなら嗤わせておけば良い。ゴブリンに『思い知らせる』ことは不可能だ。

小鬼は常に自分たちは被害者で、相手が悪いと言って、次の機会を待つ。そういうものだ。

だから――――……。

――やるか、やらないかだ。

「GOROGGBB!!」

「――ふッ……!!」

ゴブリンスレイヤーは小鬼が棍棒を振り上げるのに合わせ、勢いよく体を捻《ひね》った。

途端、腐りかけた椅子はめきめきと音を立てながら倒れ、そこに小鬼の棍棒が叩き込まれる。

破砕音。衝撃。舞い散る木っ端。その只中にあって、両手が椅子の脚を掴《つか》み取った。

――釘付けにしなかったのが失敗だったな。

「ＧＲＯＧＢ⁉」

「お、ぉ……ッ！」

小鬼が喚き散らしながら飛びかかってくるところを、ゴブリンスレイヤーは蹴り上げる。

地面に転げながら突き出した両足が、小鬼の矮軀《わいく》を向こうの岩壁へと叩きつけた。

「ＧＯＲＯＧＢ⁉」

「ＧＲＧＢ！　ＧＧＯＯＲＲＧＢＢ‼」

ゴブリンどもが貴重な一瞬を、同胞を嘲り、此方を罵《ののし》るために浪費してくれる。

「ああ……ッ‼」

ゴブリンスレイヤーは大地を蹴るようにして身を持ち上げ、腕を振るった。

それは肩に繋がった砂袋を振り回すような無様な一撃で、けれど小鬼の頭を潰すには十分だ。

「ＧＢＢＲＧ⁉」

「ひ、と……つッ‼」

砕けた脚の断面を突き立てるようにして、小鬼の顔面を刳り、痙攣する体を踏みつける。

ごぼりと滴ったどす黒い血は、果たして自分のものか、小鬼のものかもさだかではない。

——あと、四……！

「ＧＯＢ！　ＧＲＯＧＢ！」

「ＧＲＲＲＧＢＢ！」

だが考えている暇はない。既に背後からは、ゴブリンどもが襲いかかってきている。

「ら……ッあ!!」

ゴブリンスレイヤーは、文字通り無心のままに即席の棒切れを振り回した。

刃筋だとか、急所だとか、そんな事すら無視して、ただただ相手へと叩き込む。

「ＧＯＲＲ!!」

「——ッ……！」

その棍棒が、不意にガンと鈍い衝撃とともに食い止められる。

目前には小鬼の勝ち誇るような下卑た顔。間には棍棒と、それを食い止める円盾。

「お、お……ッ！」

ゴブリンスレイヤーの行動は早かった。

彼は膂力《りょりょく》ではなく体格差でもってゴブリンを組み伏せ、残された力を全て腕に込めた。

「ＧＯＲＧＢ!?」

棍棒によって押し込まれていく円盾。小鬼の矮軀でそれを押し返すのは不可能だ。

ましてや鹵獲《ろかく》した際に無理やり引っ剝がしたのだろう。帯も千切れかけていては。

そして円盾の縁が、小鬼の喉元に食い込み――……。

「ああ……ッ!!」

「GROGBB!?!?」

真一文字に、その瘦せた喉笛を切り裂いた。

鋭く研ぎ澄まされた盾の縁は小鬼の喉からぴゅうぴゅうと血を吹き出させ、息の根を止める。

だがゴブリンスレイヤーは、その死体がぴくぴくと痙攣するまで、力を抜かなかった。

――これで、四――……。

そう、四だ。

「GRBB!!」

「……ぐッ!?」

最初に壁際まで蹴り飛ばされた小鬼が、ようやく行動を再開していた。

ゴブリンスレイヤーは後頭部に強烈な一撃を受け、ぐわりと視界が揺れるのを覚えた。

拳か石で打ち据えられたのだと、意識は理解する。だが体は反応を起こせない。

どっと血反吐《ちへど》の中に突っ伏した状態で、どうにか起き上がろうと手足を動かそうと、する。

立つか、そうでなくても転がらねばならない。体勢を立て直さねばならない。さもなくば。

――……。

淀んで停滞していく時間の中で、不思議と恐怖は無かった。後悔も無かった。

そうなるだろうという、確信があった。それ以上のものは、何一つなかった。

「う、お……ぉ……ッ！」

「GROGB！　GROGBBB⁉」

だから彼は機械的に、四肢《しし》を突っ張って背中の重荷を跳ね除《の》ける。

それ以上の展望があったわけではない、驚き、振り落とされた小鬼もすぐに立ち上がる。

いつのまにかゴブリンスレイヤーの手からは棍棒が失われていた。

構うものかと、彼は固まってしまったような指先で、死体の喉から円盾を引き剝がす。

——構うものか。

かかって来い、ゴブリン。

「誰であれ、一度は死ぬものだ」

そう、展望はなかった。行く手にある闇の中にあるのは小鬼だけで、希望はなかった。

だが——銀の光だけが、微かに見えた。

「————殺……ッ‼」

裂帛《れっぱく》の気合が無明の暗黒を貫いて、銀の棘鎖《スパイクドチェイン》が虚空を走り抜ける。

それは物音一つ立てずに小鬼の首に絡みつき、一息に絞り上げた。

「GROGBB⁉」

悲鳴を上げることも許されず、ゴブリンの矮軀が宙に浮く。脚が空を蹴り、そして——……。

「――――――――――！？！？！」

ごきり、と。乾いた枝を踏み折るような音とともに、そのゴブリンは死んだ。

「――――――――……は、ぁ……ッ」

ゴブリンスレイヤーは、その死体の落下を見届けるよりも速く、がくりと膝を突いた。

誰か――姉に似たような声だ――が彼を呼ばわりながら、駆けて来る。足音が聞こえる。

――――――これで、五つだ。

最後にそれだけ考えて、ゴブリンスレイヤーの意識は再び闇の中に沈んで、消えた。

§

意識は明滅するように浮き沈みを繰り返し、世界は滅茶苦茶に入れ替わった。

そこは小鬼の巣で、あの雪洞で、家の床下で、豪雨の村外れで、やはり小鬼の巣なのだった。

最終的に彼の意識が焦点を結んだのは、薄汚れた空気の満ち満ちる、何処かの洞《ほら》の中。

視界いっぱいに広がるのは岩窟の天井で、どうやら灯《ひ》が焚《た》かれているようであった。

申し訳程度に敷かれた筵《むしろ》の上で首を巡らせると、真鍮《しんちゅう》の角灯《ランタン》がぼんやり輝いている。

周囲には雑多に木箱だの、採掘道具だのが積み上げられ、すると此処は小鬼の倉庫か。

その間に埋もれるようにして、査察官の姿もあった。

彼女は上着を虜囚の娘を包むのに用いて、楽な格好で脚を投げ出すようにして座っている。

着衣に乱れも無ければ、傷ついた様子もない。眼を閉じた彼女の、深い呼吸だけが聞こえた。

鼻から吸って、口から吐く。繰り返し、やがて呼吸は鼻からのものだけに変わる。

緩やかに隆起する彼女の胸元の動きは、それが瞑想《めいそう》によるものだと教えてくれた。

ゴブリンスレイヤーはしばし、彼女の横顔を眺めていた。

黒髪の奥、隠されたもう一つの瞳。そこを覆う火傷《やけど》の痕。

だが不意に、残る隻眼《せきがん》がぱちりと開いて、ゴブリンスレイヤーの方へ視線を突き刺した。

「気が付きましたか、少年」

「ゴブリン――……」

「――は、いません」

少なくとも、此処には。

彼女が短く続けた言葉に、ゴブリンスレイヤーもやはり短く「そうか」と応じた。

天井を見上げる。岩を荒々しく削っただけの、粗雑な洞窟だ。

運び込まれたと思わしき品々とは、どうにも不釣り合いに思えた。

裏に動いているモノがいるのか。それとも小鬼の王は、この程度を揃《そろ》える知恵があるのか。

判別はつかなかった。

「此処はどこだ?」

「小鬼の巣の中――連中の倉庫ではあるのでしょうね」

査察官は簡潔に答えて、かたわらの木箱を軽く叩いた。かちゃりと、硝子《ガラス》の瓶のぶつかる音。

「どこかの工事現場から盗んだのか、馬車でも襲ったのか。採掘具に、火の秘薬までありますす」

「ふむ」

「助けた捕虜を連れて、小鬼の群れの中に飛び込むわけにもいきませんでしたから」

それは言い訳ではなく、明確な事実のみを告げるような口ぶりであった。

であったからこそ、ゴブリンスレイヤーは特に追及もせず、ただ納得を示す首肯だけをした。

哀れな娘よりも、彼女自身よりも、村よりも、己を優先しろなどと恥知らずにも程がある。

救助など期待していなかった。それは当然の事だ。だが、そうではなかった。ならば。

「助かった」

「……」

査察官は、不意を撃たれたように目を瞬かせた。

自分が礼を言うなどとは、思ってもみなかったのだろう。

彼女は深々と溜息を吐くと、顔を覆うようにして俯《うつむ》き、やがて「いえ」と呟いた。

「一応は一党《パーティ》でしょう。傭兵《ようへい》ならともかく、冒険者ならば、当然です」

「そうか」

その当然を、自分は期待していなかった。であるなら、自分は冒険者ではあるまい。

——逆の立場ならば。

どうしただろうか。いずれにせよ、彼女ほどに上手くはやれなかったに違いない。

その沈思黙考をどう受け取ったのか、査察官がやや言葉の鋭さを和らげて、問うた。

「後悔でもしていますか？」

「いや」

ゴブリンスレイヤーが手探りに求めたのは、彼の目出し帽と鉄兜だった。

ちらと様子を見た査察官が、手を伸ばしてその二つを差し出してくれる。

彼は受け取ったそれに頭を押し込んだ。頬や唇が擦《す》れて、ひどく痛んだ。

「眠らせる魔術とやらと……音を消す方法でもあれば、もっと楽だったなと、考えていた」

恐らく、ゴブリンどもの騒ぎが増援——壁貫を招いた原因であったろう。

その両者を一人で揃えるのは困難であろう。

ならば音を立てずに小鬼を殺す方法、それに習熟するより他あるまい。

生きている以上、次があるという事だ。経験を糧にしなければ、意味がない。

「……立場が変わると、見えるものも違う、か」

それは呆れて失笑したかのようにも聞こえる、ほとんど独白に近い言葉であった。

「昔はね。アレ、できなかったんですよ」

「あれ？」

「井の中の星を打つように、百歩先、あまねく虚空を打つ」

査察官は歌うように口ずさみ、緩やかに、その右の拳を握ってみせた。

「曰《いわ》く――井拳功」

ああ。ゴブリンスレイヤーは頷いた。舞い落ちる木の葉が、虚空にて弾けたあの光景。

査察官はどこか自嘲か、あるいは恥じらうように目を反らし、そっと唇から息を吐く。

「今も別に、実戦で扱えるわけでもないのですけれど」

「あんな事ができるのかと思ったものだったが」

「できると思って自意識過剰になった小娘が、仲間に無理を言って迷宮の奥に潜ったんです」

――そして当然のように窮地に陥り、どうなったか。

査察官はゴブリンスレイヤーが問うまでもなく、薄く笑って、前髪を僅かに持ち上げた。

「そして無理に味方に術を使わせた――いえ、使ってくれた、結果です」

誤射か、暴発か。骰子の目が《宿命》と《偶然》のどちらに左右されるかは、誰も知らない。

いや、神々でさえ知らぬその出目の行方を、査察官は知っているようだった。

「助けてもらう必要はなかったと未《いま》だに思いますが、助けたくもなるというものですか……」

だからゴブリンスレイヤーは繰り返すように、「そうか」と呟いただけだった。

答えを求められているわけではないと、そう思えたからだ。

自分が何かを答えずとも、彼女はとっくの昔に、そんなものは摑み取っているのだろう。

だから代わりに、先程問われた言葉を、そっくりそのまま返す事にした。

「後悔は?」

「ありませんね」

考えては見ましたが。そう言って、彼女は首を横に振った。

「私と彼女が選んだ冒険だ。他の誰が賢《さか》しらな事を言おうと、ひとかけらの後悔もありません」

「そうか」

であれば、それで良いのだろう。

ゴブリンスレイヤーは腰の雑嚢を探り、そこに何も無い事に舌を打った。

鉄兜越しの視界。どうやら査察官が回収してくれたらしく、自分の装備が積まれている。

彼はそこから雑嚢を取ると、覚束ない手で水薬を探り、つかみ取り、栓を抜いた。

「これから、どうするつもりですか?」

「ゴブリンを殺す」

迷いは無かった。そのために此処にいる。そのための機械になりたいと思った。だがダメだ。

ろくに能力もなく、技能もない自分は、根性を入れて考えるより他にない。無策ではダメだ。

水薬を一口飲む。痛み止めと、体力の賦活。傷が瞬く間に癒《い》えるわけもない。

「此方の存在は気づかれた。この場所も安全ではない。我々が脱出しても、村が襲われる」

「生き残るためには小鬼を殺すより生き残る他に無い、と。ええ、そこは同意見です」

査察官はそんな彼の様子を横目に、そっと虜であった娘の頰を撫《な》でた。

「問題はどうやって、ですけれどね」

疲弊しきった娘は、ようやっと安らかに眠っている。この娘を無事に帰さねばならない。

智謀が泉のように湧けば良い。ゴブリンスレイヤーはそんな事を考え、水薬を飲み干した。

空になった瓶を手にして、低く唸った。今の自分に何ができる？　この場に何がある？

じりじりと燃え続ける角灯を睨《にら》みつけ、ゴブリンスレイヤーは言った。

「火の秘薬があると言ったな？」

§

小鬼の王は、クズども――と彼は部下を呼んでいた――の報告を不愉快げに聞いていた。

そこは彼の城の最奥で、寄せ集めたガラクタで拵《こしら》えた椅子こそが彼の玉座であった。

無論、彼にとっては不満しかない。より豪勢で立派な椅子こそが彼にはふさわしいのだ。

不満――そう、不満しかなかった。

上からぎゃあぎゃあと偉そうに言う闇人《ダークエルフ》どもも、不平しか言わない癖に仕事をしないクズ。

そしてバカみたいに彼の城の間近に村を作って、好き勝手している只人ども。

いずれその全てを蹂躙《じゅうりん》して、己の分というのを弁えさせねばなるまい。

──だが、それでもまずは目の前の事だ。

その程度の事を考えるだけの理性と知性は、小鬼の王にも存在していた。

「GROGB！　GOROGGBB‼」

曰く──冒険者が二匹ばかり、彼の城の中に忍び込んで、クズどもを殺し回っているらしい。

まったく、不愉快極まりない。

どうしてこのクズどもは、たかだか二匹の冒険者も食い止められないのだろうか。

ましてや、それを対処するでもなく、ぬけぬけと自分に報告してくる浅ましさときたら！

どうしてこの自分の手を煩《わずら》わせず、殺したり、捕えたなりできないのだろうか。

「GOROGB！」

「GBBR⁉」

小鬼の王は罵詈雑言《ばりぞうごん》を吐き散らかし、報告にやってきた小鬼を蹴り飛ばした。

踏み躙られた小鬼が睨みつけてくるのも気に入らず、さらにもう一度踏みつける。

「GRBBBB……」

そうして、小鬼の王は一声吠《ほ》えて、のろまなクズどもを自分の元へ呼び集めさせた。

玉座の間──と彼が名付けたのは、巣穴の一番奥にある、広々とした洞であった。

小鬼程度の知恵では数え切れぬほどの手勢を集めるには、うってつけの場所だ。

各地から集《つど》ってきた有象無象《うぞうむぞう》のゴブリンどもは、不満たらたら、王のもとへと歩いてくる。

だらだらとして、のそのそとして、やる気など欠片《かけら》もなく、士気は低い。

小鬼の王にとってはひどく不快な光景であった。

同時にそんな奴らが自分に従うのは当然の事のようにも思えた。

奴らに獲物と食事と玩具と住居を与えられるのは自分なのだ。

ならば当然、奴らは自分のため馬車馬――を小鬼は知らないが――のように働くべきだ。

「GROB！　GROGB!!」

小鬼の王は四方世界全土を支配する自分の姿を思い描き、にたにたと下卑た笑いを浮かべる。

無論、彼の知る四方世界というのは、この近隣の村々程度の広さに過ぎない。

だが彼にとってそれこそが世界の全てであり、故に彼は世界の誰よりも偉いのだ。

この巣穴の小鬼どもよりも。お膳立てしてくれた闇人よりも。魔神の王よりも、自分が上だ。

「GROGGBBB!!」

ゴブリン。

ゴブリンという生き物は。

常如何《つねいか》なる時であれ、どんなに身勝手な理屈でも、己こそが真理を知っていると思うものだ。

間違っているのは他者であり、故に他者は等しく愚かで、間抜けで、自分より下なのだ。

そして自分が世界の中心でなくば気がすまない癖をして、邪魔をされると立場が入れ替わる。

こんなにも哀れで惨《みじ》めで悲惨な境遇に自分がいるのは、決して許せないのだ。

ゴブリンは常に正しく、ゴブリンは常に偉く、ゴブリンは常に被害者で——……。

つまり、ゴブリンは常にゴブリンなのだ。

「……GBB」

ようよう使えないクズどもが洞穴に集まったことで、小鬼の王はのっそりと腰を上げた。

こいつらに指示を出して、冒険者二匹を狩り立てる。何とも簡単で、面倒な仕事であった。

——片方は牝《めす》だとかいっていたな。

であれば、それを一番に楽しむのは王である自分の特権に違いない。

無論のこと、巣穴に集った小鬼の全てが同じことを考えているのだが、王は気にしなかった。

小鬼の王の頭の中は、既にその見も知らぬ女冒険者を蹂躙することで膨れ上がっていた。

その女が小鬼を殺すなどという身の程を知らぬ事をした、その制裁を下さねばならぬ。

——だが、そのためには。

こいつらをけしかけてやらねばならぬ。

ろくに知恵もなく、役にも立たぬクズどもだ。誰か適当に見せしめにするべきだろうか。

小鬼の王は、ゆったりとした仕草で玉座の間の中を見回した。

さしあたって——そう、一番最後、のろのろと転げるようにやって来た、あの小鬼にするか。

小鬼の王はそう考えて、その間抜けなゴブリンを罵るために口を開けた。

実際、彼はそのゴブリンを罵倒し、吊し上げ、散々にこけにして、罰を与えるつもりだった。

そしてその最初の一言を口に出そうとしていたのだ。

床に転げた小鬼の口に、火のついた小瓶がねじ込まれていなければ、だが。

「GROGRB!?」

誰が悲鳴を上げて、誰が飛び退《の》いたのか、小鬼の王にもわからなかった。

次の瞬間、ど、っと赤黒い爆炎と衝撃が広間を襲い、肉片が雨のように降り注いだ。

§

——奴らがくる。

轟音《ごうおん》と共に小鬼の血肉が飛び散る愉快な光景の向こう側、怒り狂った雄叫《おたけ》びが響き渡る。

連中が、岩窟——どう言い繕《つくろ》ったところで、だ——に続く通路の冒険者を見逃しはすまい。

「GOROOGB!　GOOBBGR!!」

押し寄せてくるのはやたらめったら喚き散らし、腕を振り回し、突っ込んでくる緑の塊。

数えるのも嫌になるほどの小鬼どもが、狭い入り口目掛けて走ってきている。

対する此方は二人。物量の差は明白。ただ正面からぶつかれば、敗北は必至。

だが、ゴブリンスレイヤーは慌てなかった。

——まともにやらなければ良いだけだ。

彼は手にした小瓶、火のついたこよりの入ったそれを、思い切り投じた。

傷つけられた両手は痛み、腕もひきつるが、なに、正確な狙いなど必要もない。

種火の軌跡が赤く大きく弧を描きながら、小鬼どもの集団、その中央へと堕《お》ちていく。

そして――……。

「GOBBR⁉」

「GOORGB⁉　GOROGGB⁉」

爆発だ。

赤黒い炎と共に小鬼どもは吹き飛び、ばらばらと肉片が飛び散っていく。

剣で、棍棒で、叩き潰すよりもよほど早い。

「次だ」

ゴブリンスレイヤーは短く言い、片手を背後、虜の娘の傍《そば》に立つ査察官の方へと突き出した。

彼女は得も言われぬ表情を怜悧《れいり》な美貌に滲ませながら、袖口から小瓶を転がり落とす。

掌中のそれへ、続けざまに鎖を打ち振るって火を灯《とも》すと、ゴブリンスレイヤーへ手渡した。

「隠匿術《いんとくじゅつ》はこういう事のために用いるものではないのですが」

「構うものか」ゴブリンスレイヤーは端的に言った。「俺ならばこう使う」

「GOROOGGGB⁉」

「GOROGG！　GORGGB‼」

爆発にたじろいだ小鬼どもが、背後からのゴブリンロードの檄《げき》によって前に押し出される。

だがその士気は著しく低い。

何しろ投じられる火の秘薬のみならず、不意にズン、ズン、と、何処からか轟音が響くのだ。

いつどこで爆発が起きて吹き飛ばされるのか、しれたものではない。

「次だ」

「ええ」と小瓶を手渡した査察官が、ふと上を見上げる。「……崩れかねませんね」

ゴブリンスレイヤーは何も言わず、火のついた小瓶を思い切り投じた。そして、爆発。

彼らは、穴という穴に片っ端から秘薬を放り込みながら小鬼の巣穴を突き進んできた。

今この瞬間も断続的に巣穴全体が衝撃に震え、頭上からはぱらぱらと土塊が落ちてくる。

「だとしても、ゴブリンは死ぬ」

査察官が呆れたように吐息を漏らした。ゴブリンスレイヤーは「それに」と言った。

「いずれ、火攻めは試そうと思っていたところだ」

炎。衝撃。飛び散る瓶の破片は礫となり、直接の被害を逃れた小鬼を貫いていく。

だがそれでも、決して絶対的な攻撃とはいえない。

断続的な爆発を掻《か》い潜って前進を続けた小鬼の第一波が、ついに敵の元へと到達する。

「GOROGGB!!」

「GGB!　GORGGBB!!」

「ＧＢＯＲ！　ＧＯＲＯＧＧＢＢ‼」

「――ふん」

殺せだの、犯せだの、俺のだの、そんな事を叫んでいるのだろう。

彼には、小鬼が査察官を見て、何を妄想しているのか手に取るようにわかった。

小鬼どもが彼女に何をするつもりか、最初から最後まで思い描く事ができた。

そんなことは虜の娘を見ずとも、五年前から知っていることだ。

――小鬼の言語を学ぶ意味はあるまい。

学んだところで、連中から何を聞き出せるというのか。命乞いか？

――それを聞けたなら、また痛快であろうが。

「断続的に秘薬は投げ続けろ」

必要な事であったから、ゴブリンスレイヤーはそう言って、腰の剣を引き抜いた。

洞窟の入り口は狭く、左右の壁は分厚い。先程のような壁貫はあるまい。

正面だけに集中すれば良い。塔で学んだ事だ。平地――あの村での戦いよりも、よほど良い。

水薬で賦活し、強引に動かしている体だが、負ける気はしなかった。

――なに、百匹よりは少なかろう。

「……後方は警戒します」

溜息混じりの返答を背に受けて、ゴブリンスレイヤーは腰を深く落として身構えた。

「GROGB!!」

「……一つッ！」

馬鹿正直に真正面から飛びかかってきた小鬼へ、真っ向から剣を突き出す。

小剣が喉を貫き、小鬼を宙に浮かせた。剣を引き抜く時間が惜しい。手放す。

代わりにその小鬼の手から零れ落ちた手斧《ておの》を蹴り上げ、掴み取った。

「GOROGB⁉」

「GBB！ GOROGB⁉」

「二つ……ッ！」

それを思い切り前方に叩きつけ、頭蓋《ずがい》をかち割る。これならば死ぬだろう。

引き抜きながら手斧を振りかぶり、同胞を囮《おとり》にした三匹目へ至近距離から投擲。

「GOBBG⁉」

「三……！」

武器は足元にいくらでも転がってくる。ぱらぱらと降り注ぐ石を拾い上げ、殴打。四。

警戒すべきは田舎者《ホブ》だ。あるいは狼、いや、悪魔犬《ワーグ》だったか。

――どうでも良い。

結局はゴブリンだ。御大層な振る舞いをしようが、装備を着込もうが、ゴブリンだ。

「GOROGBBGOROGGBB!!」

「GORO!　GOBBG‼」

不意に聞き慣れぬ、甲高い呪詛《じゅそ》の声が爆音を貫いて耳に届いた。

シャーマンだかなんだか呪術師《じゅつし》の類も紛れているのか。面倒な事だ。

目前の敵で手一杯な以上、必要なことは口に出さねばなるまい。

「右奥だ。呪文使いを潰せ！」

「……貴方の投擲は評価に値する点ですよ」

自覚してくださいと苦々しい言葉と共に、火の秘薬が緩やかな弧を描いてのんびりと飛んだ。

地に落ちるまでの数秒が惜しく、ゴブリンスレイヤーは石を投げた後、雑嚢に手を突っ込む。

催涙弾はもう無い。二、三発拵《こしら》えておく事にしよう。次があれば。

「卵の殻の方が便利だな……」

彼は取り出した小瓶の栓を抜くと、中身をぶち撒《ま》けながら小鬼の群れの中へそれを投じた。

秘薬よりも鋭く、速く飛んだその小瓶の中身は、得体《えたい》のしれぬ毒虫を擂《す》り潰した粉末だ。

「GOBOGRB⁉」

「GBRR⁉　GORBBG⁉」

途端に噎《む》せ、咳《せ》き込む小鬼ども。詠唱が途切れ、その次の瞬間に火の秘薬が炸裂《さくれつ》する。

「GBBGB!?!?」

爆音と共に吹き飛ぶゴブリンたち。四肢《しし》が、臓物が、頭部がちぎれて、あたりに散らばる。

——拾い上げ、投げ返すほど根性のある手合はいないか。

彼は、低く唸るように嗤った。酷く愉快だった。幼馴染《おさななじみ》の娘には見せたくないなと、思った。

「GOOROOOROGBB!!!!」

「む……!」

だが、油断はしまい。獰猛《どうもう》な叫び声。そして地面を蹴りつける爪の音。

岩窟洞に繋がる他の通路から連れてきたのだろう。悪魔犬に跨《また》がった小鬼が、突っ込んでくる。

ゴブリンスレイヤーは対処に迷った。組み付かれると、護衛はやりづらい。時間を食う。

「騎兵には長柄《ながえ》を!」

ずるりと査察官が袖口から引き出したのは、鎖ではなく東洋風の長槍《ながやり》であった。

ゴブリンスレイヤーは無言のまま彼女からそれをひったくり、石突《いしづき》を地につけ穂先を掲げる。

経験があったわけではない。聞きかじっただけだ。合戦に出たことのある、村の古老の言葉。

あるいは姉だったか。父は羆《ひぐま》が立ち上がった瞬間、懐に飛び込んで槍を立て、仕留めたとか。

いずれにせよ幼い頃に聞いたおぼろげな記憶が、反射的に彼の肉体を動かしていた。

「GROGBB!」

「お、お……ッ!」

飛び込んできた悪魔犬が、吸い込まれるようにして槍の穂先に貫かれ、串刺しとなる。

脚を踏ん張って槍を支えながら、彼は後続の騎兵を睨みつけ——……。

「殺……ッ‼」

それが蛇《へび》のようにしなる鎖によって脚を払われ、一転して地に叩きつけられるのを見た。

玄人であれば、迂闊《うかつ》に棘鎖《スパイクドチェイン》の間合いへ踏み入ることの愚を知っていたろう。

その機会攻撃による恐ろしさを理解し、より異なる手立てを考え、違う戦術を取ったろう。

だが、相手はゴブリンだ。知っていることしか知らず、それ以外を想像する事もできない。

「よし……ッ！」

ゴブリンスレイヤーは騎兵槍代わりに小鬼が携えていた、農具の三叉《みつまた》を取り上げた。

そしてそれを逆手に握り、乗騎から転げ落ちたゴブリンどもの息の根を止めていく。

「GOBOGB⁉」

「GOROGBBB！！！」

そこで、ようやく小鬼の王が状況を理解したか、まともな作戦を叫んだらしかった。

わたわたと距離を取った小鬼どもの中から、粗雑な弓を引き絞り、矢を放つ者が現れたのだ。

「ふむ……」

だが、狭苦しい通路の入口に陣取った標的へ、まっすぐ狙いをつけられる射手などいない。

ましてや今や目の前には悪魔犬の死骸《しがい》という阻塞《そそく》まで転がっているのだ。どうとでもなる。

ゴブリンスレイヤーはぱらぱらと散発的に降り注ぐ矢の雨のうち、正面にだけ気を配る。

円盾で払いのけると矢が弾けて地面を転がる。同時、矢を好機と見た小鬼が突っ込んでくる。

ゴブリンスレイヤーは小鬼に突き立った三叉を放り出し、足元の矢を拾い上げた。

「ふむ」

鏃《やじり》が濡れていた。毒矢の類。だとしても、当たりも刺さりもしなければ意味はない。

「GBOG！　GOROGBB⁉」

「おぉ……ッ‼」

例えば、このようにだ。

投矢のように放たれた矢は、そのまま小鬼の眼窩を貫いて仰向けに転げさせる。

ゴブリンどもの毒にどの程度の効果があろうが、脳を撹拌《かくはん》されれば死ぬものだ。

「後ろからも来ますね……！」

その間に、他の通路から回り込もうと画策する小鬼どもも当然のように現れる。

が、ろくに連携の取れていない、抜け駆けめいた挟撃など戦術として機能はしない。

散発的に通路から現れたゴブリンは、そのことごとくが死んだ。

「GOBOG⁉」

「GROOGB‼」

鎖で打たれ、指で突かれ、七孔噴血してこの世のものとも思えぬ悲鳴を上げ、死んだのだ。

助け出された娘を傍らに置いて、査察官の武芸はゴブリン風情を決して寄せ付けない。

「おぉ……ッ！」

査察官が後方の小鬼を相手する事で途切れた爆撃の隙間を、ゴブリンスレイヤーは補った。

彼は目の前から迫ってくる小鬼の攻撃を捌《さば》き、時に素手で殴りつけ、その武器を奪い、殺す。

小鬼の死体を積み重ね、攻勢を妨げ、乗り越えてきた者を殺し、また一つ屍《しかばね》を積み重ねる。

足元は血反吐でしとどに濡れている。洞窟の床はもともと滑るものだ。問題はない。

吹き荒《すさ》ぶ爆風と飛び散る四肢の中には巨漢のものも見える。ホブが死んだ。良い事だ。

取り立てて特別なことはしていない。ただただ、急所目掛けて武器を繰り出す。それだけだ。

ゴブリンを殺す。武器を奪う。次のゴブリンが迫りくる。それを殺す。

体力と気力の続く限り、あるいは小鬼の数が続く限り、終わることは無いように思えた。

それが延々と一生、死ぬまで続くのだろう。

――やはり。

ゴブリンは、弱敵だ。

こんなものをいくら寄せ集めたところで、村一つ、二つ、襲うのが精一杯だろう。

それを軽んじるつもりはない。だが、純然たる事実として、小鬼の弱さは変わらない。

脅威ではある。だが、その脅威度は低いのだ。

村を滅ぼすことはあるだろう。だが、世界を滅ぼすことはない。

魔神でもなく、竜でもなく、小鬼の屍だけを積み重ねていく者など。

――冒険者ではない。

そして、そうした戦いの狭間《はざま》に、ふと奇妙な空白が訪れた。

爆発の音が途絶え、小鬼の雄叫びと断末魔が途切れ、冒険者の荒い呼吸は鉄兜の奥。

どの小鬼も死に飛び込みたいとは思わず、ゴブリンスレイヤーも陣地を捨てる気は無い。

そうして二つの勢力が睨み合った、その瞬間――……。

§

――こんな筈《はず》ではなかった。

小鬼の王は、玉座の上で恨みがましく歯ぎしりをした。

自分は何一つ間違えてなどいない。悪いのは全てあのクズどもであり、冒険者どもだ。

自分は上手くやっていた。連中がしくじって、邪魔をしたからこうなったのだ。

であれば、こんな奴らは切り捨てに限る。

早々に切り捨てて、再起すれば良い。

自分がいれば問題ないのだから、他はどうだって構わないのだ。

「GORO！　GBB!!」

小鬼の王は未練がましく自分の玉座を撫でながら、大声でクズどもに命令をかける。

総員突撃だ。

多くのゴブリンは戦争のやり方を突撃以外に知らない。突撃すれば勝てると思っている。

だからこうしてやれば、何も考えずに突っ込んで行くのだ。

「GOROOGBB!!」

そしてゴブリンどもが勢いよく飛び出していくのに合わせ――――……。

「GOBBGB……」

小鬼の王は、脱兎《だっと》のごとく、巣穴の奥目掛けて走り出した。

§

「――――逃げますよ……！」

先んじてそれに気づいたのは査察官であった。

火の秘薬を投じるべく振りかぶっていた彼女は、投擲と同時に小鬼の王の動向に気づいた。

「ち……ッ！」

だが、ゴブリンスレイヤーはすぐには動けない。

彼の左手は棍棒を打ち払い、右手は目前の小鬼に短槍を突き立てている。

ゴブリンロードが突撃の号令を下した今、押し寄せるゴブリンの群れの対処が最優先だった。

――武器は。

ある。だが回収している暇がない。その一手であの小鬼の王は手の届かぬ場所へ行くだろう。遮蔽物《しゃへいぶつ》の影に隠れられたら。この小鬼の軍勢を乗り越えて行くまでに、奴は逃げる。

だからこそ、その動きはほとんど咄嗟《とっさ》のものだった。

ゴブリンスレイヤーの右手が盾を掴み、左腕に巻かれた、裂けかけの帯《ストラップ》を引き千切る。

鋭い縁が籠手を貫いて指を傷つけたが、構わない。先程さんざん打たれて、感覚は無いのだ。

馬鹿なことをしていると嘲りながら飛びかかる小鬼を、空の左手で殴り、右を振りかぶる。

ゴブリンを蹴倒しながら一歩前へ。距離は。大丈夫だ。祭りの蛙よりは遠い。問題は無い。

「お、お……ッ!!」

右腕を大きくしならせて、ゴブリンスレイヤーは円盾を渾身《こんしん》の力でもって投じた。

「GBBGOBG!?」

唸りを上げて回転する円盾は小鬼どもの頭上に大きく弧を描き、そして――――……。

「――クソ……ッ!!」

鈍い音を立てて、小鬼の王の肩口へと突き刺さった。

§

「GBBGOBG!?」

小鬼の王の叫びは罵声であり、そして同時に喜び、あるいは嘲笑によるものであった。

肩口から全身へ広がる焼けるような痛みは耐え難いが、だが——……。

——しくじった！

その事がゴブリンロードの口元に笑みを浮かべさせる。

しくじった、しくじった、しくじった！　あの間抜けな冒険者はついに失敗した！

何を投げた？　盾を？　盾は身を守るためのものだ！　投げるなんて馬鹿のやることだ！

あいつは盾の使い方を知らないに違いない。小鬼の王は手を叩いて指をさしてやりたかった。

だが彼は賢く——そう、この洞窟の誰よりも賢いので、そんな間抜けなことはしない。

小鬼の王は地を転げるようにして走る。逃げる。逃げ続ける。

他の小鬼を押しのけ、蹴りつけ、何をしてる冒険者に突撃だと罵《ののし》り、そして——……。

「GORG!!」

どすり、と。その膝に、錆びた短剣が突き刺さった。

「GOBOGRRG!?」

本当に転げたその頭上から冠が落ちる。何事だ。なんだ？　何をされた!?

「GOROGB……！」

見れば其処には、先程押しのけた小鬼。それがげたげた笑いながら、冠を拾い上げていた。

小鬼の王は、そのゴブリンが先刻、報告にきた小鬼だと気づかなかった。関係の無い事だ。

何をする、俺こそが王だぞ。膝を押さえ、短剣を抜きながら罵声を浴びせ、拳を振り上げる。

だがそのゴブリンは逃げなかった。怯《おび》えもせず、見下したような目をしていた。

「GBBGR！　GOOOGB!!」

その小鬼はニタニタと笑って、冠を頭に乗せていた。違う。己こそが王だ、と。

「GOGB⁉　GBBBOGBR!!」

小鬼の王——あるいは元王——は愕然《がくぜん》と目を剝いた。何を言っている。馬鹿か？

王は自分だ。自分が生き延びればこそ勝ちの目があるのだ。お前らは何の役にも立たない。

「GOR！　GGOGB!!」

だがゴブリン——新たな王は彼を踏みつけ、げたげたと笑った。

違う。己こそがこの状況を逆転できるのだ。お前のせいで負けた。俺は違う。上手くやる。

冠を失った王と、冠を得た王、二匹の小鬼が睨み合った。罵り合った。

彼らはそれが、どれだけ貴重な一手番、時間を浪費しているか、終《つい》ぞ知ることは無かった。

「————超力招来《Ba´yeshayahe》!!」

その瞬間、禍々《まがまが》しくも力強い叫びが虚空を貫いていた。

§

できるか、できないかではない。やるか、やらないかだ。

ぶつぶつと譫言《うわごと》のように少年が呟いていた言葉に、感化されてしまったのだろうか。

鳥が空を飛ぶように、あるいは魚が川を泳ぐように。

——あるがままで良いのですよね。

腐った臭いのする空気を肺一杯に取り入れて、胸を膨らませる。

周囲の音は遠のき、あらゆる物事は絵の具を塗りたくったように滲んで、ぼやけていく。

焦点を結ぶのは遥か彼方。井戸の奥底に映る、昼の星。

息吹を練り上げて、血流に乗せて全身に行き渡らせる。

手足がびりびりと痺れるように震えた。

一歩踏み込む。両手を腰の傍に引き寄せ、引き絞る。全身の筋肉を弦のように。

そして圧倒する力によって、その弦が——飛んだ。

「————超力招来《Ba'yeshayahe》!!」

禍々しくも力強い叫びと共に、査察官の拳が虚空を打った。

隻手《せきしゅ》にて鳴る音声《おんじょう》を、その時の彼女は確かに耳にしていた。

彼女の拳は不可知の風となって吹き、小鬼殺しを自称する少年の兜の房を揺らし、抜ける。

鉄兜の下で、彼の目線がそれを追うのがわかった。僅かに薄く、唇を緩めた。

間合いは百歩。百歩先、あまねく虚空を打つ。

「GOOGBB⁉」

——是、百歩神拳也。

音もなく、肩口に円盾を埋めた小鬼の頭が、熟れ過ぎた果実のように破裂して爆発四散する。

「GBBG⁉」

そして狼狽《うろた》える新たに冠を得た小鬼の頭を、投じられた短剣が薪《まき》を割るように打ち砕いた。

「これで——……幾つ、だったか」

どう、と。二つの死体が転げる音が、やたらと大きく響き渡った。

「百はいっていないと、思うのだが」

荒く息を吐きながら、それでも平静を装って呻く少年へ、査察官は倣《なら》う事にした。

ぴしりと襟を正し、タイを締め、高揚も昂奮《こうふん》も喜びも安堵も、何も無いように振る舞って。

「ええ、まったく!」

——少なくとも私の武芸は、小鬼程度には通じるわけだ。

そして査察官は「結構」と微笑んだのだった。

§

無論——……。

「ＧＲＯＢＧ⁉」

「ＧＢＢ！　ＧＯＲＧＢＢ‼」

頭目が殺されただけで、ゴブリンどもが平伏して降参するわけもなく。

次の王は自分だとでも言いたいのか、あるいは自分だけはどうにか生き延びようというのか。

「ＧＯＲＯＧＢ‼　ＧＯＲＢＢＢ！！！」

あるいは何も考えていないのか、わっと一気呵成《いっきかせい》、冒険者ども目掛けて押し寄せてくる。

中には三三五五とてんでばらばらに逃げ出す者もいる。どちらにせよ面倒では、あった。

「頃合いだな」

「ええ」

ゴブリンスレイヤーは短く言った。そして虜囚の娘を背負おうとし、査察官に阻まれる。

「なんだ」

「脚が速いのは？」

「……」彼は低く唸り、渋々といった調子で頷く。「そちらだ」

「では決まりですね」

査察官は空の麻袋であるかのように娘を軽々と担《かつ》ぎ上げ、疾風の如く走り出した。

ゴブリンスレイヤーはその後を追った。

彼は一歩踏み出した時に膝の力が抜け、ぐらりと体が傾くのを感じた。

それを強引に二歩目で立て直し、倒れ込むようにして走る。前へ、前へ。

――なに。

記憶の中、ごうごうと吹き荒《すさ》ぶ吹雪の中で、師が此方を蹴倒して言った言葉が蘇《よみがえ》る。

――人は走るんじゃねえ、転び続けてんだ。

結局は骨と筋肉で出来た、発条と歯車仕掛けの構造物が人であり、生き物だ。

動くように動かせば、どこまでも動き続ける。息を吸い、胸を上げ、足を前へ、前へ。

「GBBOOB!!」

「GOB！　GROOGB!!!」

背後から押し迫る小鬼ども。思い切り後方へ何か投げつけてやりたくなる。

「……ちッ」

だが、そうなると武器の補給ができない。今は逃げの一手だ。

――縄の類でもあらかじめ張っておけば良いな。

疲労と酸欠で鈍った脳はそんな胡乱《うろん》な事を考える。

光源の無い闇の中で、彼が迷わず走り続ける事ができたのは、先を行く査察官あってこそだ。

彼女の足音、規則正しい呼吸、それがゴブリンスレイヤーを導いてくれた。

思えば――……。

そう、思えば、このゴブリン退治は、最初から最後まで、そんな調子だったように思う。

これは昇級審査も落第だなとふと思い、鉄兜の下で口元が緩んだ。

それに対して、何の感慨も無い自分を見出《みいだ》していた。自分にはこの、小鬼の巣穴が相応《ふさわ》しい。

延々とゴブリンと殺し合っていれば、それで良いのだろう。きっと。

「――大丈夫ですか!?」

「――」

だから、彼は一瞬、何を聞かれたのかわからなかった。

鉄兜の庇《ひさし》越し、前方には光が見えた。その光を受けて、査察官が顔を此方に向けていた。

彼女の隻眼が自分を見ていた。そこに滲む感情を、彼は理解できなかった。

「問題はないだろう」

故に彼は、淡々と言った。背後からは小鬼が迫りくる。猶予はない。

だが、これは必要な事だと思った。それはぼんやりとした、曖昧《あいまい》な思考だったけれど。

聞かれたならば、答えるべきだ。仮にも一党《パーティ》を組む――冒険者として扱われたなら。

「眼の前で爆発が起こっているのに、その源まで知恵が回るような小鬼はいない」

§

実際、小鬼どもはすっかり忘れ去っていた。

というより、気にもしていなかったのだろう。玩具もなければ食事もない、倉庫の事など。

小鬼どもが使いみちもよくわからないのでうっちゃっておいた、雑多な品々の片隅。

幾瓶かを持ち出して尚《なお》余りある秘薬が、木箱にぎっしりと、朧気《おぼろげ》な光に浮かび上がる。

山程の秘薬が残されたその木箱の傍には、打ち壊された角灯が置かれていた。

角灯の芯はじりじりと燃え続け、残りはもう僅か。

燃え尽きるまでの時間は、たしかに調整通り。

そしてそうなれば、角灯から漏れ滴った油へと火は移るより他無い。

そこから先は、一瞬だ。

地面の上に広がった油を、炎は舐《な》めるように広がり、走り抜けていく。

その油の道の行く先も、火が走り抜けた結果起こる事も、あえて言うまでもないだろう。

不確実かといえば、確かにそうだ。妨げられる事もあるだろう。そうそう通る工夫ではない。

だが、しかし。

相手は、ゴブリンなのだ。

《宿命》と《偶然》の骰子は、体力、技量、幸運に伴って結果を導き出す。

となればその結果は、やはり、あえて言うまでもない事であった。

必要なのは、たった一言。

§　§

爆発。

§　§

二人が洞窟の外に飛び出すのと、背後から轟音が響き渡るのはほぼ同時であった。

「きゃっ……⁉」

耳を突き刺すような痛みすら伴うそれに、査察官は思わず、娘らしい声を上げた。

もしこれがもっと幼い時分であったなら、思わず転げて蹲《うずくま》ってしまっていたかもしれない。

だが今の彼女は背に助け出した少女を負っていて、さらに後続に一人の少年を伴っている。

査察官は素早く娘を草地に下ろし、彼女を庇《かば》いながら振り返った。

「────」

夜は明けていた。

夕暮れ時に乗り込んでから、もうそれほどの時間が経《た》っていたことにまず驚く。

淡い紫色の空に、もうもうと煙が吹き上がっている。

熱と、風、煙と、振動。

彼女に感じられたのはそれが全てで、不思議と、何処までも穏やかな静寂が広がっている。

小鬼の悲鳴も、秘薬の炸裂音も、何一つとして査察官の耳には届かなかった。

「――――」

そうした全てを背に、崩折《くずお》れるようにして膝を突いた、ゴブリンスレイヤーの姿があった。

査察官は「少年」と彼に呼びかけた。だが自分の声も、どうしたわけか聞こえない。

だから彼女はそっと歩み寄り、無骨な鎧に包まれた、しかし驚くほどに幼い肩に手を触れた。

薄汚れた甲冑《かっちゅう》が、ぴくりと動いた。鉄兜の奥の闇の中に、瞬く瞳が見えた。

「大丈夫ですか？」

ゆっくりと一音ずつ、はっきり区切るように言葉をかける。

彼にそれが聞こえたのかどうかはわからなかったが、鉄兜は縦に揺れた。

査察官はそうして、やっと息を吐く。

――ゴブリン退治にしては、ずいぶんと派手なものだ。

その時、どう、と。やっと音が蘇り出したのか、洞窟の崩れる音がやけに遠くから聞こえた。

入り口から煙と炎を吐き出していた洞窟が、衝撃に耐えかね、がらがらと崩壊したのだ。

内部でも散々下層に秘薬を転がしたし、炸裂もさせた。無理はあるまい。

まったく、あれだけの秘薬なぞ、一生涯かかっても目にかかることはないだろう。

――それをゴブリン退治のためだけに消費するとは。

「持って帰れば一財産だったでしょうに」

「興味がない」

にべもなく、ゴブリンスレイヤーはぼそぼそと言った。

それが意地を張っているようにも聞こえて、査察官は咎《とが》める気もなかった。

「まあ、《火球》や《火矢》の方が威力も高いし、使い勝手も良いですしね」

実際、その通りなのだ。

湿気や精度、《風化》や《矢避》や諸々《もろもろ》の呪文による妨害。

それを踏まえても、火の秘薬は――やはり早々、便利なものではないし、優れてもいない。

この四方世界において物を言うのは、常に剣と魔法、そして冒険だ。

――冒険、ですか。

査察官は、よろよろと立ち上がった少年の姿を見た。

安っぽい鉄兜、薄汚れた革鎧、ろくな武器も持たず、引きちぎった盾も腕にはない。

これを冒険と呼ぶのは。彼を冒険者と呼ぶのは。

「――――……それにしても」

それ以上先を思考として形にする事を避けて、査察官は呟いた。

「ゴブリンに火の秘薬を持たせようなどと、何処の誰が考えたのでしょうか」

「知らん」

ゴブリンスレイヤーは呟いた。

疲れ切った、勝利を勝利とも思わぬ、ただやるべき事をやった者の声だった。

冒険者になったばかりの少年の声には、どうしても聞こえなかった。

「いずれにせよ、相応の死に方をするだろう」

間章

「前哨戦《ぜんしょうせん》、あるいは時間稼ぎ」

Goblin Slayer
YEAR ONE
The Dice is Cast

「闇人《ダークエルフ》どもを追ってたら地下帝国で魔神王復活の儀式の最中でしかも失敗して大惨事⁉」

「そうだ」

「わし帰っても良いか⁉」

「ダメだ」

「今日は厄日だ！」

鉱人《ドワーフ》の盾砕きは、蛮族を罵《ののし》りながら目前の屍人《しびと》を手鉤《てかぎ》で引き倒し、鎚《つち》でもって打ち砕く。

軍の命令で闇人の斥候《せっこう》を追跡し、地震とのつながりを見出《みいだ》し、地底に乗り込んで――……。

「その結果がゾンビーの群れかよ！　まったく納得がいかん‼」

「いいから手を動かせよおっさん！」

「良い若い娘がヒゲもはやさんと何を言っておるか‼」

魔術かぶれの放蕩者《ほうとうもの》の甥《おい》っ子といい、近頃の若い奴《やつ》らときたらこれだ。

斥候を担当している鉱人の娘が短剣を振り回し、迫りくる亡者どもを寄せ付けていない。

地底探検の最中に飛び込んだ乱戦の中にあって、かような味方を得た事は、まさに幸運だ。

暗黒の只中で騒動を聞きつけてみれば、いやはや、冒険者と死人の軍勢とは、思いもよらぬ。

鉱人の盾砕きはなし崩し的に共闘する事になった冒険者との出会いを、鍛冶《かじ》神に感謝する。

そして同時に、己《おのれ》をこのような場所に放り込んだ鍛冶神を、心から呪った。

あの神は勇気だけ与えてくれる。それで十分ではあるけれど、この状況はあんまりだ。

そう――たとえ勇気があったとしても、冒険者たちの抵抗は儚《はかな》いものだ。

廃都の中央で円陣を組んだ冒険者たちは、今や死の群れに押し潰されかけていた。

もはや敵は闇人ではなかった。蜘蛛《くも》ですらなかった。おびただしい屍人と、その王であった。

「宮殿は、この都市の守りの本質ではなかったのです……！」

陣の中央、皆に守られながら呪文を結ぶ犬人の魔術師が、《粘糸》を投じながら吠《ほ》える。

指先から尾を引いて宙を飛んだ糸玉は、虚空《こくう》でぱっと広がり、網となって亡者どもを襲った。

絡め取られた死者の数は、十や二十ではきくまい。

さらにその《粘糸》で拘束された敵そのものが、侵攻を食い止める防塁となる。

だが。

「GHOOOOOOULLLLL……」

「ZZZZZZOOMMBBIIIEEEEE……」

手足をへし折り、皮を引き剝《は》がし、みちみちと乾いた肉を引きちぎりながら、亡者は蠢《うごめ》く。

同胞を踏み潰そうが、自分の体がどうなろうが、もはや生者を喰《く》らう事の方が大事なのだ。

そうして突き進んでくる亡者どもへ、森人《エルフ》の僧侶が投矢銃を撃ち込んで牽制《けんせい》にかかる。

微々たる抵抗には他ならないが、その積み重ねこそが彼ら一党《パーティ》の命を繋《つな》いでいた。

「だったら此処《ここ》は何だというのだ⁉」

「宮殿を――そこに君臨する者を封じるために、この都市があったのですよ！」

闇人の――混沌《こんとん》の勢力による、魔神王蘇生《そせい》の目論見《もくろみ》は失敗に終わった。

それは何も、尖兵《せんぺい》として用意した小鬼の王どもがろくに指示に従わなかったせいではない。

かつての、いにしえの王の虐殺、その怨念を利用しようとしたのが、そもそもの間違いか。

見よ、城壁の上、盛り上がる黒ぐろとした暗黒の輝きを。

この地底において赤黒く燃えるあれこそは、死人の朝、死人の夜明けに他ならぬ。

そこで捧げられているのは、高らかに呪術を唱え上げていた闇人の祭祀《さいし》だ。

正気を逸した王による戯れの虐殺。理性的な闇人でも、理解できなくはあるまい。

だが理解したつもりで――あまりに足りなかったと気づいたのは、首を飛ばされたその瞬間。

「嗚呼《ああ》――……今宵《こよい》は、誰も、殺すべき者はおらぬのか――……」

墓所の神秘の守りは生きている。

生きてるからこそ王は未《いま》だ覚めず、きらめく紫の雪のなか、血の色をした夢を見続けていた。

殺すために殺す。あまねくを殺すために王となった。死したところで、どうして止まろう。

久遠《くおん》に伏したるもの死する事なく　怪異なる永劫《えいごう》の内には死すら終焉《しゅうえん》を迎えん。

まさしくそれこそは、死の王と暗黒の軍勢《アーミー・オブ・ダークネス》の帰還に他ならなかった。

「神《ガイギャックス》よ！」

邪悪な魔術に戦《おのの》いたのも一瞬、今や蛮族の内では、鍛冶神の息吹が燃え上がっていた。

群がる悪鬼を一網打尽に叩《たた》き切る強さは、圧倒的の一言であろう。

しかしながら、ただそれだけでは勝利にまでは遠く及ばない。

鍛冶神が与えるのは勇気であり、決して勝利そのものではないのだから。

「このままじゃ……！」

銀髪の少女が死人の顎を蹴り砕きながら叫んだ。

「やられっちゃいますよ⁉」

「わかってる……！」

叫び返す若い戦士だが、しかし、状況を打開する方法は見えてこない。

――あの王が動いたら。

終わる、と。ただそれだけが、漠然とした直感としてあった。

城壁の上に立ち、忘我の表情――といっても干からびた髑髏《どくろ》だが――で佇《たたず》む死の王。

それを何とかせねばならない。やつが剣を抜く前に動かねばならない。

「GHOOOO……GGGGGOOULLLL」

「ZOOMM……BBIEEEE……」

だが、それを成すには死者の軍勢が行く手を阻む。手を拱《こまぬ》けば、王が動かずとも皆滅ぶ。

状況を覆さねばならない。だが――どうやって？

「アンデッドなんだろ⁉」と戦士は僧侶に怒鳴った。「なら、解呪に弱いはずだ！」

「無茶を言うな！　あんな高位の死人なぞ、《死の迷宮》以外にそうはいないぞ‼」

つまり彼の実力では不可能という事か。素直にそれを認めぬ森人の意地に、戦士は笑った。

噂《うわさ》に名高い《死の迷宮》は、此処以上の地獄であった、というのならば――……。

――どうやらまだ、世界の危機とは言えないな。

そう思えば気楽なものだった。そうそう気負う必要もない。蛮族の男が、「ほう」と呟《つぶや》く。

「良い面構えだな」

「まあ、死にそうな目にあったことは、一度や二度じゃあないし……！」

そう言いながらも、若い戦士は懸命に剣を振るう。

死人の急所などわかるわけもない。足を砕き、手をへし折る。動けなくするのが一番だ。

それに――……。

「う、えええ……ッ‼」

涙を目に滲《にじ》ませ半泣きで亡者を踏み潰す銀髪の少女を、無残に死なせる気も無かったが。

足に絡みついた粘液をぶんぶんと振り払い、彼女は必死になって生き延びようとしている。

亡者どもに組み伏せられ、生きながら腸《はらわた》を貪《むさぼ》り食われ、泣きじゃくって息絶える。

巨大な怪蟲《かいちゅう》に頭から飲まれ、何もわからぬまま噛《か》み砕かれて食い殺される。

どちらが良いとか、悪いではない。二度はごめんだと、そう思う。

「先生、何か良い手はないか⁉」

「死者を殺す手段はありませんので、個人的には逃げの一手といきたいところですが……！」

あの怪物を放置しておくわけにはいきませんね。犬人は目を細め、思考を巡らせる。

つまるところ、あれは死人だ。死者だ。今の今まで、この廃都で夢見るままに眠るもの。

で、あるならば――……。

「――単純に、埋葬してしまえばひとまずは止まりますね……！」

「では天井でも崩すか！」と蛮族の戦士が、一刀のもとに得体《えたい》のしれぬ巨人の屍《しかばね》を斬《き》り伏せた。

「そうすれば一発だろう！」

「生憎《あいにく》と、《火球》の心得はありませなんでな」

まことに残念と、犬人の魔術師はその顎から牙を剝《む》きつつ、肩を竦《すく》めた。

「次回があれば、それまでに覚えておきましょう」

「また地震が起きれば良いんだけどなぁ……！」

鉱人の娘がどうにか食屍鬼《グール》の爪を切り払って退き、森人の僧侶の射線を空けながらぼやく。

「あれは連中の儀式の弊害だろう？　皆殺しにされてしまった今、望み薄だな！」

そこへすかさず投矢が飛ぶのだから──なんだかんだ、この二人の連携もサマになってきた。

──なってきた、じゃダメだよな。

それだけでは勝てない。呪文がない。儀式もやってない。なら、他には──……。

「連中の拠点でもありゃあ、別だろうがな」

淡々と、鉱人の盾砕きが手鉤《てかぎ》で死者を引き倒し、次々に粉砕しながら呟く。

その動きはかの蛮人同様に洗練され、力強く、まったくもって手慣れたものであった。

「あの闇人どもは《死の迷宮》を知らんだろうし、合戦にも行ってないだろう」

知っていれば、死を制御できるなどと思い上がるわけもない。

つまり迷宮探索には不得手。となれば──……。

「いくら地下が闇人の領域でも、何処《どこ》かに物資を溜《た》め込んでるはずだ」

「小鬼あたりに守らせてそうですねぇ……！」

呪文の節約のためだろう。犬人の魔術師は杖《つえ》を振るって亡者を打ち倒した。

すかさずそこへ飛びかかった鉱人の娘が、ごきりと足の骨をへし折って、動きを封じる。

「火の秘薬でもあるんじゃないかって⁉」

「一本二本では、とてもとても《火球》には及びませんが……！」

「一箱二箱の秘薬？」森人が肩を竦めた。「そんなのは一財産――――……」

その時だった。

誰よりも速く蛮族の男が顔を上げ、次いで盾砕き、そして森人が目を見開く。

崩れるぞ、という叫びはその三人の誰が発したものだったろうか。

その言葉が耳に届くかどうか。ドッという轟音《ごうおん》と共に、廃都のある大空洞が大きく揺れた。

天蓋《てんがい》がびりびりと音を立てて震え、ぱらぱらと石が堕《お》ち、そして――破綻する。

土砂降りの雨のように瓦礫《がれき》が降り注ぎ、粉塵《ふんじん》が吹き上がる。

悠久の時を耐えた廃都の建物は、その加護によるものか石塊程度ではびくともしない。

「GHOOULLLL……」

「ZOM……BBIEE……」

だがしかし、亡者どもはその限りではない。

腐った死体が、木乃伊《ミイラ》が、食屍鬼が、次々と巨石に潰されて滅び去っていく。

そして無論のこと、この思いがけぬ災厄は冒険者とて例外なく蹂躙《じゅうりん》にかかるものだ。

「やばい！」と、鉱人の娘が叫んだのが若い戦士の耳にも聞こえた。「建物ン中だ、早く！」

「ああ――……」

彼は背に負うた兜を頭上へと引き上げながら、仲間を促して駆け出そうとした。

だが、周囲を見回して皆の安否を確認しようとした時、その考えは頭から消え失《う》せた。

「――――」

銀髪の少女が震えていた。

彼女は二本の足でそれでも踏ん張って、砕けそうな膝を支えて、天を睨《にら》んでいた。

その視線の先。

崩れかけた瓦礫の積み重なった先。

城壁の、上――……。

「――お願いします!!」

そう叫んで駆け出した少女の言葉の意味を、若い戦士は全て理解したわけではなかった。

ただ走りながら拳《こぶし》を引き絞った、その構えには、僅《わず》かに見覚えがあった。

だからそれに気づいた時には、「おお……ッ!」と叫んで、彼もまた飛び出していた。

「おい、死んじまうぞ!」

「構わん! 行け!!」

慌てふためく鉱人の娘へ、牙を剥くようにして蛮人の戦士は吠《ほ》えた。

彼は自身の大剣を縦横無尽に振り回すと、荒れ狂う死の嵐の中に真っ向から飛び込んだ。

「おお、神《ガイギャックス》よ!!」

瓦礫の雨によって潰される事を気にもしない亡者どもも、偉大なる鋼鉄の前には立ち行かぬ。

走る冒険者らに目移りした瞬間には、剣風がその未練ごと背骨を叩き切って地に転がせた。

「ったく、だから定命《モータル》の相手は嫌なんじゃ……!!」

そこへ、手鉤と鉄槌《てっつい》とが肩を並べた。手練の鉱人、盾砕きの御業である。

彼はほんの僅か前に出会ったばかりの男に対して、その動きを補うような戦働きを見せた。

男の背を庇《かば》い、鋼刃を運良く潜《くぐ》り抜けた亡者を手鉤で引き倒し、鍛冶神に頭《こうべ》を垂れさせる。

「私はここから一歩だって動かんからな……！」

無論、森人にそんな蛮勇を期待するものは誰一人としていない。

森人に期待されるのはいつだって、その魔術《スペル》の如《ごと》き弓矢の技術《スキル》だ。

いち早くその俊敏さでもって建物の中に引っ込んだ森人の僧侶は、投矢銃でそれに応えた。

右手が銃爪《ひきがね》を弾《はじ》き左手は発条《ばね》を巻き上げる。がちゃがちゃ響く音は、やはり鍛冶神の福音だ。

「ああ、もう、くそ……！　あたしは知らないぞ……!!　どうしろってんだよ！」

その隣。窓に食いついた鉱人の娘の目は、駆けていく一人の仲間にまっすぐ向けられていた。

瓦礫の中に飛び出す勇気はない。亡者どもを攻める手段もない。適材適所。それはそうだが。

「ねえ、先生!!」

それはほとんど、なんとかしてくれ、という言葉と同義語だった。

「上には上がいる。……というのが、残酷な根本原理ではありますが」

犬人の老魔術師は、杖を手繰り寄せながら城壁の上の《死》の影を睨みつけた。

ついにそのおぞましき、悼《いた》まれる事なき王は、その手に禍々《まがまが》しき魔力の刃を抜き放っている。

振りかざしたその切っ先が向けられるのは、瓦礫の上を走る二人の若人《わこうど》であろう。

恐るべき呪詛《じゅそ》は、瑞々《みずみず》しき夏の薔薇《ばら》でさえ立ち枯れさせてしまうものだから。

「しかし全ての《死》に、神話的な意味や偶像的な栄光があるわけではありません……！」

だからこそ、犬人の魔術師は吠えた。練り上げた魔力を解き放ち、四方の理《ことわり》を改竄《かいざん》する。

無論、あの死の王に対して、生中な呪詛の類が通じるわけもあるまい。

「《テラ《大地》》……《ユビキタス《偏在》》……《レスティンギトゥル《消去》》!!」

だが、彼の立つ城壁ならば話は変わる。

「――――!?」

はたして死人の王が驚きを僅かでも見せたと思ったのは、皆の錯覚であったろうか。

その威風堂々たる佇《たたず》まいが、傾《かたむ》く。その骨と皮と戦装束ばかりの肉体が、重みで沈む。

それは当然の事だ。足元が《流砂《クイックサンド》》に変われば、飛べぬものは沈むのみ。

傾き、沈み、そして――虚空《こくう》へ、流れ落ちる。

宙を落ちいく死人の王を、銀髪の少女はまっすぐに目指す。放たれた矢のように。

「あわせてッ！」と、彼女は息を吐き、胸を弾ませて叫んだ。「ください……ッ!!」

「う、お、お、お……ッ!!」

だから彼は迷わなかった。両手で剣をしっかと握り、ぐるりと円を切るように体を撚《よ》る。

伝説に語られる森人の剣士とは遠くかけ離れた、無様で鈍い。けれど精一杯の速さ。

その渾身《こんしん》の回転斬《ぎ》りを――彼は銀髪の少女目掛けて放った。

「――――」

少女が一瞬、僅かに微笑《ほほえ》んだように見えたが、彼女の銀髪が尻尾のように揺れ、覆い隠す。

とん、と。彼女の体が軽やかに跳んだ。そのしなやかな足が、戦士の剣を踏みしめる。

二人分の、勢いを乗せて――――……。

「イイィィヤアアアアァァアアアァァッ！！！」

少女が、翔んだ。

虚空にある死人の王目掛けて瞬く間に打ち込まれるのは三打撃。

膝が入り、肘が繰り出され、その拳が顎を貫く。

ぱかぁんと、薪《まき》を割るような乾いた音が響き、髑髏が宙を舞った。

「や、た……ッ!!」

と、少女の快哉《かいさい》が漏れたのもつかの間、舞い上がった者に待つ結末は常にひとつ。

渾身の力で全身のバネを伸ばしきった彼女の体は、ぴたりと宙で静止し――落ちる。

「きゃ、ぁあああああ…………ッ!?」

瓦礫。吹き飛ぶ死の王。カタカタと嗤《わら》う髑髏。飛び込む。受け止める。柔らかな感触。

それを離さないよう、若い戦士はしっかと抱きしめ、そして、そして――――……。

§

その後のことは、若い戦士もあまりよく覚えてはいない。

剣も投げ出して少女の体を抱きとめると、転げるように走り出したことは覚えている。

鉱人の娘に罵声を浴びせられながら、蛮族と盾砕きに助けられ、建物に飛び込んだ事も。

そして随分と長い間、暗闇の中に閉じ込められ、彷徨《さまよ》った事。

何処をどう歩いたか。仲間たちと何を話したかも、よくはわからない。

気がついた時、彼は朝日を見上げていた。

何処かの洞穴から地上に這《は》い出し、命拾いをしたのだと、その時やっと気がついたのだった。

「――――――……………生きて、る?」

「うむ。大勝利という奴だ」

ぽつりと呟いた言葉に、蛮族の戦士の掌《てのひら》が、ばしりと背を叩く事で教えてくれた。

思わずよろけながら一歩、二歩。光の中に歩み出て、目を瞬かせる。

朝日は、涙が滲むほどに眩《まぶ》しかった。

「まったく、あの犬め。何がでっち上げだ。全て真実だったではないか」

と、蛮族は若い戦士の隣で、何処かの誰かを罵り、笑った。

それは彼の勝利の笑みであり、次の冒険へ向かう活力が既に滾《たぎ》っていた。

「あの遺跡のことは、記録に残したいものですが……惜しいことをしました」

「何処をどう通って逃げ出したんだか、さーっぱりわかんないもんなぁ……」

振り返れば犬人の魔術師と鉱人の斥候が、疲れ切った様子でそんな会話を交わしている。

「ったく、冒険てぇのは気がしれん。……なんだってこんな事やってんだ？」

「ふふふ。今はまだ語るべき時ではないぞ、盾砕きよ」

げんなりした顔をした鉱人の盾砕きと、森人の僧侶もそんな会話を交わしている。

いずれ奴が冒険者になった理由は借金だと暴露してやろうか。

――そういえばあのおっさんがなんであそこに来たのかは、まだ聞けてなかったな。

地震の調査。闇人の暗躍。邪教の動き。人さらい。殺戮《さつりく》。廃都。死の王。

まったく、とんでもない冒険になったものだ。

ギルドで報告しても信じてもらえるかどうか。いや、そもそもどう報告すべきか――……。

「――――」

そして最後に、若い戦士は銀髪の娘を見た。洞窟の入り口で、彼女は黙って立っていた。

全身ぼろぼろで、汚れて、くたびれ果てて、顔だって半泣きでぐずぐず、くしゃくしゃ。

それでも朝日のせいか薔薇色に輝く頬《ほお》を見て――どうしてか、綺麗《きれい》だな、と思った。

足音を立てぬよう気をつけて近づくと、ただそれだけで、彼女はぴくりと肩を震わせる。

「……帰って、来ました？」

「まだ帰ってはいないな」

若い戦士は笑ってやった。頭を撫《な》でてやろうかと思い、けれど躊躇《ためら》われて、手が止まる。

少女はそれに気づくこともなく、両手の拳をぎゅうっと膝の上で握りしめて、顔を俯《うつむ》かせた。

「……死んじゃうかと思いました……」

「死んじゃうかと思ったなぁ……」

返事はなかった。代わりに、ううううう……と唸《うな》る声がして、それが啜《すす》り泣きに変わった。

無我夢中で、必死だったのだろう。あの時飛び出したのだって、恐ろしかったろう。

あの技だとて、彼女が見聞きした、いわゆる奥義《おうぎ》という奴には遠く及ばない見様見真似だ。

それを実戦に持ち出すことに、どれほどの勇気が必要だったろうか。

若い戦士はその泣き声に気づかぬよう朝日の方を見ながら、彼女の背中を軽く擦《さす》ってやった。

仲間たちもみんな、少女の様子にも若い戦士の様子にも、気づかぬ風だった。

それがありがたかった。

「これで」と、少女はしゃくりあげ、掠《かす》れた声で言った。「……四方世界は救われました？」

「あれが最後とは思えない、けどな」

若い戦士はぽつりと呟いたが、けれどそれは少女の願いを否定するものではなかった。

あの廃都が滅んだわけではない。神秘の守りは健在。王はまた死にながら死を夢見るだろう。

秘薬の炸裂《さくれつ》や、ただの土砂崩れで、真に力ある魔法を封じれるわけがないのだ。

だが彼は自分でも確信の持てぬまま、自分でも願うように、口元を緩めて告げる。

そうであってほしいと、そう思いながら。

「この程度なら、世界が滅びるような事じゃあないさ」

はい、と小さな声が、それを保証するように返ってきた。若い戦士はそれで十分だった。

そして、二人の願いは間違ってはいなかった。そして決して、正しいわけでもなかった。

邪教の企みは挫《くじ》かれた。

けれどそれは一旦の事でしかない。

これは決して、世界の危機などではなかった。

真の世界の危機の訪れは、魔神王が復活する——これより五年後の事である。

終章

「栄光なにするものぞ」

ゴブリンスレイヤーは、村で一日ばかり休養を取った。

とても此処《ここ》から辺境の街まで即座に歩いて帰るだけの体力は残っていなかったからだ。

倒れ込むように眠り、村長に報告をし、温かな食事を摂り、それから帰路につく。

村を囲む申し訳程度の柵《さく》を越える時に一度だけ振り返り、農夫たちが畑を耕すのを見やる。

少なくとも自分が勝ったわけではない事を、ゴブリンスレイヤーは重々に承知していた。

「……端的に言えば、私はあなたを認めていません」

そしてその段になって、彼は自分が昇級審査に落ちていない事を知った。

といっても、合格したというわけでもないようだったが。

「そうか」

並んで村を眺めていた査察官からの言葉に、ゴブリンスレイヤーはただ淡々と頷《うなず》いた。

彼女がそう言うのであれば、そうなのだろうと思った。

彼女は自分より、よほど多くの冒険者を見てきているのだろうから。

「私は都に直接戻りますので、これを渡しておきます」

そうして差し出されたのは、ゴブリンスレイヤーが未《いま》だ嘗《かつ》て、見たこともない上等な封書だ。

赤い封蠟《ふうろう》の印章は冒険者ギルドのそれで、ギルドの正式な書類である事も見て取れた。

彼はそれを眺め、裏返し、また戻し、矯《た》めつ眇《すが》めつ眺めてから、腰の雑嚢《ざつのう》へと慎重に収めた。

「同道はしないのか」

「私にはやるべき事が多いのですよ、少年」

それが冗句かどうか、ゴブリンスレイヤーには判別がつかなかった。

だから彼は「そうか」とだけ呟《つぶや》き、査察官が僅《わず》かに漏らす吐息の音を耳にした。

彼女の隻眼《せきがん》が、じっと彼の鉄兜《てつかぶと》を見つめている事がわかった。酷く、居心地が悪かった。

「ただあなたを絶賛するだけの者を歓迎すべきではない。それはモノが見えてない証拠だ」

そして彼女は、端的に言いきった。それは突き刺すような鋭さを伴った言葉だった。

「あなたのやり方は冒険者ではない。――あなたは、冒険者ではない」

「……」

彼は戸惑わなかった。怒りもせず、嘆きもしなかった。

風が吹くように、ただ、諦観と納得だけがあった。

「ああ」と彼は頷いた。「俺《おれ》は、小鬼を殺す者《ゴブリンスレイヤー》だ」

そう呼ばれている。それで良いと思った。

「ですが現状、あなたが間違っている事を証明する規定は、冒険者ギルドには無い」

そうした彼――僅か十五歳の少年の姿を、査察官は目を細めて見つめた。

義務的に淡々と続けた言葉に、彼女はどうしてか自分の中でも戸惑いを覚える。

――いや。

理由は、わかっているのだ。それを口にするのは、あまりにも痛ましいだけで。

「……少年、いつか骰子《サイコロ》を振りなさい」

だから彼女は、少年へ言い聞かせるように、苦慮しながら伝えた。

せめて自分の言葉が鉄兜の奥まで届けば良いと願いながら、言葉を紡いだ。

「骰子を振るということは、冒険をするということなのだから」

その結果が死であったとしても。冒険をするからこそ、みな冒険者なのだ。

ただただ確実で安全な勝利だけを欲するだけの愚か者は、ただの子供《マンチキン》でしかないのだから。

そんなものは冒険者とは呼べない。そんなものに、この少年がなってほしくはなかった。

「……何故そんな事を言う」

「理由は三つあります」

きょとんとした様子で鉄兜を傾《かたむ》ける少年へ、彼女は整った人差し指を立てて見せた。

「一つ、『ゴブリンを殺すだけで良い』などと考える冒険者が増えては困るという事」

続けて、すらりとした白い中指を伸ばす。

「二つ、優秀な斥候《せっこう》は常に不足がちです。相応に優秀な冒険者と一党《パーティ》を組んで欲しいという事」

少年は何も言わなかった。

彼は鉄兜の奥で黙り込み、低く唸《うな》るようにして考え込んだ後、ぼそりと呟いた。

「……三つ目は？」

「女の勘です」

査察官はそう言って薬指を立てて、目を細めた。

彼女の目から見ても、その少年は疲れ切っていた。倦んでいた。

小鬼を殺すためだけに動いているようなものだ。

鉄兜の奥で、ひたすらぶつぶつと何事かを呟きながら。

死の迷宮の奥底へ踏み込む時に覚えた興奮。死や灰と隣り合わせの、青春の気配は、無い。

この在り方を是として褒め称える者がいたなら、それはなんと――……。

――残酷な事だろう。

冒険の何たるかも知らず、一生涯小鬼を殺し続け、小鬼の巣穴の奥底で死ねというのだから。

「……」

その言葉が、彼に届いたかどうかは、査察官にはわからなかった。

そんなものだ。言葉をどう受け取るかまで、他人にどうこうできるものではない。

どれほど懇切丁寧に説明したところで理解する気のないものには、伝わらない。

そんなことは冒険者ギルドの職員をやっていれば、嫌というほど思い知る。

――武術をかじったお転婆な貴族の子女だって、それくらいは学ぶから、成長できたわけだ。

「この後はどうする」

「君に関してはその書状を渡せばそれで済むでしょう。安心してください」

だから猟師と薬師の息子にも、それぐらいの事はできるだろうと、そう願う。

「私はさしあたって、都に戻って、友人に謝って――そうですね」

いっそ辞表でも出して冒険者に戻っても良いかもしれない。

そう思いながら見上げた空は、空は薄曇りだった。

白んだ靄《もや》のような雲が、子供の塗りたくった絵の具のようにムラだらけに青を覆っている。

そしてところどころに開いた隙間から、日差しが透けて見えていた。

それはまるで天から投げかけられた金色の帯のように、四方世界のマス目を照らしている。

「やはり、この空は良いですね」

査察官は、そう言って微笑《ほほえ》んだ。嗚呼《ああ》、と息が漏れる。こんな笑い方を、随分と忘れていた。

「一番好きです」

「……」少年は低く唸った後、ぼそぼそと呟いた。「ああ」

それきり、二人の会話は途絶えた。

彼らは街道を沿って黙々と歩き続け、やがてその分岐路に辿《たど》り着く。

都へ行くのであれば――あるいは辺境の街を目指すなら――此処からは、違う道だ。

「……」

立ち止まった少年は、何を言うべきか酷く悩んでいるようだった。

査察官は黙って、彼の言葉を待った。

「……ではな」

ようやっと吐き出された言葉はそれで、査察官は目を見開き、それから目を細めた。

——嗚呼、全く。

「君もね、少年」

何が『君も』なのだろう。自分だって、何を言うべきかわかっていなかったのだ。

それがどうしてかおかしくて、けれど彼女はそれを表に出さぬまま、歩き出した。

少年が言葉に込めた思いが何であれ——そう、何であれ、だ。

——君もね、少年。

自分と彼の行く手に、冒険があれば良いと。そう願う気持ちに変わりはないのだから。

§

「はあ⁉　闇人《ダークエルフ》の隊商を探す依頼は⁉」

「それはもう解決されたそうなので……」

全身を汚水に濡れさせた妖術師は、職員の冷静さを前にして尚《なお》も怒りを爆発させていた。

冒険者ギルドの受付では、さして珍しい光景というわけでもない。

登録したての等級では、当然受けられる依頼も限られてくる。

ならばと等級を上げるために諸々《もろもろ》の依頼をこなしていれば、目当ての依頼は当然消える。

状況も情勢に常に移り変わるものだ。

それに関係なく存在し続ける依頼は、よほど困難か、あるいは小鬼退治か下水道くらいだ。

「ああ、もう……良い!!」

いくら怒鳴っても依頼が戻るわけでもない。妖術師は唸りながら、ばさりと踵《きびす》を返した。

行く宛があるわけもない。彼女は不機嫌に、鉱山奥で手に入れた毛皮の長靴を鳴らして歩く。

──まったく、なんてところなんだろう!

冒険者はギルドとやらに所属せねばならないし、勝手に冒険する事もできないときた!

もちろん遠路遥々《はるばる》やってきた異邦人の自分が、相応の扱いを受けているのもギルドのお陰だ。

それに文句をつける気はない、気はないが、八つ当たりぐらいはしたくなるものだ。

──だいたい闇人どもに呪文書を盗まれた国の奴《やつ》らが悪いのだけど……!

彼女は自分の指が汚れているのも構わず、行儀悪く親指の爪を噛《か》んだ。

汚れているといえば、手だけではない。髪も、顔も、肌も、全部そうだ。

服の下まで染み込む汚水と肌に張り付く服の冷たさに、彼女は身を震わせた。

別にこんなのは慣れっこだが、慣れたからといって心地よくなるわけでもない。

ふと、周囲の視線を感じて外套《がいとう》のフードを深く被《かぶ》り直す。

異邦の地で右も左も分からない女だとバレるのは、あまり賢い選択肢ではない。

村の雑貨屋が近隣の山賊とグルになっているような、無法地帯ではないとはいえ。

――考えてみると、故郷の方は凄《すさ》まじかったな、アレは。

とはいえ、やはり故郷よりマシだからといって納得できるわけでもない。

というより遠く離れたというのになんだってこの地の下水にも肥喰《こえぐ》らいがいるのだ。

ネズミにバカでかい蟲《むし》だけでも勘弁して欲しいのに、ああ、もう。ああ、もう……！

「だから下水道は嫌なんだ……！」

いずれ《火球》で全部焼き払ってやる。いやそのまえに鼻栓か？

違う。そうじゃなくて。闇人どもが一掃されたなら手掛かりを探し直さないと。

ああ、もう本当に頭が痛い――……。

「なあ、おい、あんた呪文書がどうとか言ってたよな？」

「ああ？」

不意に話しかけられた声に、妖術師は酷く低い返事を返し、半眼で睨《にら》みつけた。

そこにいたのはお世辞にも人相が良いとは言えぬ男で、木こりの斧《おの》を腰に下げている。

ということは戦士なのだろうか。戦士なら剣や武器ぐらいは最初から帯びているものだ。

「魔術師って事だな」

「……そうだけど？」

妖術師は腰に下げた長剣にそっと手をかけながら、用心深く答えた。

まさか酔い潰《つぶ》して奴隷として売り払うような手合は、そういないと思いたいが。

「だったら──……」

一党《パーティ》というものが往々にしてこのように始まるのだという事を、彼女はまだ知る由もない。

§

「すぐに行かなきゃなんねえんだよ！」

斧を携えた戦士と、ギルドのど真ん中で警戒態勢に入っている妖術師。

その二人の会話が思わず中断するほどの語気で、重戦士は階段を下りながら怒鳴った。

まだ青白い顔つきをした重戦士は、簡素な衣服の腰に長剣を帯びただけの軽装だ。

その背後からは泣きそうな──というより半泣きの──少年少女がしがみついている。

だが重戦士は彼らを半ば引きずるようにして一階に下りるため、妨害にはならない。

「なんであの人にあんな依頼の話したんですか？」

「いや、私は単にリハビリに小鬼退治の依頼でもと、適当に見繕っただけでだな……！」

だから大慌てで半森人《ハーフエルフ》の剣士と女騎士が下りてきて、二人もほっとしたのだろう。

少年斥候と少女巫術師《ふじゅつし》では止められずとも、彼と彼女なら、この頭目を止めてくれるはずだ。

「そんななりで飛び出していく馬鹿がいるか。おい、どうした……！」

実際、女騎士がぐいと重戦士の肩を摑《つか》むと、彼の歩みはぴたりと止まった。

それが彼が病み上がりで弱っていたためか、女騎士の膂力《りょりょく》のせいかは、わからなかったが。

「ついでだからと装備の類も修理に出して良かったよ。剣一本でどうするつもりだ？」

「ゴブリンをぶった切るには十分だろ」

初めての冒険で洞窟の壁にだんびらを引っ掛けた男とは思えぬ言葉だった。

強引に引き寄せて振り向かせた顔に浮かぶ色も、女騎士には見たことがないものだった。

「――――――」

言葉に詰まる。心がザワザワとする。何を言えば良いのか、彼女にはわからない。

「……なんだ、事情があるのか」

結局、絞り出したのはそんな、面白みの欠片《かけら》もない、つまらない言葉だった。

『見ればわかるだろ』などと返されたら、どうすれば良いだろうか。

昇級に焦っている風な男だった。気づいてはいたが、倒れるまで何もしてやれなんだ。

だから、と。何やら少し難物の小鬼退治の依頼が来たと聞いて、持ち出したのだ。

――失敗だった。

そう思う。世の中は、どうして剣を抜くだけで片付かないのだろう。

女騎士はそれを幼い子どもの頃から思い知っていたが、こういう時、いつも泣きたくなる。

自分が粗忽《そこつ》で迂闊《うかつ》な事ぐらい、人に言われずとも理解しているのだ。

結局、不器用でどうしようもない、下手《へた》くそな言葉しか口から出てこない。

——そう言えば。

年齢詐称の騒動を経て各々《おのおの》の動機は聞いたけれど、それ以上に踏み込むのは初めてだった。

こんな形で尋ねることになるとは、彼女も思ってもみない事ではあったけれど。

「…………ダチがいるんだよ」

返ってきた答えは端的で。女騎士はまず、答えてくれたことそのものに安堵《あんど》し、息を吐いた。

「ダチ。友達か？」

「ああ」と重戦士はむっつりと答えた。「女房もいる。子供も産まれる、だろう。そろそろ」

「それは——……」

それは、何としても行かねばならないと、そう思わせるだけの事情だった。

ゴブリンが来る。別にそう凄まじい被害でもあるまいが、被害は出るのだ。

別に小鬼退治を躊躇《ためら》う理由はない。どうであれ、あれは最弱の怪物だ。

彼女自身も最初の冒険で討ち倒したし、声高に危険を唱え、尻込みする阿呆《あほう》ではない。

どうであれ、冒険者の一党《パーティ》が一つあれば、小鬼の巣一つ潰《つぶ》す事自体は容易なのだ。

——だが。

病み上がりで冷静さを欠いた戦士が率いる冒険者の一党《パーティ》では、どうだろう。

村を守ってやりたいという気持ちと同じほどに、仲間が傷つく所を見たくもなかった。

——こういう時に。

どうすれば良いかを、至高神《しこうしん》が導いてくれたりはしない。

彼の神は偉大だが、人の自由意志を妨げるような事は好まないものだ。

仲間の危険を顧みず村を守ること。村に行かず仲間の身を案ずること。

そのどちらが『善』であるかを決める事を、神々はしない。

どちらを選んでも良いという自由意志の祝福は——同時に、とてつもなく重たい。

女騎士が何も言えずに黙り込んでしまうと、重戦士は彼女の腕を払った。

「あ——……」

「とにかく、俺は行くぞ！　ゴブリンなんぞに————……」

「————……ゴブリンか？」

その声は地の底を吹く風のように、ひどく低く、淡々として、無機質なものであった。

いつの間にその冒険者がギルドに入ってきたのか、誰も気づかなかった。

重戦士がぎょっと目を見開いたのも無理は無い。

ギルドの入り口に立っていたのは、それはそれは、みすぼらしい出で立ちの冒険者なのだ。

薄汚れた革鎧《かわよろい》、安っぽい鉄兜、腰に帯びたのは中途半端な長さの剣。

全身からは異様な臭いを漂わせ、その足跡は泥のように粘ついていた。

彷徨う鎧《リビングメイル》の類と言われても、誰も疑わないだろう。

ゴブリンスレイヤーと呼ばれる冒険者だと理解するまで、一瞬の時間が必要だった。

「……だったら、なんだよ」

「どの村だ？」

「あ？」

意味を解しかねて、重戦士は顔をしかめた。

「どの村だ？」

繰り返された質問は、どうやら件《くだん》の小鬼退治の村の事を聞いているらしかった。

──こいつが行く気か？

こんな奴に任せてなるものか。重戦士は怒りが血に乗って、かっと脳を焼くのがわかった。

だがそれでもぶっきら棒に伝えた村の名を聞いて、薄汚い鉄兜が縦に揺れた。

「もう殺した」

「は──……？」

今度こそ、本当に、意味がわからなかった。

何を考えているのか得体《えたい》のしれぬ男は、重戦士の様子など気にもとめない風である。

彼は義務的な口調で、鉄兜の奥から「その村なら」と、ぼそぼそ言葉を吐いた。

「ゴブリンは、皆殺しにした」

そうして、ゴブリンスレイヤーはずかずかとした足取りで重戦士の横をすり抜けた。

彼は乱雑な歩調で、けれど驚くほどに足音を立てず、ギルドの受付へと向かっていく。

重戦士は、ぽかんと、あっけに取られたような表情でその背中を見送っていた。

女騎士も、きっと似たような表情だったろう。けれど彼女はすぐに表情を引き締めた。

「……」

そして溜息《ためいき》を吐《つ》いて、それから振り払われた手を伸ばし、有無を言わさず重戦士の腕を掴《つか》む。

「お、おい……⁉」

「とにかくお前は寝ろ！」

どうやらゴブリンは片付いたらしい。それならさっさとこいつを休ませるに限る。

四方世界は複雑だが、やるべき事だけを見れば単純明快だ。

強引に引っ張れば、気を抜けた重戦士の抵抗などまったく問題にもならない。

「ほら、貴様らも手伝え――ああいや、寝床の準備だ準備。私がこいつを放り込む！」

「放り込むって、お前……！」

少年少女が「わかりました！」と勢いよく階段を駆け上がっていく。

半森人の剣士はそれを見て、にやっと笑って肩を竦《すく》めた。

わかった風な微笑だ。女騎士は「うるさいぞ」と唇を尖《とが》らせ、誤魔化すように歩調を強める。

ぐいぐいと、思ったよりも逞《たくま》しくて筋骨隆々とした腕を、彼女は力いっぱいに引き寄せた。

「そして治ったら、もう少し詳しく色々と聞かせてもらうからな！」

――酒でも飲ませながら、だ。

そう考えると、どうしてか女騎士の足取りは軽く、階段を上る速度も上がるのだった。

§

「あ、ゴブリンスレイヤーさん！」

隣の同僚がすごい表情をしたのに帳場の下で脛《すね》を蹴りながら、受付嬢はぱっと顔を輝かせた。

冒険者の一党《パーティ》二つがギルド入り口の傍《そば》で何やら騒いでいたが、トラブルの気配もない。

それよりも彼女にとって大事なのは、待ちに待ちわびた、この冒険者の帰還だったのだ。

流石に泥まみれで異臭を漂わせていることに気づけば、笑顔も僅かに曇りはしたが――……。

――ま、今後です、今後。これからです！

無事に帰ってきてくれた事が何よりなので、すぐに表情も晴れるのだった。

とはいえ――……。

「あれ、先輩……いえ、お一人なのですか？」

「ああ」

二人で出立《しゅったつ》し、戻ってきたのが一人。嫌な想像が脳裏を過《よぎ》る。

けれど彼は淡々と事務的に、ぼそぼそと言葉を続けてくれた。

「そのまま都へ戻ると言っていた」

「そう、ですか」

受付嬢はどういう顔をしたら良いか、一瞬逡巡《しゅんじゅん》した。

先輩が無事であることは嬉《うれ》しく、けれど挨拶《あいさつ》もできなかったことは寂しく。

——でも、あの人らしいですよね。

そう思えば、自然と選んだのは安堵《あんど》の表情であった。

良かった、なんて。そんな呟きが彼に聞こえたかどうかはわからないけれど。

さて、そうなれば気になるのが、かねてからの懸案事項だ。

受付嬢はおずおずと、まるで自らの審査結果を聞くような緊張感から、彼を上目遣いに見た。

そうっと覗《のぞ》き込むように見上げても、その鉄兜の奥までは見通せなかったけれど。

「審査の方は、どうでしたでしょう？」

「わからん」という端的な返答には、困ってしまう。

——でも。

ここしばらくの交流を経て、彼はちゃんと喋《しゃべ》ってくれるという事は、わかってきた。

ほら、見れば彼は自分の雑嚢を探って、一枚の封書を取り出しているではないか。

「これを渡せと言われてきた」

「拝見します」

どきどきと高鳴る胸の鼓動を押さえながら、冒険者ギルドの印章が入った封書を受け取る。

引き出しから取り出したペーパーナイフで、そうっと封蠟を剝《は》がすようにして開封。

折りたたまれた羊皮紙を取り出すと、そこには見慣れた先輩の流麗な文字が踊っている。

受付嬢はその字を最初から最後までじっくりと読んだ後、もう一度きちんと読み直した。

そして――――……。

「――――おめでとうございます」

「む……？」

困惑する彼に向けて、蕾《つぼみ》が綻《ほころ》ぶように、ほうっと息を漏らして微笑んだのだった。

「ええと、まだ正式に決定というわけではないですが、審査は無事に終わりました、ので」

――そう、彼は見事に審査を乗り越えたのだ。

白磁《はくじ》から黒曜《こくよう》、黒曜から鋼鉄。立派に一人前の冒険者として、冒険を成し遂げたのだ。

自分が推薦したのだから他人事というわけではない。ないのだが。

――それでも。

彼女の胸のうちにふつふつと湧き上がるのは、まるで我が事のような、歓喜の思いだった。

「昇級は決まる、と思います！」

「……」

彼からの返事は、すぐにはなかった。

実感がないのか信じられないのか、あるいは興味もないのか、ぼんやりと佇《たたず》むようだった。

そしてややあって、彼は短く小さな声で「そうか」と呟いた。

「では、これで終わりか」

「あ、いえ、少々お待ち下さいね！」

受付嬢はぱんと手を打って、大慌てで引き出しの中をかき回した。

友人はニヤニヤとしているので後でお茶菓子でも取り上げることにしようと、密《ひそ》かに決意。

そうしてやっと羊皮紙の束を取り出して、彼女は心中で自分の頰《ほお》を叩《たた》いて気合を入れる。

「では、今回の冒険について報告を聞かせて頂ければと思います」

「報告か」

はい、と受付嬢は頷いた。

彼が帰ってきた。先輩も無事。昇級は認められた。そして敵はゴブリン。

――なら、そんな冒険の顚末《てんまつ》は聞くまでもないのかもしれないけれど。

それでも聞きたくて、書き残したくて、彼女は彼の鉄兜をじっと見つめた。

正規の手順だから、なんて、そんな無粋な理由だけではない。

「……そうだな」

彼は低く唸ると、訥々《とつとつ》と、こんな風に自身の冒険について語り始めた。

「ゴブリンがいた」

はい、と頷いて、受付嬢はにこにことして羽ペンを墨壺《すみつぼ》に浸す。

きっと彼とは、こうした会話が続いていくのだろう。

淡々とした無機質な言葉の向こうにある、彼の冒険を汲《く》み取って、冒険記録《リプレイ》を起こす。

それが楽しい。嬉しい。

どうしてかなんて、考えるだけ野暮だ。

それに、彼は今回昇級したのだ。そりゃあ小鬼退治は助かるけれど、そればかりではない。

着実に、順調に、前へ前へ進んで、立派な冒険者になっていくに違いない。

それを間近で見られるのは自分なのだ。

彼の冒険を最初に——一党《パーティ》ができるまで——知る事ができるのは、自分の特権だと思えた。

もしかしたら。もしかしたら、いつの日か。

この人から、ドラゴンを倒した、なんて。

——そんな話を聞ければ良いな。

そう思いながら、彼女は軽やかに羊皮紙にペンを走らせ始めた。

長くなるようだったら、今日は彼に、お茶を淹《い》れてあげるとしよう————……。

§

紅茶をたっぷりと二杯飲むほどの時間をかけて尚、疑問をいだいたまま彼は帰路についた。

自分が昇級できるなどとは、欠片《かけら》も思っていなかったのだ。

それに対して、自分が何をどう感じれば良いのかさえ、彼にはわからなかった。

驚きはあった。だが喜びはなかった。興奮もなければ、誇らしさもなかった。

ただ――ギルドは認めたのだな、と。そんな感想だけが、ぽつりとあった。

日差しは暑く、空は目が眩《くら》むほどに青く、高い。

街の雑踏を抜けるという、ただ作業的に足を進める事も、酷く億劫《おっくう》な陽気だ。

路面が粘って足跡がつくのではないかというような中を、彼は進んでいく。

周囲の人々がぎょっとしたような目を向けてきたが、彼は一切構わなかった。

彼が考えているのはゴブリンのこと、そして今回のゴブリン退治のことだ。

――結局。

最初から最後まで、あのギルドの職員によって手を引かれるような戦いであった。

失敗は多く、失策は多く、成功したと思えたところも粗だらけで、目も当てられない。

装備の損失も多い。催涙弾はより多く必要だったし、円盾は使い潰してしまった。

話を聞いた受付嬢は目を丸くして、報酬の増額云々《うんぬん》と言っていたが――……。

――次はもっと上手くやろう。

あの人の手を煩《わずら》わせる事が無いように。

あの人に心配をかけないように。

どうしてか、そんな気持ちが彼の内に、泡のように浮かんで消えた。

――馬鹿馬鹿しい話だ。

彼女は姉ではない。似ても似つかない。姉に対しても、査察官に対しても、失礼な事だ。

そんな事をしたところで、誰に報いる事ができようか。

自分がやっているのは、ゴブリン退治だ。

冒険ではない。


「――――――あ！」


不意に、声が聞こえた。

幼馴染《おさななじみ》の赤毛の娘が、柵に持たれるようにして此方《こちら》を見つめていた。

気づけば遠くに牧場が見えていて、街の門は遥《はる》か後方。

――いつの間に、自分はこんなに歩いたのだろうか。

これもまた失態だった。小鬼の巣穴の中であれば、命取りになりかねない。

「おかえりなさい！　今、戻ってきたところ？」

彼女はまるで仕事の途中だったとでもいう風に、ぱたぱたと手の埃《ほこり》を叩いて、柵を超えた。

その素振りからは、ずっとここで待っていた事は明白なように思えた。

「ああ」

だが、自分を待っていてくれた、などと思うのは傲慢《ごうまん》のようにも思えた。

彼は淡々とそう応じて、牧場に向けて歩き続ける。

歩調を少しだけ落とすと、ととと っと小走りになって、彼女が自分の隣に並んだ。

「ど、どうだった……？」

おずおずと、不安げに此方を覗き込むような視線。

——これほどに。

背の違いは、あったろうか。

彼にはわからなかった。わからない事ばかりが、四方世界にはあった。

五年前はむしろ、彼女の方が大きかったような気さえするというのに。

「……合格した」と彼は呟き、確信が持てなかったので、一言加えた。「……ようだ」

「やた……ッ!!」

途端、少女は赤毛を揺らして大きく飛び上がった。

泥に塗れた籠手《こて》を取って、ぶんぶんと上下に振りながら、少女は何度も踊るように跳ねる。

「すごい、すごいね！　やった、おめでとう……っ!!」

「……そうか」

そうとだけしか口にできない自分が、酷く嫌だった。

すごいのだろうか。おそらくはすごいのだ。

白磁や黒曜で死ぬ冒険者もいる。ゴブリン以外に挑んで、死ぬのだ。

ではゴブリンだけを殺している自分が、彼らより上等だとは思えなかった。

世の中には、もっとすごい冒険者が星の数ほどいるに違いないのだから。

しかしそれでも彼は飛び跳ねる少女をじっと見つめて、黙ってされるがままにした。

彼女の喜びに水を差すような事をするのは、五年前の一度きりで沢山だった。

「髪が」

その代わりに、彼は腕を振り回されながら、目の前で踊る赤色を見つめていた。

「伸びたな」

「え、あ、わ……」

途端、彼女は自分が大はしゃぎしていたことに気づいたか、ぱっと手を離して飛び下がった。

顔を羞恥で赤く染めながら、両手で梳《くしけず》るようにして自分の赤毛を弄《もてあそ》ぶ。

「う、うん。ちょっとね、また、ね。うん」

伸びたよね、と。彼女は言う。それに対して彼は「ああ」と頷いた。

五年前よりは、伸びた。この前に再会したときよりは、短い。

似合っているかでいえば、似合っている。彼女はどんな髪の長さでも、似合うだろうが。

「切った方が、良いかな?」

「……」

だから再びそっと少女に尋ねられて、彼は押し黙った。

とてつもない難問だった。彼女の容姿を、自分が左右してしまって良いのだろうか。

自分が知っている彼女の姿は、五年前の時でしかないというのに。

自分が知っていることなんて、小鬼を殺す方法くらいのものでしかないだろうに。

「…………今が悪いというわけではないが」

だから彼は、慎重に言葉を選んで、そう言った。

「もう少し、切った方が良いように思う」

「……うん!」

——どうやら、間違いではなかったらしい。

少女の顔は自分が合格した事を伝えたときと、遜色ないほどに輝いていた。

うん、うん、と。繰り返し頷きながら、彼女は彼の隣に並んで歩く。

自分の赤毛を、縁日の玩具《おもちゃ》の指輪のようにいじりながら、ふとその目線が此方《こちら》を向いた。

「そういえば、さ」

「なんだ」

「出かける前、兜を脱いだ時に見たけど。……君も、結構伸びたよね」

背のことか、髪のことか、彼にはわからなかった。

わからない――そういう時にどうすれば良いかは、今回の冒険で学んだ事でもあった。

「……そうか?」

「うん、そうだよ」

「そうか」

「うん」

尋ねれば良い。そうすれば、答えは返ってくる。

必要な事は、口に出して伝えれば良いのだ。

小鬼退治以外にも自分にできる事があるというのは、少し気持ちが楽になる事だった。

「だから、切ってあげるね」

「……そうか」

とりとめの無い会話が、訥々と続いた。

柵の修繕のこと。石垣の積み直しのこと。折を見て自分も手伝うこと。

家畜のこと。地震のこと。鉱人《ドワーフ》が糧秣《りょうまつ》を買いに来たこと。

天気、日々の移ろい。自分が小鬼退治に出かけている間のこと。

――自分がゴブリンを殺している間も。

何一つ世界は変わらずに続いている。当たり前のことだ。だが、それで良いように思えた。

ゴブリンを殺せば、少なくとも、世界が変わる事だけはないのだ。

「さって、お腹空《なかす》いてるでしょ！」

やがて母屋《おもや》に辿《たど》り着くと、少女はくるりと振り返って、太陽のように微笑んだ。

「すぐにご飯にする――あ、汚れとか落とすのが先かな？」

「ああ」

「その答えじゃ、どっちなのかわからないよ」

幼馴染の少女は、くすくすと笑いながら母屋の台所へと駆けていく。

――そう、少なくとも。

ゴブリンは死んだのだ。

ゴブリンスレイヤーはそのことに僅かな満足を覚えながら、母屋の扉を閉じた。

ばたんという音が、妙に大きく響いた気がした。

あとがき

ドーモ、蝸牛《かぎゅう》くもです！

イヤーワン三巻、おまたせしました。どうにか無事に形になってなによりです。

いや原稿自体はあったのですが、原稿があるからといって即座に本にできるものでもなく。

ともあれこうしてお届けできましたので、ひとまずほっと胸を撫で下ろしています。

コミカライズの栄田健人《さかえだけんと》先生、挿絵の足立慎吾《あだちしんご》先生も、色々とありがとうございました。

本作も精一杯頑張って書きましたので、楽しんでいただけましたなら幸いです。


さて、今回はゴブリンスレイヤーさんがゴブリン退治をするお話でしたね。

とはいえ面倒な事に、世の中それだけをしていれば良いというわけでもありません。

いろんな人がいろんな事をやって回っている世の中、やらねばならぬ事もあります。

その世の中で生きている以上、仕方のない事です。

期待してくれる人、手伝ってくれる人、教えてくれる人というのは得難いものです。

であれば、どうにか上手くやりたいと思うのも人の常なわけでして。

一歩ずつ一歩ずつ、ひいひい言いながらでも前に進むしか無いのですよね。

この本がこうして形になったのも大勢の方々のお力あってこそです。

そしてその中には読者の皆様の応援も含まれています。いつも本当にありがとうございます。


ところで。


数万年の昔、アトランティス大陸が海に没した後に訪れた暗黒の時代。

キンメリアの地より現れた英雄コナンの復讐は、未だ終わっていなかった。

父の仇タルサ大王は、強大な蛇の邪教、その大神官の一人に過ぎなかったのである。

復讐の完遂を求めて旅を続けたコナンは、日蝕の訪れと共に暗黒の城塞へと忍び込む。

城塞では「王」に不滅の肉体を捧げんと、二人の戦士が殺し合う決闘が繰り広げられていた。

そして二人の大神官により儀式が執り行われ、「王」の心臓が新たな肉体に宿る刹那。

「クロムよ‼」

雄叫びと共に踊りこんだキンメリア人の剣が、大神官の片割れを一刀両断に切り捨てた。

心臓を脈打たせながら立ち上がる「王」の赤黒き刃が、蛮人を誅伐せんと襲いかかる。

しかしクロムの鋼鉄が、コナンの勇気が、邪悪に敗れる道理などありはしない。

「王」の刃は砕かれ、「王」の心臓は撃たれ、地底奥深くの闇の中へと堕ちていった。

もうひとりの大神官は取り逃したが、あのような虫を追いかける必要はあるまい。

蘇る陽の輝きを背後に城は崩れ去り、コナンの勝利の凱歌が荒野へと轟き渡った。

事実「王」の心臓が再び蘇るには、それから実に五万年もの時を要する事となる。

蛇の紋章を掲げたるその邪教の名は、ゴルゴムといった――……。


という話をやりたいのですがダメですか、そうですか。

このおそるべき神話真実を知ってしまったあなたは、正気度判定をどうぞ。

成功すれば一点、失敗したら一D三点の減少ですね。シュワルツェネッガーなら勝つぞ。


いやまあほんと、リザードマンの蛮人が大暴れする話はずっとやりたいと思っています。

知恵と勇気と暴力！　怪物を蹴散らし、美女を伴い、誇り高く雄々しく、前へ、前へ！

なので皆さんが応援して頂ければ、そんな機会が貰えるやもしれません。

なにせ最近は何やかや、皆さんのおかげもあって色々なお仕事がある私です。

『モスクワ二一六〇』を始め、まだまだ皆さんにお届けできる作品が多くあります。

そしてそんな日々の合間を縫って久々に『機甲界ガリアン 鉄の紋章』を見てみたり。

『ニンジャアサシン』良いぞしたり『トロイ』良いぞしたり『ガンヘッド』良いぞしたり。

リバイバル上映の『ゴティックメード 花の詩女』を見に行ったり。

新装版『英雄コナン全集』や、たがみよしひさ先生の『フェダーイン』にキャッキャしたり。

謎の5thエディションRPG『クトゥルフの呼び声TRPG』を遊んだり。

やっぱりファンタジーで、叙事詩で、ロボットで、おとぎ話っていいなあとか思ったり。

いや『ガンヘッド』は良いんですよ。子供の頃から何ーぺん見たかしれません。

ビデオもDVDもブルーレイも漫画も小説もゲームブックもプラモも解説本も楽しいですし
とにかく『ガンヘッド』私史上最高の映画の一本です。全員見るんだ。

あとたがみよしひさ先生の作品も読むんだ。『コナン』も読むんだ。

『ニンジャアサシン』も良いぞ。ウォシャウスキー兄弟もとい姉妹監督で殺陣がすごいんだ。

あと古橋秀之《ふるはしひでゆき》先生の『ブラックロッド』新装版も楽しみだし。ひゅう、どすん。


閑話休題（それはさておき）。

四巻はゴブリンスレイヤーさんがゴブリンが出たのでゴブリン退治する話の予定です。

また精一杯頑張って書くつもりでおりますので、引き続き読んで頂けたら嬉しく思います。

それでは、また。

ファンレター、作品の
ご感想をお待ちしています

〈あて先〉

〒106－0032
東京都港区六本木2－4－5
ＳＢクリエイティブ（株）
GA文庫編集部 気付

「蝸牛くも先生」係
「足立慎吾先生」係

本書に関するご意見・ご感想は
右の QR コードよりお寄せください。

※アクセスに発生する通信費等はご負担ください。

https://ga.sbcr.jp/

ゴブリンスレイヤー外伝：イヤーワン３

発　行　　2022年12月31日　初版第一刷発行
著　者　　蝸牛くも
発行人　　小川 淳

発行所　　SBクリエイティブ株式会社
〒106－0032
東京都港区六本木2－4－5
電話　03－5549－1201
03－5549－1167（編集）

装　丁　　AFTERGLOW

印刷・製本　中央精版印刷株式会社

ISBN978-4-8156-1283-2
Printed in Japan

GA 文庫

ゴブリンスレイヤーの
蝸牛くもが放つ
次なる作品は、
サイバーパンクSF小説!!

SQUARE ENIX
蝸牛くも2作品
原作12巻をコミカライズ!
成長した冒険者たちの
一大冒険譚《キャンペーン》!!
クソッタレな未来を
撃ち抜く
電脳娯楽活劇《サイバーパンク》!!

YG COMICS ヤングガンガン
SQUARE ENIX.
これは彼がゴブリンスレイヤーと
呼ばれるようになる物語
ゴブリンスレイヤー外伝
GOBLIN SLAYER! SIDE STORY: YEAR ONE
The Dice is Cast.
：イヤーワン
原作：蝸牛くも
(GA文庫／SBクリエイティブ刊)
作画：栄田健人
キャラクター原案：足立慎吾／神奈月昇
コミックス①～⑨巻大好評発売中!!!!!!
ヤングガンガンにて大人気連載中!!
(スクウェア・エニックス刊　毎月第1・第3金曜日発売!)
©Kumo Kagyu/SB Creative Corp.

BG COMICS ビッグガンガン
SQUARE ENIX.
俺は世界を救わない。
ゴブリンを殺すだけだ。
ゴブリンスレイヤー
GOBLIN SLAYER!
He does not let anyone roll the dice.
原作：蝸牛くも (GA文庫/SBクリエイティブ刊) 作画：黒瀬浩介 キャラクター原案：神奈月昇
コミックス ①～⑬巻 大好評発売中!!!!!!
月刊ビッグガンガンにて大人気連載中!!
(スクウェア・エニックス刊 毎月25日発売)
©Kumo Kagyu/SB Creative Corp.

ゴブリンスレイヤー外伝2
鍔鳴の太刀《ダイ・カタナ》
DAIKATANA
The Singing Death
SQUARE ENIX
GC UP!
後に「英雄」と呼ばれる一党の
果てなき迷宮攻略譚——。
コミックス①～⑤巻大好評発売中!!
(スクウェア・エニックス刊)
B6判
原作：蝸牛くも (GAノベル／SBクリエイティブ刊)
作画：青木翔吾
キャラクター原案：lack
マンガUP!・ガンガンGAにて
大好評連載中!!
©Kumo Kagyu / SB Creative Corp.